—————— 阅读之前 没有真相

午夜文库

废乐园事件

[日]斜线堂有纪 著
李家齐 译

新 星 出 版 社　NEW STAR PRESS

主要出场人物

真上永太郎　自由职业者，废墟狂热爱好者
蓝乡灯至　　小说家，废墟狂热爱好者
常察凛奈　　公司白领，对废墟感兴趣
主道延　　　原幻想乐园高管
涉岛惠　　　原幻想乐园外联部策划
卖野海花　　原幻想乐园便利店店员
成家友哉　　原幻想乐园镜宫员工
编河阳太　　《月刊废墟》主编
鹈走淳也　　原幻想乐园云霄飞车员工的儿子
佐义雨绯彩　十嶋集团派来的员工

签付晴乃　　二十年前幻想乐园持枪随机杀人案的凶手
十嶋庵　　　买下幻想乐园的富豪，废墟超级爱好者

目 录

5	第一章	消逝的梦想之国
109	第二章	死者在玩偶装里
203	第三章	燃烧的迷宫
235	第四章	事件循环,星星旋转
277	终 章	

*

"这个发箍哪里弄的呀？"签付晴乃问戴着兔子发箍的我。

"这是姐姐给我的！"

"这样呀。你姐姐好像在忙，我带你去玩吧。"

"去哪儿呀？"

"我带你去坐摩天轮。别担心，等摩天轮转一圈回来，你姐姐应该也回来了。你喜欢摩天轮吗？"

虽然心里觉得有点奇怪，但我还是点了点头。没有小孩子不喜欢摩天轮吧。

他牵着我的手，向摩天轮走去。摩天轮下，引导员姐姐笑着把我迎了进去，让我坐进吊舱里。

"不一起坐没关系吗？"身后传来她问询的声音。

"没关系，她自己坐就好。"

舱门关闭，吊舱慢慢升高。我朝留在地上的他拼命地挥着手，但很快又被窗外的景色吸引了。

即便是听见第一声枪响、听见有人在哀鸣，我依然相信这里就是梦想之国。

我并不知道，那声音意味着子弹穿透了谁的头。

幻想乐园持枪随机杀人事件

二〇〇一年十月九日中午十二点三十分，在建于X县Y市天冲村旧址的主题公园——幻想乐园园区内，发生了一起持枪随机杀人案。

凶手为原天冲村村民，男性，事件发生时27岁。该男子于幻想乐园试营业期间以摩天轮为起点，用带有目镜的猎枪射击多名游客及工作人员，导致4人死亡、8人受伤。作案后，该男子于摩天轮吊舱内自杀身亡。

幻想乐园主题公园是后述幻想度假山庄项目的招牌产品，还没等正式营业就发生了如此惨剧，由此产生的损失，可以说对当地居民、甚至是对整个日本都产生了很大的冲击。

此外，受本案影响，珍德玛股份有限公司停止了幻想乐园的运营，幻想乐园宣告闭园。该公司正在筹划中的幻想度假山庄项目也就此搁浅。

只有游乐园是依赖人类的存在而存在的地方，因此，也只有游乐园有着如此独特的消亡方式。这世上还有多少人能画出野次第一游乐园和小美门游乐园的地图了呢？

——羽生望《废弃游乐园的世界纷繁芜杂》

第一章　消逝的梦想之国

1

真上正给打工的地方发邮件道歉,手机却没信号了。他有些无奈,可也没别的办法。他已经跟店长说过要请长假了。休假已经开始,店长现在才来和真上抱怨也太晚了。说什么油炸机出故障啦、新来的女大学生不顶用,埋怨他竟然在这种时候请假,没完没了的让真上很是困扰。

这么一想,手机没信号可能是天意吧。神明在上,示意真上忘掉工作的事,现在在这里的不是便利店店员真上永太郎,而是"废墟狂热爱好者"真上永太郎。不过,瞎想归瞎想,真上决定还是先问问出租车司机。

"请问……这边没信号吗?"

"是啊,基电站已经被撤走好几年了。"

"这样啊……"

"是很重要的事情需要联系吗,要开回去吗?要不我把计价器停了?"

"不用,没事。反正他只是跟我抱怨工作上的事……我都习惯了。那个店长估计是看不惯我……我经常被他搞得很惨,前一阵芝士棒和极品芝士棒的事也是……"

"那是什么?"

"是两种加热简餐,长得一样。店长炸好之后,把它们放进了同一个容器里，还坚持让我们左右分开放，可它们长得都一个样，就算左右分开放也不知道哪边是什么呀。然后我就卖错了两个，他还非说是我的错。"

"噢，长得一样啊。"

"是啊，还坚持要左右分开什么的，您不觉得奇怪吗？"

"吃一个试试不就知道了。"

"哎？"

"吃一个试试，就知道是芝士棒还是极品芝士棒了吧。不行吗？"司机认真地说。

"您和店长说的一样。可问题不在这儿，好好分清楚的话也没那个必要了吧。"

"你说自己被搞得很惨，个子这么高也会被人欺负？是不是因为你走路驼背啊，你多高？"

"一米八七……"

听了司机揶揄的话，真上的背更弯了。小学六年级的时候，他就已经超过了一米七。真上并不想引人注目，可偏偏越长越高，直到现在的高度。小时候，为了能摘到院里种的枇杷，他也曾想过快快长高。现在这副样子，除了方便取用放在高处的东西，也没什么别的用处了。

"我要是能长这么高，肯定乐坏了。"

"就算长得高，时薪也不会变高的。"

真上说完，司机笑了，就好像真听见了什么很好笑的事一样。然后，两人陷入了沉默。

真上倚着靠背，看着窗外的景色。

窗外，苍郁的森林铺陈开来，修了一半的柏油路卧伏在一旁。这种地方，没信号也是正常的。路旁立有很多装饰，形似童话里的星星；还有动物形路牌，早已锈迹斑斑却依然矗立。有一个兔子拿着箭头的路牌，锈得已经看不清上面的字了，不知道它指的是去哪儿的路。

远处是一座木制的巨人像，木像表面有一道伤痕，宛如裂谷。没有这道伤痕时，它应该很有气势吧。从巨人的伤痕里，生出丛丛野草。巨人已失去威严，野草却繁茂得仿佛在彰显自己的胜利：野草耐得住时间，而巨人却不能。

没有什么能与时间抗衡。这不同寻常的凄寂，稍微治愈了一点儿真上的心。他甚至产生了一种错觉：只有被世界弃之不顾的地方才是自己的归宿，也许，这里就是自己的故乡。

真上的父亲以前常说，随着时间的流逝，一切都会化作尘土。千年后，也许只要百年，巨人也会变为尘土。

真上正看着破损的路牌和生锈的装饰发呆。

"那边什么都没有哦。"司机言之凿凿。

其实，真上和司机都知道，那里并不是什么都没有。

说白了，司机是在试探。

"并不是什么都没有吧，那边不是幻想乐园吗？"

"这话二十年前还有人说，现在都说那边以前是幻想乐园。"司机话音未落，出租车突然剧烈地摇晃。回头看去，被车压扁的残片散落在地。

"只有这条路还保留着，可它现在也这副模样了。我偶尔会来清理一下。"

"清理？把星星和动物残片收进袋子里？"

"不。从路上捡了，直接扔旁边的树林里。这些星星被吹得到处都是也没人在意。项目中止后，那些领导也没再管过。"

司机说的项目，是指以经营度假区闻名的珍德玛股份有限公司开发的一个大型项目——幻想度假山庄。这家公司把 X 县 Y 市的天继山一带整个买了下来，计划在这块广阔的地皮上建一座复合型休闲娱乐基地，即幻想度假山庄。这本来是个前景很好的项目。

原定项目工程包括酒店、网球场、可全天候使用的体育场兼露营地等。作为新概念项目，幻想度假山庄汇集了所有的娱乐方式，弥补了它在交通上的不便。因为项目所在地常能看到流星，故而星星的理念贯穿整个项目。这也是为什么森林里到处都是生锈的星星。

而幻想乐园是项目建设的第一步，也是项目的核心。

幻想乐园建在山里，极具人气的娱乐设施应有尽有，还配备了户外游泳池等场地，是一座和幻想度假山庄相辅相成的游乐场。然而，幻想乐园最终被世人所知，却并不是因为这个。

"您好像很了解啊，那起事件发生时，您就已经在这边出车了吗？"

看司机脸上的褶子，真上估计他得有六十多岁了。若是以前幻想度假山庄风头正旺的时候他就已经在了，那知道这地方也不奇怪。

"我要是当事人，怎么可能还在这里呢。"司机意味深长地笑着说。

也有道理。发生过事件的地方，对人是有吸引力的。越是靠近就越是会被吸引，现在还在这里的，要么具有相当的定力，要么是绝不会被这里吸引的局外人。

"我就是个局外人。以前在这边工作的人和别人闹矛盾辞职了，我来接替他。小哥你也是来参观废墟的？"

真上老实地点了点头，司机又劝道：

"那个游乐场确实还在,被某个大企业买了下来,现在已经禁止入内了。游乐场的铁栅栏布满了红外线安保设施,一旦触发,会立即发出警报。保安人数众多,一出来,很快就能把人包围。如果没有就此在废弃的游乐园里悄然度过余生的思想准备,还是离远点拍张照片回去算了。"

司机是在向真上暗示,什么能做什么不能。毕竟他在这儿开车也有些年头了,客人里应该有不少是像真上这样的废墟爱好者吧。

"那只要有在这里度过余生的思想准备,就可以进去了吧?还不错嘛。"

"确实,但擅自进去的废墟爱好者可没少被抓哦。有在废弃的游乐园里玩抓人游戏的前科,听着多蠢啊。"

"毕竟那里属于私人用地。"真上耸耸肩回答道。

如今的幻想乐园是私有财产,持有人名叫十嶋庵。尽管知道这里以前发生过事件,但他还是把这片废墟整个买了下来。因为资本家十嶋庵,不仅是十嶋集团的当家人,还是一个几近病态的废墟狂热爱好者。

如今,废墟爱好者并不稀奇,以他们为受众的写真集和采访记录已有相当的市场。殊不知,在其中起到决定性作用的就是这个十嶋庵。他名下的废墟至少有数十座,而这些废墟都是限制入内的。不管这废墟多么萧条,它都是有主人的,得到允许才能进去。

但也有人无视这一点直接闯入。非法入侵的人层出不穷,真上同为废墟爱好者,也为此感到十分遗憾。

然而,十嶋把已经变成废墟的地方和即将变为废墟的地方通通买了下来,将其变成了自己的所有物,解决了这个问题。把它买下来，就可以自由出入了。十嶋明白，这是赏玩废墟最高效的方式。

十嶋买下幻想乐园后，对其进行了全方位的管理，妥当放置，如同在凝视曝晒于荒野的花，等它慢慢腐烂。建筑不同，废弃后彻底变为废墟所需的时间也长短不一。历经二十年岁月的幻想乐园应该已经相当有感觉了。

第一次听说十嶋庵这个人时，真上很是羡慕，羡慕之余也对十嶋产生了共鸣。如果真上能拥有一大笔钱，大概也会做同样的事情吧：在最好的状态下，让幻想乐园慢慢腐朽。

然而，凭借真上现在的生活，怕是很难能做出同样的事情了。说起十嶋集团，从SNS产业到汽车研发，其旗下企业涉猎广泛、涵盖众多领域。在便利店打工的真上从没幻想过自己也能到达那个境界。

真上正胡思乱想，看起来没精打采的。司机为了缓和气氛，说道："原来你都知道啊，那咱们不去入口，去个能看清游乐园的地方？"

"啊不用，麻烦送我去入口，就算……"真上正说着话，冷不防来了个急刹车。他直接叫了出来，双手抱头——这是他小时候最早学会的姿势。

"喂！多危险啊！"司机喊道。

好像是车前突然窜出来一个男人。

"真对不起！我迷路了，要是拦不上这辆车我怕是要曝尸荒野了。"

明明差点被车撞，回话声却从容不迫。

真上还下意识地保持着抱头的姿势，观察起那人来。

他年纪应该和真上差不多，二十五岁左右，一件随意的衬衫搭了条黑色牛仔裤,不像是要上山的打扮,肩膀上的帆布包倒是勉强有点户外感。他身高在一米六五上下,有点嚣张的深褐色头发配上一双下垂眼,很是惹人注目。不知是因为身材矮小,还是因为五官清秀,看着有点像女孩子。

"稍微过点脑子啊!撞上了怎么办!"

"抱歉!就算撞上了,打起官司肯定也是您胜诉。哪怕我死了,估计也是您胜诉……"陌生男人边说边向后座走去,然后,毫不犹豫地打开了后车门。

见此情景,真上神态慌张,大声叫道:"等、等等,你、你干吗?"

"哎?我刚才的解释你听到了吧?再这样下去,迷路的我就只能在山里流浪了。反正也是去同一个地方,顺路,一起去呗。"

"不是,等等,同一个地方是……"

"司机师傅,这车是去幻想乐园的吧?"男人无视了真上的话,问向司机。

就算是此前还在生气的司机,也被这强硬而自然的态度唬住了,老实地点了点头。

"太好啦。那就一起嘛!麻烦把我们两个送到入口。"

真上一头雾水,就这么稀里糊涂地和这个男人结伴而行了。真上困惑地盯着男人看,男人像想起来什么似的说:"别担心,我会付一半钱的。要不然我出全额也行……"

"我不是介意这个……你谁啊?和陌生人同乘一辆车,你都不担心吗?"

"啊啊,是因为这个啊。我叫蓝乡灯至,是个写小说的。"

"写小说?"

"嗯。笔名叫时任古美,你听说过吗?"

"嗯，我读过你的书……废墟侦探系列？"尽管真上仍有戒心，但还是想都没想，应声回道。

看名字不难想象，废墟侦探系列是一套推理小说，讲的是在废墟发生的各种事件。侦探在每本书里会来到不同的废墟，书中有九成都是对废墟的描写，只有剩下的一成是侦探解决事件的故事。真上颇爱这种干脆利落的写作方式，很喜欢读这个系列的作品。

如果没有记错，时任古美应该是个蒙面作家，从来没有公开过照片。这样一个学生模样的年轻人真是很难和那尖锐犀利的文风联系起来。没准正是因为这样，蓝乡才没有公开照片。

"好开心呀。到这儿来的废墟爱好者居然也读过我的书，身为作者，我很荣幸。感觉我们能相处得很融洽。"蓝乡边说，边渐渐缩短了和真上之间的距离，看样子应该是想和真上握个手。说实话，真上对这种社交方式很是抗拒，而且他也应付不来这种天真直率型的人。然而，茫然间，蓝乡已抓住了真上的手。那是来自他人的体温，真上已很久不曾感受过。尽管觉得有点不自在，真上还是回了句"请多指教"。

"那你呢？"

"我叫真上永太郎，二十七了。平时就在便利店打工，是个自由职业者。"

"只是在便利店打工的话，手掌有点粗糙呀。平时有锻炼什么的吗？"

"没有没有，便利店也是有很多力气活儿的。"

"啊，这样啊。便利店是复合型业务呢。"蓝乡附和着点头，一副什么都知道的样子。突然，他用力握了握真上的手，挑衅地看着真上，随即笑了。

"不只是因为这个吧？毕竟你也是被邀请的客人，应该有与之相称的理由才对。"他说着，用试探的目光看着真上。

如此揣度只能让真上觉得被冒犯。虽然心中不悦，但真上并不想在这里把气氛闹僵。他正要把自己推测的理由心平气和地说出来，司机却讪讪地搭话道："不好意思，打扰一下。真的要去入口那儿吗？就算去了也进不去啊。"

"这个您不用担心，我们能进去。"

"能进去？这怎么可能？"

"因为，我们是被幻想乐园的主人十嶋庵邀请过来的。"

"嗯，我也是被邀请来的。"持续错过说话机会的真上终于插进了话。

"是要举办派对什么的吗？"

"差不多吧。十嶋庵买下这座充满魅力的废弃游乐园——幻想乐园后，时隔二十年，终于开放了。虽然只限于被邀请的人。尽管并没有什么明确的标准，可传闻说只有被十嶋庵赏识的废墟爱好者才会在此会集……"真上说着，蓝乡随即如助手般补充道："没错。报名者不下千人，这就有两个入选的幸运儿。十嶋庵肯定也是废墟侦探的粉丝吧！"蓝乡相当骄傲，作为被邀请者，气势十足。

"所以呀，我真的很好奇真上你，如果只是一个平平无奇的废墟爱好者，应该没法到这儿来吧？热爱废墟的大富豪究竟看中你什么了？"蓝乡不容分说地追问道。真不知道作家是不是都这么固执任性、自说自话。

真上无奈，投降般回应道："也没什么特别的理由。我在经营一个博客……里面有一个专题叫'无聊的废墟日记'。"

从开始到现在差不多有三年了吧。博客没什么感情色彩，只是发表一些真上去过的废墟的照片，并附带一些介绍。但是更新速度很快，而且有很多是只有真上才能去的废墟，发的照片也只有真上能拍出来，因此博客很受欢迎。如今，这个博客每月约有一万的浏览量，在废墟爱好者中广为人知。

可对真上而言，里面的内容被人看见会让他觉得非常羞耻，他并不觉得这是什么值得夸耀的事情。尤其是在真正的作家面前一本正经地说出来，更是让他顾虑甚多。

然而，听真上说完，蓝乡却突然探出身子，眼里闪着光。

"哇，好厉害！是你在写那个博客吗？如果是这样，被邀请也很正常嘛！那个博客我也常看。虽然文章很阴暗没什么意思，可拍照片的本事绝对是数一数二的！"

"作家的眼光真是严苛啊。"

"哪有，我在夸你照片拍得好呢。有好几张我看了直想问'这是怎么拍出来的'！你是怎么拍的呀？"

"就随手一拍。也没有单反什么的，用手机随便拍的。"

"这怎么可能嘛！还有，你的博客是用的本名吗？我记得你的博客名也叫永太郎。"

"这有什么问题吗？"

"没有没有，就是觉得完全没想到，居然有人用本名经营废墟博客。心真大呀，我很震惊。你上网技术怎么样呀？"

"用本名不行吗？我又没有背地里搞什么见不得人的事。"

"这么说，奇怪的是我咯？有点担忧。"

看着不满地说着话的蓝乡，真上感到一种压力。自己和眼前的这个男人真是合不来。本来很期待的幻想乐园之行，竟然要和蓝乡一起，这让真上感到不安。

"真上真上，你是哪里人呀？"

"我老家在乡下，和这儿差不多。"

"有什么特产吗？应该有吧？"

"应该有吧……我小时候经常摘枇杷吃，那种口感我很喜欢……小时候只能勉强够到长在下面的……"

"不是，那个不叫特产吧。那不就是种在院子里的吗？"

"这……"

"你别不说话啊。搞得我好像在欺负你一样。对了，你知道我是哪里人吗？"

"是宫城那边的吧。"

"哇，你怎么知道的？名侦探呀！"

蓝乡一边满嘴谎话、胡说八道，一边无所顾忌地笑着，看起来好像真的很开心。真上最应付不来这种人，他已经开始想回家了。

不知道蓝乡是不是没注意到真上的消极态度，又开口说道："你是我的粉丝吧？没有什么想问时任老师的吗，真上同学？"

感觉话题僵住了，没办法，真上只好随便问了个无关痛痒的问题："为什么事件一定要发生在废墟呢？凶案现场不是废墟也行吧？"

"嗯……因为我喜欢呀，我是废墟爱好者嘛。"真是个非常简单粗暴的理由，从他那十分偏执的写作方式就能看出来了。可是，这样话题就进行不下去了。蓝乡见真上的表情变得很微妙，笑着继续说："而且，废墟出现的人很有限。一般来说，很少有没什么人的游乐园吧，如果是废弃的游乐园就很方便了。从这一点来看，废墟和事件很相称不是吗？"

"确实……在娱乐设施里发生事件也算是别有趣味。还有，被废弃的岛也太容易出现了吧，废墟侦探系列的第十八卷，我记得,是已经彻底沦为废墟的荒岛对吧?虽然最后整个岛都沉了那一段我看得很兴奋……"

"没错!反正是废墟,彻底毁掉也没关系,这不是很酷嘛!还可以把超级华丽的物理诡计发挥到极致!"

"废墟侦探系列有那种超级华丽的物理诡计吗?我记得,里面的故事好像都是人死得差不多了,只剩下凶手和侦探,用排除法就能知道谁是凶手了。"

尽管也有一些推理小说中的王道剧情:比如"推翻不在场证明",还有"在后半部分揭露作案动机,而作案动机就隐藏在出场人物出人意料的过去中"之类的,但就算不看推理部分,最后只剩下侦探和凶手两个人也已经是这个系列的一般规律了。事实上,废墟侦探系列就算没有废墟,故事中的推理本身也都是成立的。

"我是在说废墟的可能性嘛。废墟侦探系列里目前的确没有这样的物理诡计,可是,以废墟为舞台的推理小说是能做到这种事的!封闭的废墟很适合发生杀人案,没准什么时候我就加个超级华丽的物理诡计进去了。"

蓝乡意味深长地笑了。看着这个笑容,不知为何,真上感到脊背发冷、寒毛直竖。他并不是觉得推理作家其实还是个杀人犯、甚至以杀人为乐什么的,而且这种想法实在奇怪。只是,蓝乡的笑容让真上对即将发生的悲剧有所预感。真上愈加不安,不知道前方有什么在等着他。这个作家来幻想乐园,到底是为了什么呢?

真上正要说些什么,但在他开口之前,出租车停了。

"到啦。这里就是幻想乐园的正门——幻想之门。"

映入眼帘的是一扇巨大的门,哥特风格的门上只有黑色和金色，古旧而庄严。大门已然敞开，就和开园时一样，仿佛不会拒绝任何人。剥落的镀金油漆和些许锈迹让人意识到，这扇门已被时光侵蚀了二十年。门的黑色没有屈服于狂风骤雨，依旧不减光泽。此刻的门有着属于此刻的美。

"这就是传说中的那道门吗……"

真上小声嘟囔着，司机感慨道"我还是第一次见这扇门开着"，边说还边用力点着头。真上有点骄傲，毕竟他可是受邀前来这里的客人。

"谢谢您，麻烦了。"真上对司机说。

"谢谢您！好了，真上，我们走吧。啊，零钱不用找了。"

蓝乡若无其事地拿了一万日元递给司机，看来是真打算出全部车费了。真上也想过要拒绝，自己出一半的钱，可是一想到蓝乡在车里对自己百般叨扰，就没再多说什么。不管怎么说，蓝乡可是知名系列推理小说的作者，肯定要比他这个微不足道的便利店员赚的钱多吧。

"对了，这个，你戴上没？"

一下出租车，蓝乡就跟真上显摆套在他手上的黑色腕带。真上一边想着差点忘了，一边把腕带在手腕上戴好。

这条腕带是十嶋集团送来的，相当于"入场证"。只有戴着这种腕带的人才能通过幻想乐园的红外线安保系统。也就是说，如果没戴腕带的人闯入幻想乐园，就会变成司机说的那样，立即触发警报。

"看着很合适哦，我们进去吧！"

真上被蓝乡催促着，踏进了幻想乐园的大门。

最先感受到的，是废墟特有的锈蚀味道。

但又和其他废墟有些不同。如果金属常年受雨水冲刷，在潮湿中静静锈蚀，能从中闻到令人怀念的潮腥味。如今，在这废弃的游乐场也充斥着这种独特的味道，甚至比其他地方更加浓烈。

最先进入视野的，是巨大的摩天轮。藏青色的巨大柱体支撑着各种各样、分别涂有彩虹七色的吊舱。曾经鲜艳的颜色淡化褪去，就像隔了一层雾。如此想来，废弃的游乐场也只是被蒙上一层又一层时光的雾罢了。

为了验证自己的想法，真上看向远处，降落伞形状的观景台也好，熟悉的海盗船也好，颜色都已经暗淡了。过山车坐落在园内深处，曾经最受人们喜爱，如今就连它的铁轨也从黑色变成了青灰。

就这么接着往里走，应该能看到更多的娱乐设施吧。

然而，真上轻轻地叹了口气，转回身向幻想之门的方向走去。

柱体的一部分缠着塑料布，早已失去水分、彻底风化的塑料布，如今看来已经是破布一块了。但是，它依然肩负着使命：遮住下面的东西。

塑料布下面还残存着事件的痕迹，正是这起事件终结了这片"梦想之国"。也许就是那个时候，真上才意识到这里就是幻想乐园吧。如果这地方能像当时计划的那样，作为一个能让人幸福的游乐场好好经营下去的话，真上也不会来这里了。

"你看起来很感动啊。"蓝乡冷笑着说道。

真上并不想被人发现自己正盯着看的东西，便立刻用身体挡住，可还是没能逃过蓝乡的眼睛。

"啊，是被害人的血迹。当时就用塑料布这么一挡，没想到还留着啊。在这儿死的是谁来着？我记得是……"

"中铺御津花。"真上说道，没有一点迟疑，"案发时她二十七岁，是天继山天冲村的村民。她是个护士，在村里只有六张床位的诊所工作,对天冲村和外界的联系很积极,她幻想着在度假山庄项目中负责珍德玛股份有限公司的外联工作,而且她——"

真上正说着,蓝乡打断了他:"等一下,你为什么调查得这么详细?"

"废墟并不是为了成为废墟才存在的,不是吗?"真上冷冷地答道,"废墟原本是为了长时间服务于人类而存在的建筑,出于某种理由才被抛弃。以前这里是个什么样的地方,又是为什么变成了废墟,明白这些事情之后,就能好好理解这片废墟了吧……我是这么想的。"

像这样面对面地和人讲述自己的观点,对真上来说还是头一回,说着说着越发没自信起来。真上知道自己能造访幻想乐园后,对过去的事件进行了一些预先调查。

"真上你好奇怪哦。"

"有吗……我没觉得啊……"

"有啊,不管怎么想都是你奇怪吧!一般人不会像行走的维基百科一样滔滔不绝地说话吧。难道说,你对猎奇事件感兴趣?"蓝乡肆无忌惮地笑着。

被这么一说,正常人都会很受打击吧,真希望他别这样。本来还想着,有机会把自己包里的调查资料给他看呢。

"推理作家应该对这方面更感兴趣吧。"

"也许吧。可我又不写真事,如果只写事实,不成了实地记者了。"非要用嘲讽的语气说话吗,真上开始怀疑,蓝乡这个人没准性格很恶劣。这样的蓝乡对过去的事件到底了解多少呢?

说起来,他到底打算黏着自己到什么时候啊?真上内心愤愤不平。不是已经一起坐车好好到了幻想乐园了嘛,就地解散才对吧！难道说，他打算参观期间也一直跟着自己吗？要是这样，真上真想快点找个台阶，把这个口香糖一样的家伙蹭掉！

"接下来怎么办呢？真上，你想去哪儿？"就算他这么兴致勃勃地和自己搭话也绝对不要理他！真上暗暗下定决心。正在此时，一阵冰冷的声音从真上前方传来。

"我已在此恭候多时。你们是最后抵达的参加者。"前方站着一抹黑色的剪影，那是一个女人，她的表情难以捉摸，仿佛罩着一层面纱。她的手提包、连衣裙，甚至连浅口皮鞋都是黑色，可唯独那又长又直的头发是漂亮的焦茶色。那颜色过于美丽，以至于真上觉得应该不是染的，而是头发原本的颜色。

"你们真是叫我好等。我带你们去住宿的别墅，请随我来。"

"呃、啊，好的……谢谢。"真上不过脑子地回道。

这里还有别墅啊。真上想起来，报名注意事项里确实有写不必担心住宿问题，没想到这边的条件比他想象的还要优厚。这也能理解蓝乡为什么轻装而来了。

放着内心惶惶的真上不提。蓝乡在一旁十分聒噪："你好美呀！"

"不好意思，我不喜欢闲聊。"佐义雨躲闪道。人家都这么说了，蓝乡也不好再搭话。

"你发什么呆呢？难道你没看说明？"蓝乡问真上。

"说明……多少还是看了的……"

"参观期间请不要离开幻想乐园""基电站已被撤走，因此幻想乐园内没有信号"，对这种注意事项真上还是有点印象的。

"他们为旅居于此的客人们准备好了住宿的地方。毕竟，在废墟里露营还是很危险的嘛。哇，真不愧是十屿集团啊，准备得真是周到。"

不，这样做不是反而削减了废墟的魅力嘛！应该感受废墟的本来面貌才对吧？什么也不必准备，在古旧的地方过普通的日子明明也是一种乐趣。难道说，这次幻想乐园之行和自己一直以来所追求的志趣并不相投吗？真上的内心在咆哮。

"好期待呀。就要和其他的废墟爱好者见面了，还要在别墅里生活。毕竟是那个十嶋集团准备的，吃的东西肯定也不会差的！"

蓝乡没心没肺地笑着，真上却忧心忡忡。

2

第一次听说封闭了二十年的幻想乐园即将开放的消息时，真上在原本安静的休息室大叫出声："我去！幻想乐园居然？"

"真上你吵死了！接待客人的时候怎么不见你这么大声！"

"对……对不起……"

果然被店长骂了。真上弓着身子看手机确认。告诉他这个消息的，是同为废墟爱好者的"pekorutann"。两个人在网上聊了很长时间，也曾一起去过几次废墟。pekorutann 似乎也相当兴奋，真上从他发的消息里都能感受到他这股兴奋劲儿。

真上立刻回复："pekorutann，这是真的吗？好像这话题确实在 SNS 上引起了不小的轰动……"

"你好好看看！是十嶋集团官方发布的声明！为了这事，他们特地建了个官网！"

点开 pekorutann 发来的链接，的确是一个非常正式的网站。

时隔二十年，废弃的幻想乐园即将开放。
欢迎来到消逝的梦想之国。

网站上还附有一张照片，照片里是一座老旧的旋转木马，让人不禁想象幻想乐园如今的模样。旋转木马的彩灯已经脱落，能看到褪色的马车，还有飞马落寞地伫立着。

"好酷啊。十嶋把幻想乐园买下来的时候，我还以为我再也进不去了呢。不知道十嶋是怎么安排的，一点风声也没有。"

"真是一座梦幻的废墟啊。只是游乐场本身就很让人激动了，被废弃的理由也很吸引人啊。这些娱乐设施也几乎没再动过了。"

"真不知道这是吹得什么风，十嶋庵不是绝不开放自己的收藏吗？"

"谁知道了，毕竟是像幻想乐园这样的好东西，就算是十嶋庵可能也会忍不住想炫耀一下？我一定要报名！虽然可能选不上。"

"报名？"

"永太郎，你是不是没仔细看啊？好好看报名页面啊。"

被pekorutann催促着，真上再次看起了主页。

如今，幻想乐园将不再对所有人禁止入内。情感能够和幻想乐园之凄美共鸣的人、曾在幻想乐园参与过梦想创造的人，请一定报名前来。得难得之物，享一时尊崇。

"呃……这是什么意思啊？"

"说白了，他们只是打算把在幻想乐园工作过的人聚集起来吧！可能，他们是想让曾经在那里工作的人，聚在废墟里热热闹闹地回忆往昔？筛选条件太过普通才可疑吧？"

"哦，是这样啊。那这也不是真正意义上的对外开放啊。"

"对啊，姑且倒是有个能申请的地方。他们真的想过让像我这样的人来嘛！"

说是申请栏，可那个输入框就像是问卷的自由输入栏一样让人心里没底，真上不禁怀疑，他们真的会认真看这种东西吗？

但真上还是把"无聊的废墟日记"的网址好好填进去了。虽然只是当作爱好做的一些很细碎的东西，可万一被认可了呢？没准还能遇见像pekorutann一样纯粹的废墟爱好者。

真上天真地期待着。

*

别墅设施比想象的还要完备，半圆形的简易住宅像是一个个单间连接起来的，被置于已经化为废墟的幻想乐园中，有着很强的反差感。这里完全没有时间流逝的痕迹，应该是最近几个月才建成的。

包括接待众人的女人在内，应该有十个人住在这里。屋里开着空调，真上感觉仿佛是回到了自己相当熟悉的便利店。

"为什么别墅是半圆形的？"

"这里以前有个舞台，形状是舞台留下的。为了招待各位，能建成住所的地方也只有这里了。舞台留下了些许痕迹，便顺势建成了这样。"女人趾高气扬地答道。

"把舞台拆了吗？太可惜了吧……"真上说着，声音里混杂着悲鸣。

"舞台经年老化，已经看不出原本的样子了。本来就是木制的，又常年淋雨。"女人冷冷地说。

"是这样啊……那就没办法啦……"蓝乡插嘴道。

"我们追求的不就是废墟吗？完全风化掉岂不更好？难得能参观，应该更想要恰到好处的废墟才对吧？"

"道理是这样……可要是什么都风化没了，那也不是废墟了嘛……就算是十嶋庵，应该也是这么想的吧……"

怎么又提起这位未曾谋面的土豪废墟爱好者了。真上还曾想过，要是十嶋庵把这里胡乱装修一气可怎么办，好在，除了建成这栋别墅，其他部分的保存状态都非常理想，真上对此毫无怨言。真不愧是被尘封了二十年的地方，真希望此后四十年、五十年，幻想乐园都在这里。

一进别墅，也就进了一间大厅。大厅本身就像是一间一居室，里面放着沙发，沙发的数量刚好够所有人坐成一圈。大厅里面装有柜子和灶台。在这里也能做饭吧。

"大厅里面的门连接走廊，通往为客人们准备的客房。但是，在去客房之前，请先落座，麻烦二位先和客人们自我介绍一下。"佐义雨用不容置疑的口吻说道。

真上什么也没说，默默跟着。

客人们都聚集在大厅里，审视着彼此。真上正担心再这样下去永远都不会有进展时，有人说话了："没人先来做个自我介绍吗？那就从我开始吧，这也是应该的。"

男人身上的正装做工考究，他站起身，气宇轩昂。

他身高应该不到一米七，年龄六十来岁。可能是有锻炼什么的吧，他虽然穿着与年龄相称的套装，身体却十分结实。只看脖子以下，可能会误以为这个精瘦的男人只有四十几岁。他周身洋溢着自信，可以看出，他此前经历的人生是值得骄傲的。

"我是主道延，以前在主导幻想度假山庄项目的行政部门工作。这次探访幻想乐园，我可以给大家带带路。请多关照。我以前常来天继山打猎，这也是当时让我负责这个项目的原因之一。"主道态度傲慢地说。

探访废墟根本用不着带路吧。这人估计是当领导当惯了，不管干什么都是这个姿态。

"行政部门是干吗的?"

听蓝乡问,主道答道:"负责引导项目进行。"虽然不是很明白,但主道看起来也没打算再补充。

主道的介绍结束,他旁边一名身材娇小的女性倏地站了起来。"按照顺序,轮到我来介绍自己了。我叫涉岛惠,和主道先生一样,也曾就职于项目的行政部门。至于我当时的工作内容,用大家都能明白的话来说,主要就是负责和天冲村交涉,以确认双方各自能让步到什么程度。结果就是大家看到的,我为自己对幻想乐园建设做出的贡献而感到骄傲。"

涉岛惠看起来差不多五十来岁,白发齐肩,那白色非常美,是她故意染的也说不定。她目光锐利,右眼下还有一颗很显眼的泪痣。真上觉得,她应该是一位工作能力很出色的女性。

"和幻想乐园关系匪浅的人居然来了两个吗?"有人感叹道。那人坐在沙发里,是一位身材稍显丰满的妇人。

"我十分感谢十嶋庵氏对我们表现出的敬意。可事实上,就是你们二位导致那起恶性事件发生的吧。当时谴责你们的人应该不少吧?涉岛女士,还有主道先生。"说话的是一个身材瘦高的男人,年龄已经四十好几,身上的西服套装已经很皱了。他那一头长长的卷发被扎成一束,脸上还戴着一副紫色的太阳镜。身高大概一米七……二?不知为何,男人的右嘴角上扬,可能是他的个人习惯吧。

"这么说来,创造幻想乐园的,还有毁掉幻想乐园的,都是您二位啊。"男人冷笑道。

听了男人的话,主道忍怒为自己辩解:"我基本没参与和天冲村交涉的工作。"

真是说了还不如不说。

"确实如此,这件事,确实是我有疏忽之处。"涉岛坦然地说完,这回反而是那男人有些畏缩了。

稍顿片刻,男人推了推太阳镜说:"我叫编河阳太。干着《月刊废墟》主编这么个活儿。嗨,说白了就是个干闲活儿的寂寞大叔。"

"我倒不觉得是闲活儿,我每期都买……"真上没过脑子地插嘴道。然而,编河并没有显得很高兴,只是轻轻点了点头。

"就是因为有你这样的人,我们才能干到现在啊。多谢多谢。你是?"

"啊,那个……我叫真上永太郎。也谈不上什么职业,平时就是在便利店打打工。还有……在写'无聊的废墟日记'这么个博客。这次能被邀请,大概也是因为这个吧……"真上结结巴巴地说。

编河的反应却很夸张。"啊!那个是你写的啊!我写报道的时候经常看那个做参考,所以知道。呃,也就是说……真上,你是用真名上网的?"他皱着眉问道。

"啊,是的……"

"哇,好可怕。现在的人都这样了吗?我兴致勃勃开始上网的时候,互联网上还群魔乱舞呢。网络世界真是和平了不少啊。不过,现在也有会报出本名,把之前案件的真相胡写一气的家伙,真是变天了啊。"

"实名上网又不是犯罪……"

尽管真上表示不能接受,可周围人的看法似乎和编河达成了共识。

"那你是因为在网上比较有名气才被邀请的?"说话的是刚

才对主道和涉岛所言有所反应的女性。

"因为在网上比较有名气……应该是吧……"

"好厉害呀。这样的人也被邀请了吗。我虽然来了,但其实心里很没底,因为我实在是太普通了。"

"那您是?"

"啊,不好意思。我以前是幻想乐园的营业员,我叫卖野海花。我当时在这个游乐场的便利店工作。虽然没能有机会接待客人,但是包括准备工作在内,这里还是有着我很多回忆的。能受邀前来真是太好了。请多关照。"

这位女性的年龄有些难以推断,应该将近五十岁吧。实在是一位温柔开朗的女性。真上觉得,她看起来是那种会买临期三明治的好人。来这儿以后终于遇上一个看起来能说上话的人了。

"因为说是对幻想乐园过去的追忆,我还以为会来很多像我一样在幻想乐园工作的人呢,没想到会有这么高层的领导来……随后是网上的名人和记者先生对吧?只有我这么普通……"

"这一点我也一样啊。"接下来举手的是一个和编河差不多年纪的男人,身高一米六五左右,中等身材。不知为何,真上对这个看似随处可见的男人产生了共鸣,感觉能和他相处得很不错。

"我是成家友哉。和卖野女士一样曾在幻想乐园工作,当时我负责镜宫。想着要是能再去镜宫里看看就好了,就报名参加了这次探访幻想乐园的活动。和预想中的一样,这里还真是让人怀念。请多关照。"说完,成家恭恭敬敬地鞠了一躬。

"哎呀,成家先生是镜宫的啊!您还记得我吗?"

"呃……不好意思。你是卖野女士,对吧?我只记得一起在镜宫工作过的人,毕竟幻想乐园的员工还是挺多的。"

"没事没事,没关系的。我就随口一问,其实我也不记得成家先生了。不好意思。"仿佛松了一口气，卖野笑了。

本来还以为只有废墟爱好者才会参加这个活动，现在看来并非如此。不如说，目前因为废墟前来的就只有编河、真上以及蓝乡了。还剩下一男一女两位参加者尚不知来意，他们是为何而来呢？

察觉到聚集而来的视线，年轻男人开口说道："我叫鹈走淳也。本来应该是我父亲来，我是代他来的。我父亲负责的是银河云霄飞车。我听父亲讲过很多关于工作的事，非常期待这次活动。请大家多多关照。"鹈走嘴上这么说，看着却好像并不怎么期待。他身高差不多一米七，身材瘦削，肤色有些晒黑了。他眯缝着眼睛，目光敏锐，仿佛在说在座的各位都是敌人。明明代替父亲也要过来，应该对幻想乐园很感兴趣才对，那副态度却怎么看都不像。

"鹈走问过父亲有关幻想乐园同事的事吗？我对那个……云霄飞车那边不是很了解啊。"

"没。我只问了关于游乐场的隐情，还有来这儿是不是能和十嶋集团攀上关系。"他不带丝毫伪装，坦率地说道，"能和十嶋集团攀上关系比什么都有用，所以我才来的。"

"我觉得十嶋庵氏举办这一活动所追求的应该是纯粹的交流。"

"不管怎么说，就算不能攀附十嶋集团，能和主道先生这样的上流阶级结交也很不错。无论怎样都是大有益处的，果然是来对了。"鹈走扬言道。这份坦诚让人觉得爽快，值得尊敬。刚好，真上也在找新工作，这么一想，也许，来幻想乐园确实是个好机会。

"然后呢？那位好像是自由职业者，那这位呢？"鹈走斜了真上一眼，把话头转向蓝乡。

"我是蓝乡灯至。也许，时任古美这个名字大家更耳熟一些。"蓝乡做了和在车里时差不多的自我介绍。然而，周围人的反应却并不理想。众人面露疑色，完全不知道蓝乡在说什么。

"是废墟侦探系列吧？我看过。"只有鹈走有所回应，可他的表情却十分严峻。"说实话，我完全不理解那个系列为什么评价那么好。那种东西还有必要写什么推理吗？"

"连作品的精彩之处都不理解才是最要命的。"不知是不是因为被戳中了痛处，蓝乡难得露出了狼狈之色。看到蓝乡这副样子，真上感到很痛快。

"作家什么的好厉害呀。还邀请了这样的人，真是有趣！"像是在关照蓝乡的情绪，最后一人如此说道。

这位年轻的女性留着茶色长发，年纪看上去和真上差不多。作为女性她很高，应该超过一米六了。一双大眼睛让人印象深刻，整个人气质温和。

"啊，介绍得有些迟了。我叫常察凛奈，是一个喜欢废墟的普通白领。我没什么特别的……能来幻想乐园我真的很开心。废墟里我最喜欢的就是游乐园了。"大概是因为没找到什么别的可介绍的，常察歪着头，表情困扰，像是在乞求原谅一般看向众人。那眼神就好像是在说只是因为喜欢废墟就来了幻想乐园是她错了一样。"没关系啦，不要在意。"真上心里想着。这样一来就可以跟 pekorutann 说，普通人也是能被选上的了。

先前做向导的女人一直等在角落里，全员的自我介绍一结束，她立刻走了出来，神情泰然，步履轻盈。

"请容我重新介绍一下自己。我叫佐义雨绯彩，来自十嶋集团，是十嶋庵的代理人。"佐义雨说着，莞尔一笑。虽然她是来这里上班的，但也能看得出来，来到这里她很开心。

"我的任务是全程观察诸位在幻想乐园完成挑战的过程。"

"挑战"这个词虽引人注意，可众人的兴趣已经全然在佐义雨本人身上了，搞得像没人在意这挑战一样。

"诸位在此无须顾虑，随意即可。别墅里为诸位准备了带独立卫浴的单人间，还准备了丰富的食物，请诸位随意取用。"

"看来并不是荒野求生那种形式的啊。这下放心了。之前有些不安，还准备了便携食品……应该说真不愧是十嶋集团吗。"涉岛惠驾轻就熟地吹捧着十嶋集团，由此能让人感受到她的圆滑之处。

"十嶋庵氏不来吗？我还以为能见到他，一直很期待啊。"编河问道。

"十嶋从来没有在公开场合出现过啊。"

"我听说，这个活动本来就是十嶋庵为了聚集当时的相关人员、缅怀过去才举办的。"鹈走耸耸肩，说道。

闻言，佐义雨摇了摇头，说道："我们可从来没说过那种话，我们说的是召集和幻想乐园相称的人。"她的语气听起来既像是训诫，亦有几分玩笑之意。

佐义雨只有在说起十嶋时，才会把假面揭下来一点儿，那表情就像是说起一个相识已久的友人。她和十嶋庵的关系也许比旁人想象的还要更近一些。

"十嶋庵到底是一个怎样的人——应该有人是对这个问题感兴趣才来参加活动的吧。难道说，佐义雨小姐就是十嶋庵吗？虽然看着年轻，但实际上是十嶋集团的首脑什么的？"编河直击要点。他的语气虽然像是在开玩笑，眼神却无比认真。和十嶋庵的真面目有关，肯定会是个大新闻吧。

"说起来，外界并不清楚十嶋庵到底是男是女……ＴＡ到底是男性还是女性呢？"说这话的是常察。明明是个大富豪，没想到却连这种事都没人知道。尽管如此，可就是没人能断言。

"十嶋庵，真的存在吗？"片刻，成家咕哝着说道。

思及此处，人们一直理所当然确信他存在的十嶋庵、二十年前下令买下幻想乐园的狂热废墟爱好者十嶋庵、将众人聚集于此的十嶋庵，形象顿时变得模糊起来。

——这个人真的切实存在吗？

"愚蠢至极。我通过代理人和十嶋庵氏有过数次交流。那冷静沉着的商业决断，还有对投资的胆壮心雄，有着废墟这一妙趣横生的爱好可见其极富玩乐之心。不管怎么想，十嶋庵氏都是位男性！"主道毫不犹豫地说出了这一番明显带有歧视性意味的发言。

"先不管十嶋庵此人到底是否存在，我比较在意'挑战'这个词。"注意到这一点的是鹈走，他强行把话题拉了回来。

"到底是什么意思？是准备了什么消遣项目吗？"

"是的，十嶋留有留言，请容许我代为转达。"

"如果是十嶋庵氏的留言，我希望能收到书面留存。就这么口头传达，要是产生了什么偏差，我是会很困扰的。"

"不，口头传达不会有问题。要是这样都理解不清楚，那就算是书面给您，您可能也看不明白。"

被一通揶揄，主道的脸色瞬间变得很难看。然而，佐义雨却丝毫不介意，继续说道：

"十嶋的留言只有一句话：'我将把这座幻想乐园转让给找到宝藏的人'。"

这句话如此言简意赅，的确没有必要书面留存。

"我就是为了亲眼见证诸位的寻宝过程才来到这里的。尽请诸位取得这座废弃游乐园的所属权。"

"不是，你是在开玩笑吧？"真上说。

闻言，佐义雨缓缓摇头，说："我没有开玩笑。十嶋是认真地，想要把幻想乐园转让给在座的各位。"

下意识地，真上透过窗户望向园内。

不管怎么看，这座废墟想要作为游乐园投入使用是不可能了。想要接收客人必须处理好各种各样的问题。这么说可能不太好，它并不具备足够的诱惑力，让人去完成十嶋庵安排的挑战。

这片废墟，就算赢来了又能怎么样呢？真上正要把想法说出来，却突然听见涉岛问道："如果谁都没能找到宝藏怎么办？还会和之前一样处置吗？"

"如果过了一周，还是没有人找到宝藏的话，幻想乐园大概会计划对公众开放。就像所有的废墟爱好者和好奇心旺盛的记者们期待的那样。"佐义雨笑着说。

要是那样就好了，真上想着。就算得到这座废弃的游乐园也没有任何用处。说到底，不管是怎样的废墟爱好者，抑或是曾经的营业员，都没人想收下整个幻想乐园吧。

然而，真上的预判被很干脆地证明是错的。

"是这样啊。那这样的话，就不得不去找到宝藏了。"说这话的，是成家。

"来到这里我才明白自己对幻想乐园有多么留恋。因此如果可以的话，我并不希望它向公众开放。幻想乐园就这样一直是一座时间停止的废墟就好。所以，我必须得到它。"成家嘟哝着，听起来像是在钻牛角尖。真没想到，他对幻想乐园的感情已经到了想要拥有的程度。

"成家先生也想得到幻想乐园吗？"

"嗯，可以的话。"

"看来必须认真寻宝了啊。"主道不耐烦地说，就连涉岛也轻轻叹了口气。

趁这空档，真上总算插上了话："等等。难道主道先生你们也想要幻想乐园吗？"

"不行吗？"涉岛用略显强硬的声音反问。

"我不是说不行……"

"这片土地还能用。要是能无偿入手就再好不过了。虽然处理那些建筑物要花些钱，可要是能自由处置地皮，还是很值得一试的。"听主道这么一说，真上不禁觉得确实有一试的价值。对自己的想法转变，真上觉得很不可思议。

看来，这两个人是在谋划商业利用幻想乐园了。

"虽然我没有那么想要幻想乐园……但我很好奇十嶋庵到底藏了怎样的宝物。"

"哎呀，小常察也是吗？我也很好奇呀。"

常察和卖野虽然对幻想乐园的所有权不感兴趣，但对寻宝一事倒是很有兴致。像是要参加定向越野比赛一样，看起来十分期待。

"真上不想要幻想乐园吗？一直在便利店打工可不行啊。"鹈走这话不说也罢。

"不是，你们冷静想想，幻想乐园这种状态，就算入手了也没什么用不是吗……"

"从这一点来看，就是因为你没有上进心，所以才沦落到兼职打工啊。"鹈走语气轻蔑。

"便利店也很不容易的，最近还多了很多复合型业务……"

"不，在这里退缩可不是男人该做的。"编河耸耸肩说。

"编河先生也想要？"

"毕竟，要是《月刊废墟》的记者得到了这座废弃的游乐园，想必会很受关注。写篇不错的报道，以后的事以后再说。既然是十嶋集团，就算不接受所有权也没问题吧？"

"是的。胜利者想怎么样都行，这也是十嶋的意思。"佐义雨严肃地点了点头。

"这样的话，适当地制造舆论，之后再放弃所有权不就行了嘛。真上也可以传到网上，赚些点击量之后再放弃就好啦。"

"我要是那么干，肯定会被骂的。"

"这也有办法，要是用来开废墟同好之间的见面会，就会获得支持了吧？"蓝乡点着头，一副什么都知道的样子。

"蓝乡先生……也想要幻想乐园吗？"感受到周围异样的灼热目光，真上战战兢兢地问。

蓝乡笑着回答，这回答就好像将想要依靠他的真上一把推开一般。"想呀！你想嘛，我不是在写废墟侦探系列嘛！这样我就有了可以自由使用的取材地，想想就很开心！"

"这样啊……"

也就是说，所有人都会为了得到幻想乐园而参加寻宝挑战。尽管赠品过于庞大，却依然没人退缩。这样一来，宝藏会不会被真上一不留神找到了这一点更让他们担忧。虽然这一目了然的事实也可以装作视而不见，可这到底是怎么回事？

这时，常察抓准时机问道："话说回来，所谓宝藏到底是什么啊？要是不知道目标，找也没法找吧……"

"关于宝藏的形状和形态，恕我不能告知。但是，十嶋留有一个提示。"

"提示？"

"是的。提示的内容是'找回曾经正确的幻想乐园'。"

"是说……要回到废园之前的状态吗？这种事有可能做到吗？"卖野纳闷地咕哝着。

佐义雨没有回答，提高了声音说："一切都取决于大家。具体期限还没定，大家随时可以离开幻想乐园。但是，一旦离开就不能再次入内，请务必注意。"

"有没有离开要怎么确认呢？"

"通过鵜走先生手腕上也戴着的腕带就能够进行确认了。这种腕带可以感应诸位的生物电流和心跳，如果有人带着它出去了，我们会收到通知。此外，不论是否在园内，只要把腕带摘下就算离开。"

真上想，连心跳都被监测，也就是说如果有人突然心跳停止了，也能立刻知道吗？不过，显然现在并不是讨论如果有人心跳停止寻宝会怎么办的时候。

"哎，感觉真的很像小孩子玩的游戏啊，洗澡的时候不小心掉了也不行吗？我这个这里看着就快掉了啊。"

"请务必小心。"编河正打岔时，佐义雨说。编河耸耸肩，把腕带戴在了和戴腕表的右手相对的左手腕上。原来如此，戴表的人再戴上腕带，两只手就都戴满了，很不方便。周围众人也纷纷把腕带戴在了和惯用手相反的那边手腕上。这样，左撇子的真上就戴在了和主道相同的一边，感觉有点不舒服。真上感觉也有可能不小心弄掉啊。腕带一离身就出局了，应该不会真的把人赶出去吧。

"那么，诸位还有什么问题吗？"

"要是过后有想问的也可以到时候再问吧？那应该没什么事

了。"涉岛果断地说。

"那就解散吧。得快点去找宝藏。"

卖野说完，主道和涉岛耳语了几句，很快就出去了。成家也在思考了一会儿之后，头也不回地出门了，看上去很着急。只有蓝乡说了句"要去放行李呀"，就往房间那边走了。

剩下的就只有意味深长地盯着真上的编河、低着头不知正沉思什么的鹈走，还有看起来好像不知道做什么好的常察了。

"明明没必要那么着急……"

"真上先生倒是不着急。"佐义雨用锐利的目光盯着真上，扑哧一声笑了出来。真上感觉像在接受求职面试一样紧张。

"别紧张。果然单纯来享受废墟的人就是不一样。"

"我就是为了单纯地享受废墟才来的。拥有幻想乐园这种事，我想都没想过。"

"不想要这里吗？"佐义雨说话时，特地强调了"想"这个字。她那点在下巴上的指甲整洁又好看，只是上面好像沾了什么白色的东西。真上总感觉自己好像在哪里见过，同时也奇怪，对服饰如此讲究的人会有这样的疏忽吗？

"那个……既然正被你盯着，我就顺便问一句……不在这个别墅里睡也没事吧？在幻想乐园的任何地方睡，十嶋集团都OK吧？"因为是非常重要的事，真上询问时语气强硬。在得到佐义雨的回答之前，编河先有了反应：

"等等！真上，你这大帆布包里面，不会是野营用具吧？你不会有着什么想在旋转木马旁边睡觉的愿望吧？"

"说是野营用具……就只是换洗衣物和睡袋而已，还有一些必需品……没有什么夸张的装备……"

真上嗫嚅着说完，在场众人哄堂大笑。真上心想，难道大家真的都打算住在这个别墅里吗?

"但是,这份心情可以理解。我以前也说过想睡在水族馆、想在外面边看星星边睡觉什么的,让我父母很是困扰呢。我能理解真上先生准备睡袋的心情哦。"常察找补似的说,可真上的心情并没有因此变好。就算她这么说,肯定也是要在别墅里睡的吧。什么啊,这里的废墟爱好者和真上享受废墟的方式完全不一样。

"不,应该不是这样的。你不会是打算半夜寻宝吧?"鹈走说。

"都说了,幻想乐园也好,宝藏也罢,我一点兴趣也没有。我来这儿单纯就是为了享受废墟。"

就算真上如此回答,鹈走还是有所怀疑。都到这里来了,干脆找到宝藏转让给谁也许更合乎常理。

"我相信你说的,暂时。"

"也是……那个,谢谢你相信……"真上实在待不下去,就这样出了别墅。感觉被卷进奇怪的事情里了。这种发展根本不是真上想要的废墟探索。

3

出了别墅，真上才总算缓过气来。重新有了好好注视幻想乐园的空闲，真上松了一口气。为了容纳大量游客而建造的设施，如今闭门锁户伫立于沉默之中，这样子美极了。

铺在园内的沥青没来得及被人踩踏损毁，至今还很整洁。看着在道路缝隙间生长的野草，真上不自觉地扬起嘴角。关于废墟有多好，他有很多可说的，而其中最好的便是植物野蛮生长的样子。

在犹如废城一般规模如此之大的废墟中，爬山虎将墙壁尽数覆盖，仿佛要吞噬整个建筑。教给真上废墟好处的人，也最喜欢藤本植物爬满墙壁的样子。地面上欣欣向荣的植物是衡量人类出入的指征。如果植物不见荒颓又十分繁茂，那就证明这地方长年少有人出入，只等自己这类人前来探访。

真上稍微在回忆里沉浸了一会儿，便开始在园中信步前行。废弃的游乐园和普通的废墟是不一样的，有着能容人漫无目的徜徉仿佯的宽阔，真上觉得很新鲜。

"全都已经不能动了吗……"真上小声自言自语。

每个设施都别有风情，接纳了自己慢慢死去的这一事实。

然后，真上在名为"幻想降落伞"的设施前停下了脚步。巨大的柱体由八根支架支撑着，让人印象很深刻。近前的看板上写着"乘坐幻想降落伞，享受二十米高空之旅"。

柱体吊着的是有蓝色降落伞的双人吊舱。看起来，设施运作时，吊舱会向上移动，吊舱中的乘客能将整个幻想乐园一览无遗。每个吊舱分别与其对面的吊舱相连，如果这边的吊舱上升，对面的吊舱就会下降，像跷跷板一样。吊舱在这样上下缓缓移动的同时还会慢慢旋转，以让乘客充分享受风景。

现在，八台吊舱中，有四台降下，而对面的吊舱保持着在高空向上的状态。也许这二十年里，这个"跷跷板"一直保持着这个姿态。

拍了几张吊舱在高处的照片后，真上想把吊舱放下来拍几张照片。中央的柱体要是有能爬上去的地方，没准就能用体重把吊舱放下来。真上抚上生锈的柱体正欲尝试，背后却传来尖锐的声音。

"真上？你在做什么？很危险啊！"

不知是想到了什么，卖野以飞扑之势跑了过来。真上想要避开，结果失去平衡摔倒了。卖野见此情形发出一阵悲鸣："啊！果然摔了！虽然不知道你打算干什么，但废墟可是要比你想象的更加危险的。哎呀太好了，没什么大事……"

"呃……那个……多谢关心。"

"没事。真上你没受伤就好。"

就这样，两人对视着沉默了一会儿。还是真上放弃挣扎，跟她搭话道："卖野女士您怎么在这种地方？是有什么关于宝藏的线索了吗？"

"线索？完全没有啊。只是因为有些怀念，所以四处走走看看。虽然发生过那种事，但这里毕竟是有我年轻时回忆的地方。"

卖野满眼的怀念，真上竟有所共情。刚刚，真上也沉浸在同样的乡愁之中。

"话说回来，你刚才要做什么？不会是想移动它吧？"

"移动？这个本身是能移动的吗？"

"名字里有'幻想'的设施都是能移动的哦。只是方式各有不同，有可以拆开重新拼装的，还有内置滑轮可以直接移动的。"

"噢……这么说我就明白了。要是不能移动，组装位置不合适或是想装设新的游乐设施的时候会很难办啊。"

这些事无关废墟，而是关于游乐场准备工作的，真上很感兴趣。

"这样设施既有稳定性，移动起来也不会太费力。你看，这个'幻想降落伞'也是这样的，八根支架里有一半是有收纳功能的，可以从里面取出滑轮。"

"这要有多少人才能拉动啊？"

"这可不是靠人就能拉动的，里面有移动用的发动机。你可别尝试移动它啊，有可能引发重大事故的。再说了，没通电它也动不了。啊，你要是想仗着自己年轻硬去拉它，那我劝你还是放弃这个想法比较好。"

"再怎么说我也……"不会做那种事的。真上说了一半，不知怎的，没能继续说下去。真想看看这些庞大却锈迹斑斑的机械慢慢动起来的样子。如果为此有必要入手幻想乐园——真上开始对寻宝稍微产生了一点兴趣。

这时，卖野仿佛看穿了真上的想法一般，说："真上对寻宝没有兴趣吧？"

"哎？呃，啊……没有啊。幻想乐园可不是我能处理的。"

"那如果你找到了宝藏，能让给我吗？"

"哎？"

卖野的表情无比认真，还能看出一些忌惮。她分明刚才还说什么是带着半玩乐的心情寻宝的。这点时间，应该还来不及在看到幻想乐园后突然改变心境吧？

"那个……卖野女士想得到幻想乐园，应该不是为了要做些什么吧？"

"嗯，我不过是个普通的主妇，像我这样的人也没有能力拿它做些什么。只是……但是……我也想有一些丈夫和孩子不知道的资产，这样不好吗？"

骗人。真是个很容易就能识破的谎言。只是真上不知道她说谎的理由，也不好深究下去。

宝藏本身转让出去也无所谓，可真上实在是很在意，卖野到底在隐瞒什么。过了一会儿，真上说："好啊，就献给卖野女士吧……毕竟你是第一个拜托我的。"

"真、真的吗？"

"说实话，我并不了解以前的幻想乐园，能不能找到还不一定呢……"

"那、那我们一起行动吧？这样也许能找到，一起吗？"

卖野不由分说，接连发问。真上本来还想忘了寻宝的事，自由自在地探索一下幻想乐园呢，这样面对面的请求真是很难拒绝。真上可是连帮忙替班都没法拒绝的人啊。

"那，卖野女士……我们从哪里找起？您觉得东西会被藏在哪儿呢？"

"寻宝啊，那应该是在神秘之境或者镜宫里吧。因为宝藏嘛，就是要藏在容易迷路的地方，对吧？"

虽然真上没去过镜宫，但是多少听说过，有些印象。那是一种用镜子做的迷宫。因为会被镜中自己的虚像所迷惑，很难找到正确的道路，乐趣就在于费时费力费心思。

"原来如此。确实有可能在镜宫……那神秘之境是什么呢？"

"名字虽然叫神秘之境，其实就是鬼屋。进去之后，里面会有僵尸、妖怪之类的嘎吱嘎吱地搞动静。之前，有些孩子不知道那是怎么回事，进去直接吓哭了。"

"为什么起了'神秘之境'这么个名字啊？"

"这地方本身是神秘没错啦，可是一点也不'谜'哎！"①

卖野好像说了一个很不错的笑话一样，兀自笑了起来。就因为起了这种名字，本来不会被吓哭的孩子吓哭了，而喜欢鬼屋的人却有可能因此错过，真不是个好名字啊。去问问主道他们这名字的由来，他们会知道吗？

"那我们去神秘之境里找找看吧？感觉那里好像很适合藏宝。"

"不要。恐怖的东西我真的应付不来。要去不如去镜宫吧？"

"要是宝藏就藏在神秘之境，卖野女士要怎么办啊？放弃吗？"

"要是那样的话，我想麻烦真上帮忙去取。找遍其他所有地方之后要是还没有，那一定就在神秘之境了，到时候就拜托了。"

"我倒是无所谓……"

总觉得无法释然。虽然真上并不害怕人造的僵尸和妖怪，可总觉得麻烦事都被硬塞给自己了。

"你要是明白了的话，那我们就先从镜宫开始找起吧！"卖野说着，意气风发地迈开步子。真上安静地跟在她后面，感觉自己好像一只家犬。

---

①日语中意为"境"的"ゾーン"发音"zoon"和意为"谜"的"なぞ"发音"nazo"相近，此处是一个很牵强的谐音梗。

断章 1

刚来天冲村时，我大概两岁。那时我还不太记事，只记得感觉自己来到了一个陌生的地方，在那之后，住在陌生地方的烦躁与不安一直伴随着我。明明我根本不记得自己之前住在什么样的地方，真是惭愧。

在新搬进的家里，有一个很大的地下室，村里人都叫它地窖。以前，天冲村发生过严重的森林火灾。有了那时的教训，为了能在紧急关头让村民避难，村里就建起了地窖。那时，提议让大家建地窖的，是在天冲村很有权势的签付一家，他们家至今在村里也很有发言权。天冲村自给自足，村民们靠小规模农业维持生活。除大米外，还出产洋葱、土豆等农产品。蘑菇也已经形成了好像是叫产业链的这么个东西，我也不太清楚。天冲村虽然是山村，但是降雪相对要少一些，也因此被认为是受上天眷顾的村子。

虽说如此，可这地方真正值得夸耀的也就只有星空了。我从小就因性情冷淡而被人所知，甚至经常被人问"你这孩子为什么总是在闹情绪呢"。我明明没想露出那么不耐烦的表情，只是不知道怎样才能表达清楚自己的开心而已。

天冲村很无聊，几乎没有什么可玩的地方，要是随便在村里转悠还会被骂。离开爸爸的家之后，妈妈说，除了回到这里就无处可去了。而我却想回去,虽说这里是妈妈的故乡,可我却完全无法感同身受。

天冲村很寂寞。大家总是很忙,村里也没有和我同龄的孩子。比我大上一轮的孩子倒是不少。近几年在天冲村生孩子的人本身就很少。白天妈妈还要工作,没有人陪我玩。诊所里只有妈妈和近藤阿姨两个护士,按时放假也很难。

我常在村中探险。村里有很多房子,空房子也很多。

其中有一幢房子特别大,那就是签付家。

签付家有很大的庭院,庭院里种了好多好多的水果。我会穿过栅栏上的洞,溜进庭院里,尽管这样做其实是不对的。因为在绘本的世界里,就算随便吃树上的水果也不会被骂,所以我也把能够到的水果摘下来吃掉了。

我和阿晴就是在这时相遇的。

"你在那里做什么呢?"

他长得很美,可不知道为什么,我觉得他的眼神很悲伤。那表情就好像他被谁抛弃了,只剩自己一个人一样。他就这样直直地看着我。

"我看到叶子动了就过来看看,没想到是个这么小的入侵者。"

说话时,他跨过栅栏向我走来。

"你叫什么名字?"

"凛奈。"

"哦。我叫阿晴(Haru)。"

阿晴走到我身边,俯下身来。我们看着彼此的眼睛。

"在你吃美味的石榴时打扰你,很抱歉。不过,我们还是快点出去吧。这里是人家的庭院哦。"

"那，我想去那边看看，看完我会好好回家的。"我指着庭院的尽头，从正门也能看到的地方。那里开着很美的花，我无论如何都想摸一摸那里的花。

"那里有可能被谁看到啊……对了。"

阿晴将脸靠近我的耳边，小声说："要是有谁发现你了，你就说，是晴乃说你可以进来的，我来负责。"

"嗯。知道了。"

我挥着手迈开步子，慢悠悠地朝着粉色的花走去。

4

镜宫是一座六角形的巨大建筑物。外墙红白相间，虽然已经褪色，却依然稳固矗立着。接近屋顶的高处设有一些换气用的小窗，即便是这种小窗也并非是用普通的玻璃制成的，而是用镜子做的。真是彻底。

入口的屋檐处装有用流行字体写着"MIRROR HOUSE"的看板。看板上有一只看着让人毛骨悚然的兔子木偶。看板和兔子长年风化已经发黑，乍看之下，它们仿佛笼罩在巨大的阴影之中。

"这样看来，镜宫也有点吓人啊。"

"确实……"

"真上，这个给你。"

卖野递过来一个大号手电筒。

"镜宫里应该会很黑。幻想乐园营业时里面倒是有照明的……是吧？"

"谢谢。我没去过镜宫，没考虑到里面会光线不好。"

和室外的娱乐设施不同，在废弃的游乐园里就是会有这种不便啊。在这一点上，神秘之境也是一样麻烦吧。手电筒很不错，就算里面和洞窟一样暗，想必也能应对。

"进去看看吧。好在不买门票也不会有人指责。"

"真上，你在一本正经地说着玩笑话呢。稍微笑一笑会更好哦。"

"我会尝试的。"真上边说边推开入口处设置的银色横杠。尽管二十年不曾使用过，横杠依然旋转顺畅，只是有些金属生锈的味道。

这时，真上脚下响起咔嚓咔嚓的巨大响声。心里咯噔一下，真上看向脚边，那里散落着碎裂的镜子。横杠附近，墙上的镜子碎了。

"小心。脚下有镜子的碎片。"

"哎呀，真的吗？好危险呀。唉，都过了二十年了，这也是没办法的事……"

"确实……"

只是这镜子看着像是被谁故意打破的。镜子呈放射状破裂，应该是有人挥动"凶器"朝镜子狠狠砸去的结果。

即便经过漫长的岁月，镜宫里依然很美。镜宫里的路全是用镜子做的，不仅如此，就连地板和天花板也全是用镜子做的。一进到镜宫里，真上就和跟自己一模一样的高大男人迎面相遇了。虽然早已做好了心理准备，可真上还是吓了一哆嗦。

"真上，你被镜宫吓到了吗？也是有可爱之处的嘛。"

"我第一次来这种地方……没什么经验……"

笑着的卖野在镜宫中分裂成好几个。天花板上的真上向下看去，看到了不经意间抬头向上看的真上。仔细看去，天花板上的镜子周围环绕着一圈小灯泡。以前通电时，那应该就是镜宫内的照明设备了。

"这么多镜子，要是碎了多危险啊。特别是天花板上的，要是掉下来很容易让人受伤的……把头罩住的话还能安心一些。"

探索废墟时，最需要特别注意的就是天花板。有坠物风险的地方，真上基本都会避开。天花板已经老化了的房间，真上根本不会进去。碎得像教堂的彩色玻璃一样的天花板已是难得一见，自己会进到这种地方更是离谱，但没准会有碎片突然掉下来伤到眼睛。

所以，就连天花板也装着镜子的这个迷宫，真上也打心底里拒绝。

虽然到目前为止还没有出现裂缝，也没有明显的老化，但它依然很可怕。

"要是这里的镜子全都咔嚓咔嚓地碎了，那也太恐怖了……"

"你这是杞人忧天。担心天会掉下来的人才会讲这种话。"

"从现实角度考虑，难道镜子就不会掉下来吗？"

真上边说，边在到处都是自己影子的迷宫里前进。不过，这里毕竟是游乐园内的娱乐设施，随便走一走应该就能找到出口。真上毫不在意地蔑视着游乐园。

然而，游乐园意外地并没有那么简单。真上很快就撞进了死胡同，四处看去，满心疑惑。有看漏的路吗？真上移动着手电筒，却怎么也找不到前进的路。

"进死胡同了……"

"不是死胡同哦，应该是镜子做的拉门。仔细观察，这些镜子里应该有可移动的。"

听了卖野的话，真上将手电筒向下照去。镜子紧密地镶着，严丝合缝得连水都渗不过去，怎么看都不像是能动的。不被它们的外观迷惑，滑动试试看的话，新的路真的出现了。

"诀窍就是，把手放在上面确认是不是拉门。太黑了用眼睛可没办法看清楚呀。就算照下面看，也看不出来吧？"

"轨道也完全没有空隙……因为没有空隙，用眼睛确实无法判断。"

　　如果是普通的开关门，就可以通过下方是否有空隙来判断了。
　　"事实上，不用手试一试就是不行啊。"
　　也许，设计师所追求的就是完美的镜宫，并尽可能地让迷宫的构造肉眼难以分辨。明明不切实地接触门的话是打不开的，可镜子上的指纹却一点也不明显。应该是做了什么防反光处理吧，二十年前应该还很贵。真是一笔不小的开销。
　　要是这座镜宫再也不能玩了，还真是有点可惜。长年的老化让拉门有一些滞涩，不过，只要整修一下，这些应该都不是问题。
　　"要是卖野女士得到了幻想乐园，就算只有这座镜宫也好，能转让给其他游乐园吗？"
　　"嗯？是啊……说实话，虽然我不知道这座镜宫到底能不能移动，但这样下去确实可惜。"
　　"说起来，镜宫的名字里没有'幻想'字样，不是可移动的设施啊。"
　　"但是，要是我得到幻想乐园，说不定能让这里作为游乐场重新开张……"卖野急忙补充道。
　　好像不小心让卖野过于在意了。也许她现在觉得，真上是否会把宝藏给她完全取决于她对镜宫的处理。不小心让她误会了，真上想。不过，她在害怕触怒真上，已经想要幻想乐园到这种程度了吗？
　　"还请不必在意镜宫的事，真的。"
　　"哎？啊，没事的。我也没想到真上会这么喜欢镜宫。所以，才想让你看看这里灯火通明的样子……我实习的时候，也只是粗略看过镜宫一眼，是个设计精巧的地方。"

解开了拉门之谜后，真上再次和迷宫陷入苦战。即便不断拉开镜子找到新的出路，迎来的也要么是没有任何意义的死胡同，要么是个平平无奇的小房间。

　　在迷宫的构造里，小房间多是联通室外排气窗的，是道路的尽头，并不能顺利前进。

　　"那个……真上难道很不擅长走迷宫？"

　　"也没有不擅长……这里道路的宽度和便利店也差不多。只是，这镜子实在是……"

　　再这样下去别说寻宝了，真上现在只想出去。带着焦躁伸出手的一瞬间，面前的镜子被打开了。

　　"呜哇！"

　　"呀？！"

　　对面出现的是同样拿着手电筒的常察。因为一直在镜宫里徘徊，那一瞬间，真上产生了一种错觉：就好像自己的样子变成常察了。

　　"真、真上？"

　　"常察、小姐，是吧？"

　　"虽然能听到你们的说话声，但却不知道去你们那边的路……"常察微微歪着头说。

　　看来，在真上他们进镜宫之前，常察已经在这里探索了。大家想的都一样。

　　"我算是明白镜宫里的门全是推拉门的理由了……感觉心脏骤停了。"

　　"吓到你了真对不起。真上意外地很胆小啊。看外表真看不出来。"

　　虽然常察是半开玩笑地说的，但真上还是稍微有一点受打击。身高和胆不胆小又没关系。

"哎呀，果然，我们想到一块去了。我也想着宝藏会不会在这里呢。"

"啊，卖野女士也是吗！说到宝藏，就觉得会不会在镜宫或者神秘之境里呢。"

"是吧是吧！"

两个人在镜宫里手拉着手，开心地笑了。突然，蓝乡从常察身后探出头来。

"顺带一提，我也在哦。"

"呜哇……"

"为什么是那种反应啊？你不是说自己是废墟侦探系列的粉丝嘛？"

"喜欢是喜欢。可一想到作者是蓝乡先生……"

"我觉得作家和作品是没有关系的。"

很不巧，真上是无法割裂作家和作者的类型。

"话说回来，我好不容易才把入口的镜子打碎了，要是有说话声不就没意义了嘛。"

"那个，是蓝乡老师弄的吗？"

"要是有咔嚓咔嚓的声音，不就知道是有人来了嘛。"

"那也不能故意破坏镜宫呀。"

"这里不是废墟嘛？本来就是坏掉的东西，无所谓吧？"

蓝乡说这话时一点不心虚。也许确实如此，可蓝乡的废墟观和真上简直是势不两立。因为一时兴起而故意破坏废墟这种事还是不做为好。

"为什么常察小姐和蓝乡先生在一起呢？"

"蓝乡先生在给不习惯废墟的我做向导。我也不知道从哪里开始调查好……"

"我觉得，最开始人手很重要。要搜查镜宫还是很不容易的，我就请常察小姐帮忙啦。"

"也就是说……二位已经搜寻过一遍镜宫了吗？"

卖野问道，常察郑重地点了点头。

"刚才各个地方我们都找了找，小房间也全都看了……完全没有。有的只是镜子，死胡同里也什么都没有。应该没有看漏的地方……"

"常察小姐都这么说了，那应该没问题。"真上说。

镜宫虽然构造错综复杂，但想要藏什么东西的话并不算合适。因为到处都是镜子，放了什么东西的话会格外醒目。宝藏藏在这里的可能性还是很低的。

"明明觉得就藏在这里呢，什么都没有吗？"

"要是有隐秘的小房间，那可就不一定了。"蓝乡半开玩笑地说。

但这确实是不容忽视的一种可能。

"要是成家先生的话，对镜宫的内部构造会更了解吧。毕竟是镜宫的负责人，说不定见过镜宫的平面图呢。"

"就算这样，也是二十年前的事了，他还能记得吗……最近我的记忆力越来越差了。"卖野用手抵着额头说道。这时，真上突然想象起二十年前的她来。那时她也快三十岁了吧。她曾是一个怎样的人呢？

"那平面图呢？"说话的是常察。

"如果幻想乐园是保持当年的样子被留到现在的，镜宫的平面图应该会在办公室里放着吧？"

"确实，要是谁都不知道迷宫里面是什么样，那也太奇怪了。

肯定会有的。"卖野好像已经找到正确答案了一样兴奋。诚然，办公室里应该会有镜宫的平面图。但是，精巧到不看图纸就难以找到的隐秘房间，到底是否存在于这座镜宫里还是个疑问。也许最多不过是知道尽头小房间的位置罢了。虽然也有单纯对迷宫设计图好奇这一点原因，但这些对"寻宝"是否有用还不一定。说到底，"找回曾经正确的幻想乐园"这一提示还没能解开呢。

然而，众人的关注点已经完全在平面图上了。

"办公室里的话，应该不只有镜宫的平面图，神秘之境的设计图应该也在。一下子变得好找了许多呀！说不定地图上还有幻想乐园的秘密通道呢！是吧，蓝乡老师？"

"说到推理就会想到密道啊。我也觉得要是能找到会很有意思呢。"蓝乡笑着回答。

看到大家如此自然地征求蓝乡的意见，真上慌忙问道："等等。以后要四个人一起找吗？"

"不行吗？毕竟小常察又没有很积极地想要幻想乐园……"

"卖野女士对幻想乐园这么执着嘛？"蓝乡睁圆了眼睛问道。

"没有，执着什么的……这里是有很多回忆的地方……二十年岁月过后，要是这里能再变回受人喜欢的游乐园就好了。那个，要是大家能帮忙的话……"

"那我们四个要是找到宝藏了，就一起分享所有权吧。我只想要能自由取材的废墟……也很好奇幻想乐园重生的过程。"

蓝乡说罢，卖野重重地点了点头。

"那就这样，一起行动吧！只要我们齐心协力，肯定能很快找到宝藏！"

就这样，四个人稀里糊涂地一起行动了。

卖野和常察好像很合得来，两个人已经先出发了。真上和蓝乡没精打采地跟在后面。

"所以呢？为什么真上在协助卖野女士？"

"哎？"

"那个人到底有什么目的，我们都不知道。固执到这种程度肯定是有什么企图。"说话时，蓝乡眯着眼睛看真上。

"真上明明听见了还装作什么也不知道。真奇怪呀。"

"我对得到幻想乐园一点兴趣也没有。蓝乡老师，就像你在抽奖的时候抽中了一整条鲛鱇鱼，可要是你不会处理鲛鱇鱼那它就什么用也没有。而这时，有一个超级想要鲛鱇鱼的人，你不给她吗？鲛鱇鱼……至于那人是想养着还是想埋起来，怎么样都无所谓吧……"

"嗯……这比喻真是好像明白又好像不明白。真上要是得到了鲛鱇鱼打算怎么办呢？"

"我的话，切了下锅。"

"那要是真上中了鲛鱇鱼打算拿到哪儿去呢？"

"我也不见得能中……"

不，这也没准，真上想。自己没法处理幻想乐园，所以还是托付给心里不知道藏着什么事的卖野比较好。

"不过，我觉得卖野女士也未必处理得了幻想乐园呀。"然而，蓝乡仿佛读懂了真上的想法，说道。

"不是说了，我们四个人合作吗？"

"我只是想和真上你们一起摇签抽奖罢了。"

听蓝乡这么说，真上总感觉他是在对自己所说的难懂比喻进行报复。

幻想乐园综合办公室的外观形似一艘被横着放倒的巨大火

箭。幻想乐园装修的中心思想就是积极地把一切和星星有关的东西串联起来。听说，那个有名的主题公园的办公室是模仿爵士俱乐部建的。为了保证氛围感所花的心思随处可见，这也是游乐园的妙趣所在吧。

已经开始风化的火箭就像是在遥远的过去意外降落在这里。圆形的窗户已经攀上了爬山虎，像是来自未知星球的遗留物。

"来是来了……可办公室的门打得开吗？"

站在好似登舱口一样的门前，卖野焦急地说。相对的，蓝乡倒是一副若无其事的样子，他说："这无所谓吧。"

"有所谓吧。进不去的话就看不了了啊。"

"真上的发散思维有待提高啊。这里是废墟吧？打不开的话，破坏掉不就行了嘛。"

看着说话毫不心虚的蓝乡，真上觉得至少要避免宝藏落到他手里。要是让这个男人得到随意处置幻想乐园的权利，还不知道他会干出什么不可理喻的事。

蓝乡话刚说完，面前办公室的门开了。

"啊。"

出现的人是涉岛。兴许是她也没想到会在这里和众人碰头，那张冷酷的脸上稍微流露出一点惊讶之情。接着，涉岛身后，主道也出现了。

"涉岛女士，主道先生，好巧啊。"

常察笑着说。表情早已恢复如常的涉岛也微笑回应。

"嗯，是啊。没想到会在这种地方见面。来这里找东西吗？"

"是的。那个……要是镜宫和神秘之境的设计图还在，我们想拿一份。"

"好像确实还在。可以进来找找看。"

这口气就好像是在说办公室到现在还是自己的一样。如今，已经沦为废墟的这里应该是十嶋庵的所有物才对吧。那就让我先来搅个浑水，真上想。

"主道先生，你们在这里做什么呢？"

"缅怀过去而已。本来还想着要是能找到什么寻宝的提示就好了，结果不小心沉浸在对过去的回忆里了。"

本来是想套主道的话，可实际上回答的却是涉岛。真上其实并不想让能言善辩的涉岛说话，结果完全没用。主道好像很尴尬似的说了句不知道是不是在随口附和的台词："要是不好好想想过去的事，那就什么也做不了。"

从那样子来看，很难想象他只是在缅怀过去。主道和涉岛都是二十年前使用这间办公室的人。不，也许实际上的运营者另有其人，应该说他们是能够自由出入这里的人。他们为什么来这边？

"我们可以进去吗？"

"当然。毕竟幻想乐园整个区域都是寻宝范围。蓝乡老师要是能帮忙找一找，我们也是很开心的。啊，现在还用这种所有者一样的语气说话好像不太好。"说完，涉岛微微一颔首便离开了。主道也紧追其后。

"那我们进去吧。感觉有点期待呀。"蓝乡兴高采烈地打开火箭的舱门。

里面并不是火箭内部的风格，进去之后会发现这里只是一间极其普通的办公室。四张办公桌紧挨在一起，收纳资料的柜子也紧挨着排列。显示屏很小的白色台式电脑已经彻底变黄，就算通了电也没法开机了吧。也许是暴风雨卷起石头砸到了窗户，一部分窗户玻璃已经破裂。风雨由此灌入，腐蚀了地板。

角落的纸壳箱里留有很多对折放置的园内地图。因为没能迎来正式营业，地图没派上用场，所以才留下这么多吧。包装上画的吉祥物形象是……粉色的兔子？它好像也很寂寞。姑且先拿一些地图吧。

值得一提的是窗边放置的大号模型。模型外的玻璃箱上积满了灰尘，里面的模型看上去有些模糊。

"这好像是天继山一带的模型。"常察说。

"天继山一带吗？这……"真上说着，用手掌擦拭玻璃箱上的灰尘。积累了二十年的灰尘牢牢地粘在上面，当模型的全景全然展现时，真上的两只手已经像戴了副黑色手套一样了。看到这一幕的卖野，就像在呵斥小孩子一样大声喊道："喂！真上你干什么呢！"

"哎？呃……我想看看这里面。"

"把手弄成那样，什么也碰不了了不是嘛！早跟我说，我找些别的能当抹布的东西给你呀……"

"这个好像能用。"蓝乡指着卫生间旁的小型洗手台说。

"虽然不知道水质能不能喝，但总比你双手黏糊糊的要好吧？"

"谢谢……"坦率道谢后，真上拧开了生锈的水龙头。

就像蓝乡说的那样，水龙头里流出水来。虽然一开始有些浑浊，但很快水流就变得透明，连积满灰尘的洗手台也恢复了昔日的纯白。真上将手放入水中，只感觉水冷得让人发麻。

"好难洗……"

"那是肯定的啊。真上的双手可是承载了二十年的岁月啊。"

"用指甲抓一抓总算能干净一点，可都进到指甲里了……"

经历了五分多钟的艰苦奋斗，真上的手终于干净了。他从帆布包里取出手帕，仔仔细细地把手擦干。顺带还取出一份文件。

"这是什么？"

"这是用来和这个模型做对比的。"

展露无遗的玻璃箱里放着幻想度假山庄的整体建筑模型。简单而形象的群山之中，幻想乐园灿然屹立。不仅如此，还有联通庄园内部的单轨列车，以及有着二十四小时运动场的豪华大酒店。高尔夫球场和滑雪场也已经在模型中建造完成。以前跟人介绍时，都是一边参照这个模型一边讲解的吧。

"这样一看，原计划里这真是一个很厉害的度假区……"

"感觉有些太紧凑了呀。就算是为了弥补交通不便，会做到这种程度吗？"

"因为是以客人长期留宿为前提建造的度假区，想在各个方面都让客人们感到享受吧。还建造了大型影城，为电影试映发布会吸引人群也是一种考量吧。"

说话间，真上翻开文件，取出想找的那一页。

"那是什么？"

"啊啊，不好意思。虽然说了是比较用，但还没有好好解释清楚。这是以前天继山一带的地图。我画的，可能有些出入。"

"你自己画的吗？"常察震惊得瞪大了眼睛。

"因为是旧村落的地图，详细资料并不多……像天冲村这种早已不复存在的村落更是这样。所以，根据资料再现的地图也不会很精准……"

但是，确认了山与山之间的位置关系，可以肯定这地图并没有差得太多。

"天冲村坐落的位置，刚好在幻想乐园这里。而且，幻想乐园前方本来想要继续扩建的酒店和运动场，都在原天冲村的位置上。"

这一社群曾拥有两千居民，真上对此感到震惊。但从幻想度假山庄的模型里看去，这里却很小。幻想大酒店原定建有一千零一十六个房间，其规模足以容纳天冲村的全部居民。

"天冲村附近有水源，而且每年冬天附近积雪不深，之前农业好像很发达。之所以决定在这里建度假区，气候不错也是主要原因。"

"有道理，说到山就不得不提水啊。幻想乐园还打算建泳池，气候也有影响吧？"

"不过，二十五米的泳池倒是随随便便就能建了，我记得就在镜宫边上。反正都要建泳池了，建个流动性更强的泳池不好嘛。"

"好像原本是打算建水上乐园的。第二年夏天会进行筹备，要真建成了肯定会很不错。"卖野视线朝下说。

她注视着这座模型。想来，模型制作时她还坚信第二年夏天的计划会成真。

"要是有这么大，天冲村就在那儿也没关系吧。"常察咕哝着说。

"呃……可是，幻想乐园和酒店之间要是隔着一个村落，那问题还挺严重的吧。"

"啊，嗯。说得也是。度假区里多出一个村落来会很麻烦呢，而且要是有民宅在，高尔夫球场也建不了了。"

"毕竟高尔夫球场的占地面积还是很大的……这么说来，这个模型应该还只是暂定的。"

"各种各样的东西添加进来……"

众人就这样对幻想度假山庄的建设计划展开想象时，思路被蓝乡"啊"的一声打断了。

"被摆了一道。"蓝乡站在柜子前咕哝着,表情十分不悦。

"怎么了,蓝乡老师?"

"这个柜子,这里被拿光了。我之前就觉得涉岛他们是有什么目的才来办公室的,看来,是为了处理这里原本放着的东西才来的。"

听蓝乡这么说,众人纷纷看过去,蓝乡身前的柜子有一处很不自然的空间,已经完全空了。并不是所有的文件都被取走了,应该是那里有什么不想让人看见的东西吧。

"但是,很奇怪啊。要真是怕被人看见的东西,根本就不会放在办公室里吧。所以我觉得,应该不是私人物品。二十年后被人看见还是会很麻烦的东西,放在办公室里不会很奇怪吗?到底是什么呢?"

"难道,放在那儿的是宝藏?"卖野说着,脸色瞬间白了。

"宝藏要是随手放在那种地方,那我真的要怀疑十嶋庵的品位了。"

"是嘛,我倒是觉得,要真放在那儿,他还挺直率的。对大家很友好,很有服务精神嘛。"

"蓝乡老师,请您想象一下,如果拼图的碎片一个个全都被标记了号码,根据号码按顺序排好之后拼图就可以毫无困难地完成了。您认为这是服务精神吗?"

"我不怎么玩拼图呀。"

"这样啊。"

"也就是说,幻想乐园的所有人变成主道先生他们了吗?怎么办呀……"

"还没到放弃的时候呢,卖野女士。没准他们拿走的并不是宝藏本身，而是类似于提示一样的东西。而且，要是那两人真的拿到宝藏、得到了幻想乐园，刚才直说不就行了。"

就算他们不说，那位名叫佐义雨的代理人应该也会通知大家寻宝活动结束的。只是，寻宝的提示是"找回曾经正确的幻想乐园"，那么，他们是想通过移动办公室里的什么东西，取回正确的幻想乐园吗？真上并不觉得移动文件就是十嶋庵想要的谜题答案。这样一想，涉岛他们到底拿走了什么，确实很让人好奇。

要检查一下剩下的文件了。庞大的员工配置表和看不懂的幻想乐园内部资料暂且不管，真上迅速地翻动着剩下的内容。大家分工检查资料时，卖野开心地大声说："找到了！镜宫的设计图，还有神秘之境的设计图！"

不止这些，众人还找到了幻想乐园的地图以及分散在园内各处的仓库配置图。仓库一共七间，纪念品、灭火器、还有防灾用的储备物品好像都满满地堆在里面。

真上对物料储备很感兴趣，而卖野等人的关注点已经都集中在迷宫的地图上了。真上也从上面若无其事地瞥了两眼。

然而，不出所料，并没有什么新发现。镜宫里，死胡同和小房间的位置都很详细地标在上面，并没有意料之外的部分。之前找过的地方确实已经是全部了，地图只是确认了这一点而已。

神秘之境就更简单了。因为那里是乘坐交通工具按路线参观的娱乐设施，根本没有会误入的小路。同样，神秘之境里设置的一切也都很清晰地写在上面。

"这个神秘之境，为什么都是'世界尽头僵尸之境''亡者啼哭之境''最后的审判之境'这种，最后还是'阿鼻叫唤拷问之境'。哪里神秘了？"

"这个啊,因为死后世界是最神秘的嘛。"卖野说。

"卖野女士说得没错。还是说真上,你死过?"

"这么说的话,别说死后的世界了,就连活着也觉得很神秘啊。"

"我也觉得死后的世界是个谜啊。"

就连常察也用奇妙的表情这样说道,大概提出质疑的真上才是个异类吧。

如同提出地狱巡回的路线一般,真上说:"这样一看,神秘之境的探索安排在后面也没关系。这种鬼屋,能藏东西的地方倒是不少……"

"好有意思呀。这个'最后的审判之境',是以玛特的天秤为主题设计的,里面真的会有大天平和怪物阿米特吗?"

"玛特的天平?"

"是古埃及的传说哦。天平上一边放羽毛,一边放死者的心脏,如果心脏比羽毛还重,那这名死者就是恶人,心脏会被吃干抹净。"

"这样不是很不公平吗?比羽毛还要轻的心脏,怎么可能有啊?在这种结果已定的审判里被怪物吃掉,也太不讲理了……"

真不想在古埃及接受审判啊,真上想。

"不管怎么说,先把这个拿走吧。没准能用来谈判呢。"卖野兴高采烈地抱起文件,两只手紧紧地抓着。

"虽然不知道现在其他人拿到了什么样的情报,但我们有设计图,应该可以用来交换信息。不如让涉岛他们给我们看看他们刚从办公室拿走的东西吧!"卖野说道,就好像自己提了一个很机智的提议一样。事实上,分明是涉岛他们先找到办公室。既然他们并没有重视设计图,说明对他们而言设计图不重要。

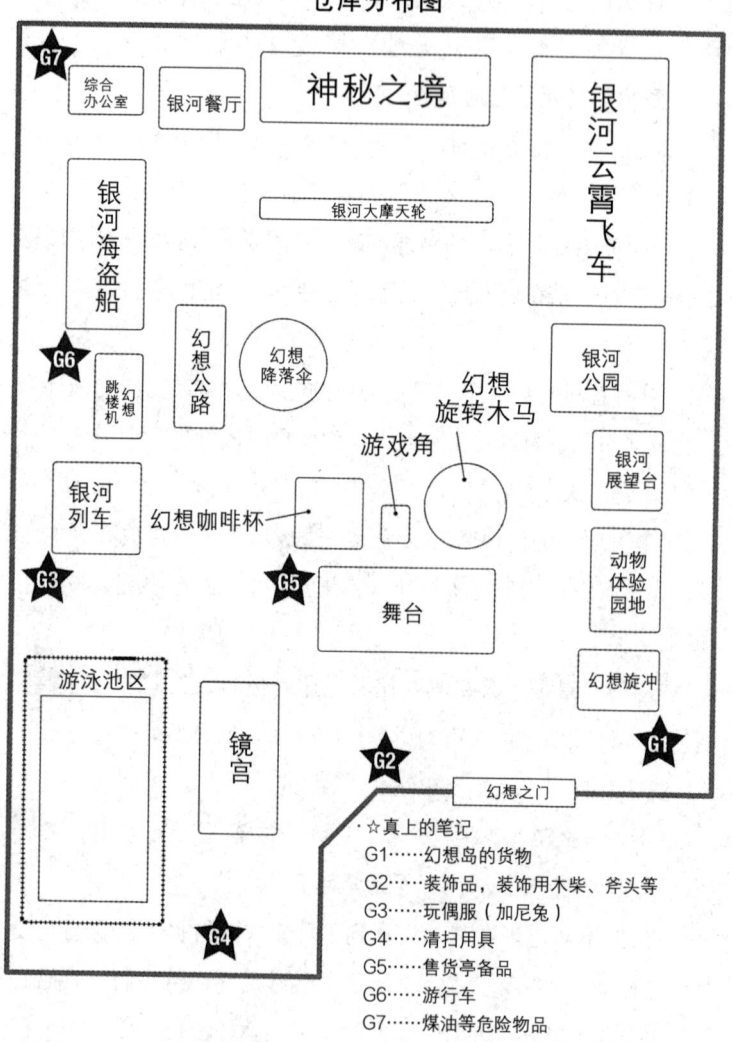

不过也不一定。就让卖野按自己的想法行事比较好。

架子上还有一些杂志。最醒目的是杂志《周刊文夏》九月第四周号封面上的文字："幻想乐园终于开业啦！"好像是正式营业前夕印刷的刊号，今后幻想度假山庄计划如何发展都清清楚楚地写在上面。真上只是快速地浏览了一下，感觉还挺有意思的。

这一期的《周刊文夏》报道了美国同时发生的多起恐怖袭击事件以及法国某化肥厂的硝酸铵爆炸事故，还登载了《千与千寻》的影评，也有关于某大型主题公园新区域建设停工的报道。从杂志里可以看出，人们对幻想度假山庄的期待还是很高的。

"既然已经找到了要找的东西，我们走吧。"常察爽快地说。

"常察小姐已经好了吗？"

"我是觉得能拿到设计图就行了……"常察说着，视线飘忽，有些无所适从。

说起来，常察自从进到办公室里之后就一直有些不太对劲，话很少。是办公室里浓重的怀旧氛围让她不适应，还是充满灰尘的空气让她不舒服呢。也许是因为难得来享受废墟，光是查看这间旧办公室，她心里不满足。

如果真的是对办公室还有迷恋，过后自己来不就行了。真上站起身，说："也是，那我们出去吧。"

"真上没有什么要拿走的东西吗？"

听到卖野的话，真上的视线瞥向模型。它浑然不知外面的世界有了怎样的变化，依然在玻璃箱里做着曾经的梦。它是如此迷人。可真上还是摇了摇头。

"没有。我们走吧。"

5

卖野手里拿着设计图，心情愉悦。她打起头阵，走在回别墅的路上。

"回去之后，我们交换一下意见，大家一起找宝藏吧！"

这个想法能不能实现不重要，卖野能满意就行。真上默默地跟在后面走着，蓝乡低声对他耳语："刚才的文件里，还有别的什么吗？"

"刚才的文件？"

"不是卖野拿着的那个，我问的是你检查的文件。"

蓝乡说的应该是装有天冲村手绘地图的那个文件吧。

"别的……我就只是看了看自己比较好奇的内容。"

"嗯。我很好奇呢。"蓝乡笑着说。

真上想起，在幻想之门前自己曾想过要给这个男人看自己整理的资料，却又因为眼前人的言语而泄了气。蓝乡好像读懂了真上微妙的表情，很不好意思地瞥向别处。

"我没想到你调查得那么认真，对不起。"

说完，蓝乡快步追向走在前面的两人。刚才他是在道歉吗？

常察等人在直径十米左右的巨大星型纪念碑前停下了脚步。

"这星星，是怎么回事？"

"怎么了真上，你不喜欢星星吗？是不常抬头看天空的类型吗？"蓝乡问。

"小时候倒是经常看……就是、那个，好像有十字形的星星。"

"那是什么？"

"只要找到它，在海上航行就不会迷路了……"

"是半人马座下面的十字呀，我知道！"

蓝乡好像赢了什么比赛似的，得意地笑了。到底赢了什么啊，笑成这样。

"这里好像是之前提过的仓库。你看，地图上有。在这些把游乐园推向高潮的装饰里混入一些必要设施，设计得很高明啊。"

常察说完，卖野意外地很开心，笑着说"对吧对吧"。真上看到她已经握上了小小的门把手，随时准备推门而入。

"说不定里面会有宝藏啊，或者提示卡之类的东西呢。"

"嗯……如果是游戏的话确实有可能。卖野女士，从地图上看，这个仓库是放什么的？"

听到真上的询问，卖野露出了意味深长的笑容，说："是什么呢？"是进去看过就知道了的意思吧，真上叹了口气，面向星型仓库。

"说起来，门没锁吧？"

所幸，仓库的门没锁。门被小心翼翼地打开后，仓库里便被照亮了。众人在看清手电筒的光究竟照出了什么东西后，都震惊得忘记了呼吸。

"哇……这是什么啊！"真上下意识地说出声。

贴满了流星的仓库里，放着五套玩偶装。兔子玩偶装由淡蓝色和粉色构成，配色本身就很可爱，设计上又充满想象力。只是它的嘴实在太大，还有一双吊起来的眼睛，看着有些吓人。兔子眼睛里还有颗小星星，看上去很有压迫感。整张脸越看越诡异。

然而，真上身边的常察却两眼放光，简直不输这只兔子。她随即向散发着霉臭味的玩偶装飞扑过去。

"呀！好可爱呀！是玩偶装呢！原来幻想乐园里还有吉祥物呀！"

"这……虽然有……可长成这样……"

长成这样的兔子在游乐园里走来走去，感觉还挺吓人的，最好不要吧。这种活泼又柔和的配色莫名其妙，引人不安。

"这是加尼兔，幻想乐园的兔子吉祥物。这可是人气插画家亲自设计的。只是后来幻想乐园发生了那样的事，这个设计成果好像并没能公开发表。"身旁的卖野利落地进行了说明。

"这位插画家的品位还真是难以理解，是我的问题吗……"

"是真上的问题哦。我也觉得加尼兔很可爱呢。"蓝乡对真上发动追击，语气听不出真假。真上突然觉得幻想乐园变得难以理解了。主道和涉岛也会觉得加尼兔很可爱吗？

"顺带一提，加尼（Gany）这个名字取自于银河（galaxy）和兔子（bunny）两个单词。超级棒，是吧！"

卖野和常察在玩偶装前讨论得热火朝天。看来，卖野在幻想乐园工作时就已经是加尼兔的粉丝了。真上只觉得很离谱。

卖野捧起玩偶装的胳膊，继续说明："这个加尼兔的玩偶装很厉害的，穿着它做杂技类的极限动作也很轻松哦。关节处相当自由。"

"那确实很厉害啊。我在便利店工作之前，也做过要穿着玩偶装的工作……关节能否弯曲对后空翻难易程度的影响还挺大的。"

"哎，真上扮过玩偶吗？那我觉得，加尼兔的穿着体验会让你很有感触的！"卖野两眼放光，那气势仿佛现在就要把加尼兔的头拔下来，按到真上头上。真上可不想被那只闪着星星眼的玩偶吞掉。

"不过，真上应该穿不进去吧。嗯……成家先生应该差不多。涉岛女士正相反，个字太小了也没法穿。"常察兴致勃勃地拿起加尼兔的头，窥探起玩偶服里面。

的确，能穿进这个玩偶服的人，身高应该在一米五五到一米七五之间。这样一来，真上首先就不行，目测一米六五左右的成家先生应该刚刚好。不知道涉岛有没有一米五，她要是穿上，头部肯定没法稳定。

玩偶里面做得很简洁。躯干的部分很瘦，四肢部分用的是玩偶装特有的柔软罩衣。只有关节的部分像是护具一样。上臂和小臂、大腿和小腿分别用旋钩相连，并不是完全分离的。穿上这个，即便是兔子一样的动作也能做。如果这只兔子朝着小孩子一蹦一跳地扑过去，小孩子应该会很害怕吧。

真上正胡思乱想，视野突然变得狭窄，肩膀上被施以不习惯的重量。眼睛所在处，有两束弹道一样的光从洞口照进来。

"啊，头套果然能戴上。哇！好合适！只有扮过玩偶的真上才会有这个效果吧！"

在狭隘的视野中，真上能看到蓝乡在笑。旁边的常察虽然看不太清，但是能感觉到她好像也很开心。尽管头套比想象的还要轻，但放置了二十年的尘埃搔弄着真上的鼻腔，还是让他觉得很不舒服。真上摘下头套，目不转睛地盯着加尼兔。它瞳孔中的星星也直直地盯着真上。

"怎么样？成为加尼兔的感想是什么？"

卖野歪头笑着问。

稍顿片刻，真上回答："眼睛的星星里有用来看周围的洞……藏得可真好……"

"现在的孩子关注点可真有趣。"

"是吗……可能只是因为我扮过玩偶吧。"

真上把加尼兔的头放回它身体上时，呼出一口气。他只觉得灰尘的臭味仍未散去，有些难受。但是，即便历经二十年岁月，玩偶的形状还能保存得如此完好，这一点还是很厉害的。这玩偶装还能用呢。如果现在穿着出去，立刻就能来一场盛装游行。

加尼兔的身体干净得有些不自然。可能是因为从来没有使用过吧。仓库没有窗户，玩偶服一直被放在彻底的黑暗里，几乎没有褪色。尽管真上并不喜欢它的外观，但也觉得有点可惜。

"有没有可能，宝藏就藏在它们之中呢！又或者，穿成这样出门的话，会有隐藏的暗门打开！"常察边一个接一个地检查玩偶服边说。

"大富豪藏东西会这么恶趣味吗……明明有那么多隐秘的地方可以藏，真要放在这么奇怪的玩偶服里，也太傻了。"

"我觉得把玩偶服当作宝箱还挺不错的呢……不过好像没有。"

以防万一，真上也看了一下，每一个都是空的。加尼兔没有承载过任何物品，只是一直在这里睡着。

"不过，仔细想来，如果参加者中有穿不了加尼兔的人，对那人就不公平了哦。"

"这么说也有道理……"

是这样没错，真上强烈地希望着。他原本就对搞到幻想乐园没兴趣，更不想在寻宝过程中经历什么羞耻的事情。

"嗯……好吧，虽然很可惜，但就把加尼兔放在这里吧。好不舍得……"

"其实我也想体验一下穿着的感觉，可惜穿不进去，没办法……"

常察和卖野还在你一言我一语地说着。从刚才开始，真上就一直很疑惑，为什么她们不自己穿啊？

"自己穿不就看不见了嘛。为了能欣赏疼爱一番加尼兔，能离加尼兔最近就好了，成为它可不行哦。"

"蓝乡老师，你是不是会读心啊？"

"所谓小说家，就是会在不知不觉中窥探他人内心深处的家伙哦。"

蓝乡笑嘻嘻地说着完全没有一点说服力的话。

笑声在狭小的仓库里回响，听着就好像是加尼兔在笑一样。

"马上三点了。先回别墅吧？有点累了。"

"好啊。我也想休息一下。兴许还能和其他人交换一下情报呢。"常察声音爽朗地说。

说实话，从那些参加者的认真程度来看，真上并不认为他们会轻易交换情报。回去之后，紧张的氛围如果能得到舒缓就已经谢天谢地了。

"话是这么说，我们能交换的情报也就只有加尼兔的藏身之处了，有点忐忑啊。"卖野苦涩地说。

"你说什么呢。大家应该对加尼兔很感兴趣哦。会有人想穿上试试的。"

"会有吗……"

真上斜着眼睛看伫立在黑暗中的加尼兔玩偶，小声咕哝道。他莫名地忍不住去想，这令人毛骨悚然的玩偶向这一行人猛扑过来、从脑袋开始吞食的画面。

6

"哎呀，欢迎回来。大家差不多都到齐了哦。"

一进别墅，就听到佐义雨清朗的声音。她坐在椅子上，优雅地读着一本书。书名叫《然后在第八天》，作者是埃勒里·奎因。真上很好奇她的工作内容到底是什么。

意外的是，大厅里除成家外，其余人都到齐了。一行人刚要喘口气，主道目光锐利地斜睨过来。

"一个个都到了啊。这么长时间，在办公室里做什么了？"

"没必要跟主道先生汇报吧？十嶋庵不是说了在幻想乐园里可以随便逛吗？"

蓝乡故意带着挑衅的意味说话，卖野慌忙补充。

"去办公室之前，我们先进镜宫找了一下，没找到什么像样的东西……但是，在办公室找到了镜宫和神秘之境的设计图！之后还在仓库里找到了加尼兔的玩偶装。"

"这跟寻宝有什么关系吗？"主道斜着眼睛看卖野，那眼神好像是在说：别说废话。

"有没有关系我不知道，但是有一点很奇怪……"没察觉到卖野瑟缩的神情，常察也插话进来，"如果可以的话，我们也想请主道先生你们一起合作。幻想乐园这么大，不合作根本找不到宝藏，您不这么觉得吗？"

"就算你说要合作……"

"常察小姐说得有道理，我不否认自己也有合作的想法。"说话的是一旁的涉岛。从未曾料想的方向传来声音，主道露出惊讶的表情。

"只不过，我也想尽可能得到幻想乐园。在这种情况下，恕我不考虑无条件的合作。"

涉岛说得笃定利落。本来是打算从主道那里强行套些情报的，涉岛这说法，就好像受到了什么过分的对待一样。然而，卖野和常察却很坦率地认怂了。

"公平起见，跟你们说一声，我和主道先生也没有找到什么像样的东西。佐义雨小姐也明确说过寻宝并没有结束。"

涉岛神情疲惫，叹了口气。因为要打断别人说话，真上显得有些慌乱，他说："办公室的柜子空了一块，不太对劲……去过办公室的就只有涉岛女士你们了，请问，你们拿走了什么呢？"

这种时候，他们应该不会老实回答，但姑且还是要问一下。

片刻后，涉岛说："是幻想度假山庄的投资人名单。"

"名单？"

"是的。投资人的信息自然存有备份，拿走名单本身并不是目的。只是，以前的合伙人名单不管以何种形式留在这里，我想都不太合适。并不是什么有意思的东西，抱歉。"

"感谢告知！"卖野立马说道。

然而，真上却依然抱有一丝疑虑。

留下以前的投资人名单确实可能不太合适。但是，很难想象他们会这么仓促地回收名单。因为如果真像他们说的那样，在幻想乐园移交给十嶋庵之前说明情况，把名单拿回来不就行了。

所以，他们从那里拿走的应该是不想让十嶋庵，不，是不想让外部人员知道的东西。要是能再确认一下这一点就好了。涉岛谎言的妙处就在于，可以坚持说不能让真上他们看到所谓的名单。简直毫无破绽。

"当然，十嶋庵的宝藏并不在那个柜子里。我们十分了解办公室，要是宝藏藏在那里，情况对我们过于有利了，宝藏显然不会在那里。"

涉岛语言犀利，完全不理会真上的疑虑。一旁的主道眼神讶异，看来他不太擅长掩饰情绪。

"所以，那边的二位呢？既然一直在旁边听着，也说一说比较好吧？那位……喝咖啡的，你怎么样？"

被点名的是鹈走，确实没人知道他做了什么。鹈走微微耸了耸肩，说："我去了父亲曾负责的云霄飞车附近……还有旋转木马之类比较明显的地方看了看，并没有找到什么类似宝藏的东西。"

鹈走的语气好像没什么干劲。

主道看着他，目光敏锐："云霄飞车不是什么有名的地方，那里真的什么也没有吗？"

"主道先生自己去看看不就行了。我也去云霄飞车看了，没什么可看的，它又动不了。"

说话的是编河。按他的说法，他也和鹈走一样，在云霄飞车附近找过了。

"不过嘛，我也算是得到了想要的东西。"

"那是什么？"

"这个嘛，敬请期待。放心，和各位找红了眼的宝藏无关，是和我有关的东西。"

听编河话里有话，主道皱了皱眉，显得有些不安。

"对了，加尼兔的玩偶装就放在银河列车旁边的星形仓库里。"常察怯生生地说。

"我知道。那是 G3 仓库。"涉岛严肃地说。

"这样啊……"

"现存的玩偶装应该全在 G3 仓库了。事件发生时染上血了的那件玩偶装已经被扣押了。"

"原来是这样。"

然后，众人又陷入了沉默，难以形容的尴尬气氛笼罩了整个大厅。

这时，成家出现了。

"哎呀，大家都到齐了。"

"成家先生，刚才大家正相互沟通都去哪儿找过了……"常察急忙说。

成家"啊"了一声，回答得很干脆："我去以前工作过的镜宫里看了看，没什么收获。不过我在里面迷路了，可能有看漏的地方。啊，对了，镜宫还是那么亮闪闪呢。"

"哎？成家先生也去镜宫了吗？"真上说。

成家点头。"总感觉宝藏会藏在那种容易迷路的地方。坦白讲，后面我就只是在怀念过去了。虽然里面很暗，但是能回想起那种感觉。"

"大家想到一块去了啊。"

"我们也去镜宫里找了找，却什么也没找到。是我们离开之后成家先生到的镜宫吧。"常察说。

"找了同一个地方，很没有效率呀。既然这样，成家先生也和我们一起找好了。"蓝乡说。

闻言，成家漫不经心地说了句"也许吧"。

"那个，我们在办公室里找到了平面图。镜宫里……难不成有图纸上没画出来的隐秘房间，只有成家先生知道的那种？"

"这个……应该没有。"

"好吧……"

卖野倍感遗憾地叹了口气，朝大厅角落的饮水机走去。

"好渴啊。真是的，到了这个年纪，就算什么也没做也会出汗——"

卖野正要从架子上取纸杯，忽然手停在那儿，僵住了。

"怎么了？"真上出声问。

卖野用都没用，就把纸杯扔进了垃圾箱，稳步走了回来。

"那个，饮水机后面，取纸杯时能看见的地方，贴着一张……奇怪的纸，就是这个。"

真上把那张纸接了过来。这是一张普通的A4纸，纸本身并没有什么特别之处，然而，纸上的文字却不由得让人瞪大了双眼。

幻想乐园持枪随机杀人事件真正的凶手，就在你们之中。

不加修饰、毫无情感的一句话，却充满了敌意，让人不免心惊。众人聚在一起，常察透过缝隙看向那张纸，表情瞬间僵住了。

"这是什么啊，谁贴的？"

常察说着，露出了很可怕的表情。这表情与她沉稳的性格极不相称，也因此让人感受到此时情况不同寻常。

"什么？那张纸是怎么回事？"

鹈走最先发问。常察沉默着将纸举了起来。

"真是恶劣的玩笑。太恶趣味了。这种事不应该随便开玩笑。"

涉岛语气窘迫。

主道也附和涉岛，说："现在绝不是损害我们信赖关系的时候。谁干的，现在立刻站出来。要是不出来，现在就开始查。等到那时候可就晚了。"

"我觉得，应该是查不到的。这个——"真上怯怯地说。

"查不到？"主道打断真上，声音中净是不满。

"是的。因为，这个……谁都能贴。只要用电脑打出来，再用双面胶贴上就行了。趁着大家都没注意饮水机的间隙，迅速贴上就好……几秒钟就结束了。"

况且，纸上的折痕表明它曾被对折三次，那就是八分之一大小。贴它的人一定在来幻想乐园之前就把它藏在手里了。谁都有可能做到。

硬要说的话，是最先走向饮水机的卖野自导自演也不是不可能。不过看她那副表情僵硬的样子，很难想象是她干的。

"佐义雨小姐好像一直在大厅里，说不定她看到了。"

"也有可能是我贴的。毕竟我一直在这里待着，想贴多少都行。"

"是你贴的吗？"

"不是我，而且我也没看见。我一直在专心看书。"

佐义雨莞然微笑，故意举起文库本给众人看。明明是负责观察寻宝情况过来的，关键时刻却完全没派上用场。尽管如此，她依然是别墅的管理人。

"大家现在好像都很诧异，我在这里到底是干什么的。"

"没、没想那么多……就是有点感慨，关键时刻没看到啊。"

"我的职责只是待到最后，关注幻想乐园的出入情况。而且，我本人并不会介入此次活动，贴纸条这种事更不可能去做。"佐义雨戏谑般说道。

"消极怠工。你这样，十嶋庵氏会对你感到失望的。"

主道沉下脸来。

佐义雨完全无动于衷，回道："十嶋庵并不介意。"

"也就是说，我们还是不知道到底是谁贴了这张奇怪的纸。"成家语气沉重。

"不过，这也是个好机会，不是吗？"

说话的是编河。他低着头，语气听起来像是觉得那张纸很有趣。

"说起这座游乐园，根本绕不开幻想乐园持枪随机杀人事件吧？可在座的各位却搞得好像完全没关系一样。"

"那起事件可不是能随便当作八卦素材闲聊的。"常察说。

"这种时候，避而不谈不过是逃避现实罢了。我已经不是因为这点原因就拐弯抹角的年纪了啊。"编河摇着头说完，冷不防看向真上。半响，他又说："真上，你也这么想吧？要说这片废墟最有魅力的地方，就是那起事件了，不是吗？"

*

幻想度假山庄的建设工程面临很大的阻碍——

那就是山中天冲村的居民。天冲村自然条件优沃、历史悠久，村落风光旖旎，山明水秀。然而，早在一九九五年，村中就已经有许多空宅了。二十世纪初人口尚超过五千，到九十年代中期只剩不到一半了。到建设计划提出时，天冲村的人口已不足两千。

正因如此，天冲村的大规模搬迁计划，在村民之间也引发了巨大的分歧。一部分人考虑到天冲村本来就人口流失严重的现状，愿意在其他地方开始新的生活；而另一部分人主张必须坚决守护历史悠久的天冲村。两派人各持己见，互不相让。

村中两派的矛盾深化自不必说，进一步让村民们精疲力竭的是那些村外的人。那些人认为，执着于天冲村本身的村民们早已落后于时代。他们不停地给村里寄送意见书，一些心怀不轨的小混混还在村里四处闲逛、惹是生非。也有人认为，幻想度假山庄计划是在拯救持续人口流失、毫无未来可言的天继山一带。

不久后，天冲村的反对派被压制，幻想度假山庄计划得以实施。天冲村的村民们在幻想度假山庄开发商的援助下，搬迁至附近的天继镇。这已经是一九九九年的事了。

两年后，即二〇〇一年，幻想度假山庄的先驱部分——幻想乐园，宣布竣工。

试营业那天，被邀请的人包括先前离开的天冲村众村民和搬迁地天继镇的原住民。他们受邀免费来到梦想之国，主办方应该是想以此为契机化解天冲村和幻想乐园之间的隔阂。

然而，事情的发展出人意料。

试营业那天，被邀请的客人们都玩得很尽兴。毕竟幻想乐园是项目核心的娱乐场所，它所配备的顶级娱乐设施，比起其他有名的游乐场来也丝毫不逊色。

中午十二点二十七分，一个男人坐进了摩天轮。

他的名字叫签付晴乃，是曾居住于天冲村的一名青年。

他一个人坐上摩天轮，取下肩上背着的黑色箱子，拿出了里面的东西——一把狩猎用的远程来复枪。然后，当签付所乘坐的吊舱到达十点钟位置时，狙击开始了。

签付是从吊舱里朝地上的游客进行无差别射击的。第一声枪响时，甚至当第一个受害者倒地时，幻想乐园仍是一片祥和。因为谁也想不到会有人从摩天轮开枪。他的手法相当了得，人们察觉到恐怖时已经太迟。他持续精准地射击。

之后，就是一片混乱。有人急忙躲进隐蔽处，有人慌忙朝大门跑去，还有人吓得动弹不得、原地蹲下。说不清谁做的才是对的，因为签付的射击技术实在是非同一般，罪恶的子弹无差别地射向每一个人，甚至可以称之为人人平等。

吊舱到达地面时，签付晴乃当场用携带的刀具割破了自己的喉咙，自杀身亡。乘坐摩天轮的十五分钟里，签付共致使四人死亡、八人受伤。工作人员团结一致，引导游客离开，到山脚下避难。他们采取的应对措施非常专业，只可惜，展现的机会仅有一天。

全员避难结束后，幻想之门于当日下午一点零三分紧紧关上了。

当地警察于一点三十六分到达现场。

十点开始试营业的幻想乐园，总开园时间仅仅三小时零三分钟。

签付什么也没说便急于赴死，对于他的动机人们只能猜测。唯一可以确定的是，签付对于迁离天冲村一直持反对态度，他家更是反对派的中坚力量。由此得出动机似乎理所当然。

因为这起事件的发生，幻想乐园被迫废园。只因这起仅由一人引发的悲惨事件，梦想之国从此消逝。就连近千人发起的反对运动都没能扳倒的幻想乐园，却因签付晴乃投下的一块石头而如幻影般分崩离析。

这就是幻想乐园持枪随机杀人事件的经过。

"废园的原因……对废墟来说是很重要。但是，我觉得事实不止如此。"

听了真上的话，编河撇着嘴说了句"哎？是吗？真的假的"，又继续说："要我说，幻想乐园和那起事件，就是想切也切不掉的关系。沦为废墟的幻想乐园，最有魅力之处不就在于那起事件吗？我相信不管是谁，看到幻想岛的现状，都很难不想起那个仅仅因为执着于一个村子就从摩天轮持枪射击的疯子。难道不是吗？"

"没有那回事。明明是废墟杂志的记者，你却相当喜欢这些流言蜚语呢。"常察厉声责问。

"我说，出版社的人员分配是怎么回事你知道吗？大家可不是按照你的想象工作的。择录毕业生的标准可不是是否喜欢废墟。不管怎么想，比起废墟本身，签付的案子才更有意思吧？"

"太过分了。"常察说完，便不再讲话了。看来，编河不过是为了工作才遍访各个废墟的，而并不是由衷地喜爱废墟。刚才也一样，比起幻想乐园本身，他似乎对十嶋庵更感兴趣，他看中的不外乎于此，以写出简单易懂、正中大部分读者下怀的报道。

"那个……编河先生是对事件更感兴趣吗？"

"这是当然的吧？幻想乐园持枪随机杀人事件的内容实在太浮夸，甚至差点没能报道出来。我之所以来这里，也是觉得能多了解点内情。"

对于真上的提问，编河回答得理直气壮。

正如编河所言，幻想乐园持枪随机杀人事件在迫使一座游乐园不得不废园的同时，在网络等媒体上却没有登载详细的报道。

其中，早已决定买下幻想乐园的十嶋庵对当地警方和来访媒体进行施压是一部分原因。而另一方面，深受事件影响的天冲村村民们同气连枝、对事件噤若寒蝉也是原因之一。

报道中所讨论的，主要是对签付晴乃为何做出如此可怖行径等问题进行的滑稽无趣的推测，以及对幻想度假山庄强硬开发手段的指责，还有对天冲村封建闭塞的风土人情的批判。查证事件本身的报道则少之又少。

真上对报道中提到的个人动机并没有兴趣，很早就放弃了对持枪随机杀人事件系列报道的持续关注。后来，他在杂志上看到了幻想乐园的地图，就只是想象了一下游乐园废墟的形成情况。

"那，难不成这是你贴的？"

"啊？你为什么会这么想呢，卖野女士？贴这种东西，又不见得能写出好报道。"

"是吗？像这样故意把事件写出来，了解情况的人难免不去回想，内心也会发生动摇。那不是很好的素材吗？"

用沉着的口吻发难的人是涉岛。涉岛的语气虽然一如既往地理智沉稳，可从她的眼神里却渗出藏不住的寒意。她是幻想乐园的人，是那些谋划着想要息事宁人、让世间淡忘这起事件的人中的一个。正因如此，编河触及事件时她才会如此忌讳、不愿谈起。

"喂喂喂，等一下！这反应，好像我真的就是凶手一样。你们这是异端迫害，我冤哪。"

"别开玩笑了。你要是再搞这种过分的恶作剧，我不介意采取法律措施。这是明目张胆的威胁信！"

"连主道先生也说这种话？就没有相信我的人吗……一个都没？喂，真上，你也说点什么啊？"

"哎？我吗？"

"是你说谁都有可能去贴那张纸，才会变成这样的吧？给人添了这么大的麻烦,这在业界可是相当不妙啊。"

虽说编河只是在找茬,真上还是不情愿地把那张"威胁信"拿了过来。

"虽然不知道是谁贴的,不过我觉得,'凶手'是编河先生的可能性很低……"

"为什么?"蓝乡立马提出疑问。

"这封威胁信是用双面胶贴上的。双面胶贴上之后,要把背胶纸揭下来才能用。像这样,用拇指指甲剥开。这个时候,下面的胶纸多少会有点变形。这个变形的位置在左边……说明贴它的人惯用手是右手。但编河先生是左利手,所以应该不是他。"

在场所有人中,惯用左手的有把手表戴在右手的编河,还有把腕带戴在左手的主道,以及真上自己。至少可以把这三个人从嫌疑人中排除。虽说害怕暴露惯用手,故意反着来揭背胶纸的可能性也不是没有,但考虑到为了不被人发现,整个过程必须迅速,伪装的风险实在是太高了。

似乎是接受了真上的说法,并没有人提出异议。半晌,编河笑嘻嘻地说:"看吧,都说了不是我。真不愧是见过世面的,一点不含糊。说到底,搞内容这么微妙的威胁信能有什么用?"

"只要是人,都会犯错。"卖野小声说道。

"那先不说贴了这东西的人是谁。回到信本身,这又是什么?让我们看这个是想要干吗?凶手不是早就在吊舱里自杀了吗?"涉岛叹息着说。

"的确。我们之中总不会潜藏着奇迹生还的'签付晴乃'吧,这怎么可能呢?"

鹈走一副心中有数的样子,点着头说。

签付晴乃是否会坠入地狱尚无定论,可不管怎么说,他已经不在人世却是不争的事实。这迟来二十年的声讨毫无意义。

"那纠结这些也没用不是吗？那些事……已经结束了。"

卖野好似要甩掉什么不愉快的回忆一般摇着头。

"说不定这本来只是个恶作剧，凶手也没想到会招来这么强烈的反感，结果想承认也说不出口了。所以，这种东西还是处理掉比较好。"

卖野说着把手伸向威胁信。而就在这一瞬间，一旁的蓝乡把威胁信抢了过来。

"那个，我还有点疑问……总觉得，这样真的好吗？我可以问问大家吗？"

晃着手里的威胁信，蓝乡笑着说。

编河焦急地催促道："问什么？这回又要干吗？"

"'真正的凶手'真的是签付晴乃吗？"

"哈？不是说了吗，拿枪射击的就是他！"

"在推理小说中，'真正的凶手'和执行人可不能画等号。"

这么一说，的确如此。

"写下这句话的人，也许只是想知道签付晴乃之外，真正的凶手到底是谁。和持枪随机杀人事件有关的还有其他罪名吧？有机会煽动签付的天冲村村民，又或者是无所不用其极、推进项目开发的幻想度假山庄……"

"哈？这件事已经盖棺定论了吧？在事件中有罪的就只有签付！天冲村的人，最后对幻想度假山庄都是持肯定态度的！这些事我很清楚！"主道厉声咆哮。

然而，蓝乡却毫无惧色，继续说道："这样的话，没准这是死去的签付晴乃写的呢。幻想乐园的事件是签付晴乃对夺走天冲村的人的复仇。'只要记得那起事件，就别想忘记这份罪孽。'是这么个意思吧?"

"你是想说,贴这东西的是签付晴乃?这太荒谬了!"编河直接回怼了蓝乡的话。

然而,蓝乡却一本正经地说:"没准就是这样。签付晴乃的亡灵一直游荡在幻想乐园,想向我们传达什么。"

"喂,别再开玩笑了。说这种话只会让大家不安。"常察忐忑不安地说。

涉岛开口打断了她:"那被诅咒的也应该是我吧?毕竟,幻想乐园的涉外工作是由我负责的。看到我明目张胆地回来,签付的亡灵还是什么的应该会很开心吧?"

"涉岛女士,连您也说这种话……"

"主道先生,请您也振作一点。幻想度假山庄项目是拯救这一带的理想宏图,我们应该以此为傲,不然怎么对得起那些日子。"

涉岛声色俱厉,说完,她叹了口气面向蓝乡。

"那张奇怪的纸,还是先收起来比较好吧。说不定会与十嶋庵氏的宝物有关。虽然我不觉得十嶋庵氏会出这么恶趣味的谜题,但还是以防万一。"

"我明白。我会负起责任把它收好的。"

蓝乡开心地把那张纸放进口袋里。他看着不像是什么靠谱的人,真有点担心那张纸的安危。

即便那张麻烦的纸从眼前消失,大厅中的众人依旧一片寂然,互相暗暗瞥着彼此的样子,思考着下一步棋。

最先打破沉默的是主道。

"这么待下去也不是办法,我回房间稍微休息一下。废墟探索要比想象的更加费神。这里恐怕连空气都不流通了。"

他说着便起身离开。之后，剩下的人也一个接一个地向房间走去。

真上虽然并不打算在别墅里过夜，不过在这里简单吃点东西还是不错的。真上正想着，成家的声音冷不防地传来。

"蓝乡，真上，打扰一下，方便吗？"

"我完全无所谓啦。真上呢？"

"我也没事，怎么了？"

真上有点不情愿地回答。成家说了声"谢谢"，就坐在了旁边的椅子上。

"那个，是关于刚才的威胁信……感觉搞得人心惶惶的。那个到底是什么意思啊，我想好好探讨一下。真上刚才表现得相当敏锐不是吗？我想要借助这份洞察力。"成家表情认真地说。

"我并没有那么敏锐。你知道吗？便利店里要用到大量的双面胶，贴新商品的宣传语之类的……还有贴海报的时候。所以，我只是偶然想到的。"

"真上是要把自己的技能全都用便利店来解释吗？这一点也很厉害呀。"

"蓝乡老师也许无法理解，每天认真工作，能收获的东西还是很多的哦。"

"就算是这样，我还是想和真上商量一下。而且，蓝乡老师身为作家，对这种事情应该很有见解吧。"

"想商量什么都没问题！这种事情确实很合乎我作家的身份！"蓝乡兴致勃勃地说。

于是，成家开始低声叙述："关于那封威胁信……如果这些人里，有那起事件中死者的遗属，或是在事件中受伤的人，那这件事会不会是那人干的？说不定是把幻想乐园这边的人当成事件的始作俑者，想要对我们展开复仇。"

经成家这么一说，真上也觉得有这种可能。自那以后已经过去了二十年，相关人员也许都还活着。在知道幻想乐园时隔二十年重新开放后，设法混入其中的可能性并不是没有。

"事件发生时，成家先生在哪儿？"

"我在镜宫里和客人们一起避难。之后签付自杀，我就疏导镜宫里的游客去山脚下避难了。所以说实话，我也不太清楚发生了什么。"

"原来如此……那关于事件的信息，您都不知道？"

"那个，能让我也加入进来吗？"

正在这时，常察插话进来。

"当然啦。常察小姐也一起的话，事情也许会更有进展。"

成家十分友善，让常察坐了过来。

"不好意思，打扰了……那个，我不是故意偷听的，签付晴乃事件中的被害人和……遗属，可能来复仇，是聊到这里了对吧？"

"只是一种可能。我们正顺着这个方向讨论呢。"

"那就说说被害人吧，我提前调查了一些关于被害人的信息。"

真上说着，把之前的文件重新拿了出来。第一页上就是被害人的姓名，第二页上画着幻想乐园的地图，画面清晰整洁。

"我按顺序说明。"真上做好开场白，继续说道，"在这起幻想乐园持枪随机杀人事件中，共有四人死亡，其中三人和幻想乐园有关。"

第一个死者是负责卖气球的工作人员平出弘泰。第二个是负责和天冲村对接的涉外人员丁田真范。第三个是饭仓武，决定在山里建造幻想度假山庄的决策者之一。

"哇！射得相当漂亮呀！"

"先忽略蓝乡老师说这话是否合适……然后，就是第四个人。这第四个人就显得很不整齐。"

这第四个人，是从天冲村搬迁至天继镇的女性，中铺御津花。

在这一系列事件的报道中，最常被拿来举例的就是这个人。毕竟，中铺御津花是死者中唯一一个天冲村的村民。

被复仇驱使引发了持枪袭击事件，对天冲村怀有异常之爱的青年，竟鬼使神差地杀死了同村的人，这无疑是轰动社会的。

签付甚至不惜射杀自己的同村人，由此，他的行为因为缺乏某种一致性而招致社会的谴责。如果只杀害幻想乐园的人，那事情就会容易理解很多。这样想来，即便同样都是死人，意义却有很大不同。

"不管谁死都无所谓。毕竟签付的目的是迫使幻想乐园废园，或者，也有可能是他根本没注意到那是天冲村的人。"

"签付晴乃的狙击技术相当了得，不然根本不可能打中。这样的他竟错杀了给幻想度假山庄招商引资的中铺御津花？怎么可能？"

"那就是对他而言谁死都无所谓了，生活在同一个村子里的人是生是死都无所谓。"

成家的声音有些生硬。即便是眼前这个男人，也对签付晴乃的行为感到一丝愤慨。

然而，常察却缓缓摇头，说："我还是觉得有些奇怪。而且，位置也有问题。相较于其他被害人，中铺御津花离得太远了。"

常察指着手绘地图。

卖气球的平出在银河餐厅附近。负责涉外工作的丁田在银河

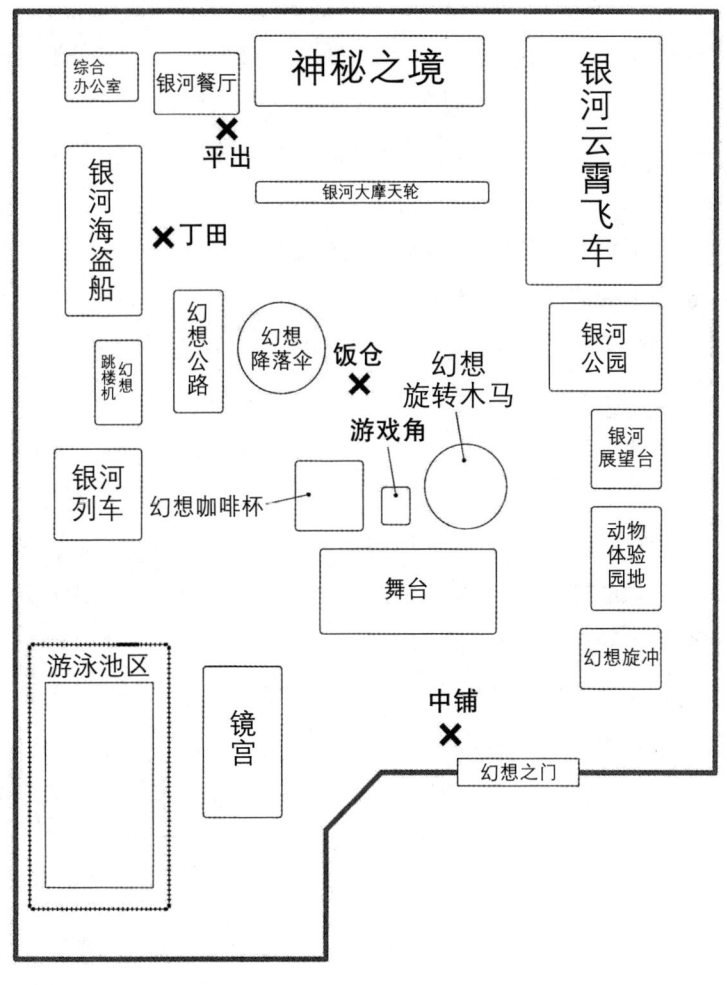

海盗船附近，是在向工作人员说明情况时被射杀的。决策者饭仓就是在摩天轮附近被射穿了头。

相较于其他人，中铺御津花是在幻想之门左侧附近被射杀的。虽然瞄准狙击并非不可能，但如果不是有强烈的杀人意愿，很难想象凶手会射击她这个位置。而且，她是被子弹正中心脏身亡的。真上思索着。幻想之门塑料布下的血迹也许比想象的还要多。那不祥的痕迹历经二十年，残留至今。只是想想就让人心脏猛地一沉。在那里，有人被夺去了生命。

之前没能意识到这件事，真上有些自责。

"确实有点远……但也不是无法瞄准的位置。"

成家表示质疑。对此，常察仍紧咬不放。

"可是这样的话，说是误伤……可就解释不通了。不奇怪吗？他像是故意要杀死中铺御津花的。为什么签付非杀她不可呢……"

"理由还是有的吧？在天冲村，中铺御津花可是幻想度假山庄赞成派的带头人。正因为都是同一个村子里的人，签付才无法原谅她，并将其视为背叛者。"

蓝乡微笑依旧，声音却冰冷异常。常察不禁身子一抖。

"蓝乡先生是在哪儿听说这些的？"

"毕竟要来幻想乐园嘛，我也做了一些调查。都是周刊里写的，虽然知道没什么可信度，不过很符合事件的逻辑吧？"

明明没什么根据，真上却并不觉得这一推论的可信度为零。蓝乡的说法有着无可撼动的说服力，简直就像从签付本人那里听到了对中铺御津花的看法一样。此时的蓝乡和那个在门前揶揄真上详尽调查的家伙简直判若两人。

"蓝乡老师，你是不是来过这里？"

真上没有多想，问出了口。蓝乡看起来也就二十七八岁，二十年前也才上小学，刚好是和游乐园极其相称的年龄。

也是最适合来幻想乐园的年龄。

"没。怎么会？我只是一个喜欢废墟的作家。作家这种人呢，有个坏习惯，总是会想象各种各样的情感。"仿佛是想让氛围恢复原样，蓝乡爽朗地说。

然而，刚才蓝乡那副难以捉摸的样子让人实在印象深刻，在脑海中挥之不去。蓝乡在隐瞒什么。虽然不知道他隐瞒的到底是什么，但这一点不会错。

"嗯，总结一下就是……最痛恨签付晴乃的，就是中铺御津花的遗属了吧。毕竟，她……同为天冲村的伙伴，却因为莫名其妙的怨恨被杀了。"成家如此总结道。

真上还是有点在意那张威胁信，却并没能在此时说出口。

7

吃过稍迟的午饭后,真上便又出去到废墟散步了。他打算把所有的地方都看一遍。在幻想乐园里走走看看,处处都是享受。

比如,镜宫附近的那个泳池。游泳区域被格子栅栏围了起来,看起来很像是学校里的泳池。池底已布满裂痕,还残留着按泳道画的彩色线条。尽管现在还有自来水,这里也已经无法再蓄水了吧。更何况,裂缝间已然杂草丛生。

"看呀,真上快看。这么别有风情的泳池,还挺吸引人的呢。虽然我没怎么在这种长方形的泳池里游过,但还是觉得很感慨呀。好像已经不能出水了哎,不过,泳池旁边的小仓库里还有新的长水管,比一比游泳还是可以的吧。我们试试呀!"

又比如,咖啡杯。咖啡杯的形状很像飞盘,能看出来银色的"杯子"曾一圈圈地转动。不知是不是因为这种构造很容易积攒雨水,"杯"底全都漏了。缺口处也有杂草生机勃勃。只要有一点空间,不论在哪儿都能野蛮生长,真上觉得这份生命力十分可爱。

"啊!这是什么草呀?真上,其实并不存在杂草这种草哦。不管是什么草,都是好好起了名字的!说起来,这里的名字虽然叫幻想咖啡杯,长得却明明很像飞碟嘛,咖啡杯是什么鬼啊。叫银河UFO之类的不是更好嘛！趁着现在氛围正好，我们进去试试呀！"

"不去。"

幻想乐园是最完美的废墟。

如果身边没有蓝乡的话。

蓝乡不知为何一直跟着真上转。尽管真上一直不理他，他还是东一句西一句地说个没完，还净说些"幻想乐园果然很厉害呀"之类毫无营养的话。

真上甚至在想，他跟到这种程度是不是为了监视自己，不让自己找到宝藏。真上实在忍不下去，呆愣愣地说："你为什么要跟着我啊……喜欢废墟的人不是应该都像我这样，喜欢安静、独处吗？"

"不会呀，也有像我这样开朗的废墟爱好者哦！说起来，难道不是真上太不合群了吗？还是像我一样，和聚集在幻想乐园的人好好相处比较好吧？"

"为什么我都来废墟了，还非得和谁相处不可啊？要是想找人愉快友好地聊天，就不要来废弃的游乐园啊，去咖啡厅就行吧？"

"我觉得正因为是在这种地方，才更容易结识到深交、至交。"

"那种东西不存在的。"

"你好无情。为什么这么不想和别人扯上关系呢？"

"因为我不理解别人的心情，所以不擅长与人相处。因为不擅长相处，所以不想扯上关系。"

"这样啊。就算不想扯上关系，亲戚和老家的朋友多少还是有的吧？"蓝乡嘿嘿地傻笑着说。

这一瞬间，真上的心微不可察地揪了一下。

"好了，别闹了。我……哎？"

真上正说着话，突然发现了一个人影。

摩天轮前，卖野慌慌张张地转来转去，在找着什么。

"卖野女士？您在做什么呢？"

卖野猛地一惊，缓缓转过头来。

"啊，啊……是真上和蓝乡老师啊。不好意思。刚才看到那封威胁信之后，我无论如何都冷静不下来。"卖野慌忙搓着手指，说道。

她的眼睛不停地往摩天轮的方向瞥。

察觉到这份动摇，真上脱口问道："卖野女士，能和我们说说事件发生那天的事吗？"

"怎么了？这么突然……对事件感兴趣？"

"硬要说的话……比起事件本身，我对卖野女士更感兴趣……"

听真上说完，卖野笑着说："真上，你也会说这种话呀。"

虽然不明白是怎么做到的，但好像成功缓解了卖野的紧张。真上松了一口气，继续用安抚的语气问道："如果卖野女士不介意，能简单讲讲您在幻想乐园打工到事件发生这段时间的经历吗？"

"嗯……没什么有意思的事哦。基本上一直很无聊。我住在这附近的……天继镇，因为这里报销交通费……时薪也很高，所以我就应聘了。"

"顺便问一句，时薪是？"

"哎？我记得应该是一千三百五十日元吧？因为高得离谱，所以还记得。"

和真上自己一千日元的时薪比起来，的确很有诱惑力。幻想乐园的财大气粗可见一斑。

"当时您是负责便利店的对吧？是哪里的便利店呀？"

"说是便利店……其实就是流动车小摊。在能看见摩天轮的位置……就在镜宫前面。"

"也就是说，是红色屋顶的那个？"

流动车仍残留于幻想乐园中。虽然已经严重褪色，但依然能看出原型。园中有红色、蓝色、黄色三种流动车，都是大小能容纳两个人的面包车型，不过三种流动车的外形各不相同。红色屋顶的在外面设有开放式阶梯货架。蓝色屋顶的配备了很多像钩子一样的东西，大多被安置在大门附近。黄色屋顶的带有像大盘子一样的东西，估计是放玩偶装之类的商品的。

镜宫前面有一个红色的。也就是说卖野曾经工作过的流动车，应该是有阶梯货架的。

"真的很可怕。那个时候我还以为自己也会被杀死……当时也想过逃到镜宫里，明明就在眼前，可腿却动不了。就连从流动车下去都做不到。"

卖野说着，眯起了眼睛。

"要是从摩天轮瞄准的话，根本没法判断哪里是安全的。结果，我就躲在了附近的指示牌后面了。"

"哎？就算不逃，待在流动车里不也挺好的吗？"

蓝乡又说了句多余的话。果然，卖野表情僵硬地说道："我的流动车就朝着摩天轮的方向，很有可能被射中吧。"记忆的盖子被打开，对她已然是一种伤害。

"那确实很危险呀！对不起！然后呢？签付晴乃自杀之后怎么样了？"

"我已经问过了。"

真上委婉地训斥蓝乡，而蓝乡罔若未闻。

卖野也没太在意，继续说："之后……大部分员工都去帮忙疏散游客了。但是……负责看店的都被要求留在原地把流动车锁好。毕竟还有商品，营业额也在里面……这真是很不容易啊。负责娱乐设施的人都去疏散避难了，不过人数实在太多……陷入了混乱状态。"

"原来如此……"

虽说游客无人伤亡、成功避难，但员工们好像并没有报道里写得那么处事得当。

"把店锁好之后呢？做什么了？"

"做什么了……我不太记得了。主道先生等负责运营的人叫了警察……叫了警察之后，好像什么也没做？因为我也是愣在原地……"

"什么也没做？周围的人也一样吗？"

"真的。大家都呆愣在原地……动弹不得。"

说话间，卖野的脸上渐渐笼罩上一层阴霾。不能再让她继续回忆了。

应该就此结束谈话。真上郑重地凝视着卖野，问道："最后一个问题。卖野女士，当时店里卖的是什么呢？"

"哎？呃……是……"

"这个应该不可能忘记吧？告诉我们嘛！"

蓝乡在一旁催促。很快，兴许是蓝乡的催促起了作用，卖野说："确实没忘。是加尼兔的发箍。那种带耳朵的……不好意思，满脑子都是事件的情景，别的事一时没想起来……"

作为游乐园的纪念品还挺主流的。真上不由得想，扮成那只脸很微妙的兔子真的好吗？不过，只有耳朵的话看起来应该还挺可爱的。

"是这样啊……知道了。仓库里说不定还有剩的。"

"哎？真上对加尼兔的发箍感兴趣吗？什么嘛，没想到你还是有可爱的地方的嘛。"

"谢谢您，卖野女士。帮大忙了。"

真上无视蓝乡的打岔，对卖野深深鞠了一躬便快步离开了。蓝乡急忙追了上去。

"我们好像一直在强行无视对方，不是嘛？你……讨厌我吗？"

"不是的。我不管对谁都这样……不过，蓝乡先生那股自来熟的劲，我确实有些招架不住……"

对真上而言，这番话已经是明确拒绝的意思了。而就在这时——

"哈，那个老太婆终于不在了。我一直想趁多余的人不在时跟真上说说话。"

编河晃着手，向真上走了过来。

自从那番紧张的讨论结束之后，真上就一直被各种各样的人搭话。

"哎呀，你们俩关系真好。是来之前就认识吗？"

"不是的。虽然我读过废墟侦探系列，但也只是读过。"

真上能感觉到一旁的蓝乡露出了微妙的表情，并且体面地无视掉了。而这时，编河满意地笑了。

"刚才为我洗刷冤屈，谢谢啦。主道先生居然会露出那么不服气的表情，真是太爽了。"

"您开心就好……您就是想跟我说这个吗？"

"不不，就是……我对贴了那张纸的人比较在意。写下那种话，想必是相当执着于随机杀人事件的家伙吧？会是谁呢？"

"编河先生对事件好像很感兴趣呀。有什么理由嘛？"

听到蓝乡无所顾忌的提问，编河很爽快地回答了："没什么可隐瞒的理由。我和这件事还是很有渊源的，毕竟我当时负责写天冲村和幻想乐园对峙情况的报道。"

"难道是《周刊文夏》上的报道吗？"

刚才在办公室看到的杂志名字，真上脱口而出。

"没错。真亏你知道啊。"

"是什么样的报道呀？"

"蓝乡老师，调查天冲村的事情时没看杂志吧？"

蓝乡全然不在乎自己说的话和在别墅时说的有明显矛盾，一本正经地说："我只看那些特别有名的书。"

"是说创造了'天冲村人祸'和'天冲村的圣女贞德'两个说法的《周刊文夏》系列报道吧？其中，前者是指天冲村发生过的大规模流感，而后者——就是之前提到的中铺御津花的别称，对吧？"

听真上这么问，编河笑得更加讳莫如深了。

"是的。那两个词的确是我的发明，那些报道也是我一生难得的出世之作。因为是系列报道，我写了很久。主角是之前提过的中铺御津花没错。她为了拯救沉寂已久的天冲村，带来了幻想乐园。她的故事简直就像是英雄传说一样。"

"英雄传说……"

"嗯。我也觉得这句话没说错。可以说，多亏了那些报道，天冲村外的人们也倾向于支持幻想乐园了。中铺御津花为了拯救天冲村，勇于革新、支持引资。报道把这些事情写得清晰易懂呢。"蓝乡得意地说。

编河听了也开心点头，说：

"其实，我是中铺御津花的粉丝。"

"粉丝？"

"那个孩子是真正的英雄。正因如此，我才觉得她像圣女贞德。"

编河微眯双眼，眼中满是怀念。

"我近距离地见证了天冲村的斗争，一心一意地为她应援。其实这不是记者应该有的态度。和天冲村那些脑筋顽固的家伙比起来，中铺御津花到底有多么真切地为天冲村着想。我不停地写着这些。我以为只要写下来，就能传达给天冲村的村民们。仅凭一个女孩的力量，将一分为二的天冲村重新团结起来。这童话般的故事，我却一直坚信着。"

只要她成功，这些事就会成为结局圆满的佳话。然而，事实的发展却未能如愿。亦如真上所想，编河的表情阴沉下来。

"只是，不管我怎么写'中铺御津花是对的，在她的带领下团结起来吧'，双方却完全没有和解的迹象。相反，我过于神化中铺御津花，社会上支持她的人增加的同时，来自社会的舆论压力也变大了。越是把她当作英雄，排斥她的人也越多。结果，反过来把她写成背叛者的报道也越来越多了……"

编河痛苦地呢喃。

"后来，那孩子被愤怒发狂的签付晴乃射杀身亡。"

他的眼神就好像正看着临死前的中铺御津花一般。

"我就是因为这件事，辞掉了周刊记者的工作……准确地说，是被迫辞职。这是理所当然的报应，不是吗？毕竟是我间接引发了枪击事件。如果我没有把中铺御津花神化……没有把她当成和平女神一样对待，签付晴乃也许就不会那么恨她了吧……"

"仅凭一支笔就能改变事态全局，要我说，您真的很厉害。就算编河先生没有把中铺御津花比喻成圣女贞德，矛盾对立还是会继续恶化的……"

真的是这样吗？这句话浮现在真上的脑海里。如果没有推崇神化中铺御津花，她还会被盯上吗？

不过话说回来，编河为什么如此执着于幻想乐园，答案已经很明晰了。

"这么说来，编河先生不仅憎恨签付晴乃……同时对幻想乐园也怀有恨意，对吗？"

"没有的事。而且就算是那样，我也不会去贴那么没品位的威胁信的。"

编河笑了。

8

那之后，事态还没有什么进展，就迎来了晚饭时间。

真上还以为晚饭一定是佐义雨准备呢，看样子，她似乎并不是为了这种事情而待在这儿的。别墅里有各种各样的冷冻食品，可以用微波炉加热后食用，晚餐基本就是这种形式了。汉堡肉、南蛮炸鸡等应有尽有，种类意外地十分丰富。不过，对真上来说哪个都一样，随便煮点鸡肉好了。突然，一旁的常察刷地拿出了一罐桃子罐头。

"啊，真上。方便的话，我们一起吃这个怎么样？"

"啊，不，我……这个还是算了。"

"你不喜欢水果吗？"

"倒也不是不喜欢……"

"那，是过敏吗？"

"他喜欢吃枇杷，所以应该不过敏吧？"

说话的是佐义雨，她自己也正吃着看起来很好吃的桃子罐头，鼓着腮帮子。

"也不过敏……"

"不想要的话，还是好好说清楚比较好哦。沟通不就是这么回事吗？"

佐义雨说着，把白桃往嘴里送的筷子却没停。她好歹也算是主办方的人，未免也太过融入了。

佐义雨悠然的态度，即便是饭后大家聚在一起休闲时也没变。

"可可还是咖啡？"

不知是因为体恤他人，还是本就喜欢这样忙来忙去，涉岛和卖野给大家准备了饮品。准确地说，在卖野准备做可可之后，涉岛便自告奋勇负责咖啡。

咖啡是用大厅厨房里的虹吸式玻璃咖啡壶制成的，可可则是用的热水壶里的热水。看着一杯一杯倒饮品的两个人，真上说："那……咖啡，有劳了。"

真上没有什么特别喜欢的，就选了量多的那个。

咖啡没什么味道，真上像喝热水一样小口啜着。而此时，主道和编河拿着杯子，往里面放了条装砂糖。这种时候可能还是放些糖比较好。真上小心翼翼地把手伸向那素色包装，突然，条装砂糖就在眼前被拿走了。

鹈走得意扬扬地看着真上，条装砂糖仿佛是他胜利的证明。鹈走仿若在炫耀一般，将砂糖放进了杯子里。

真上之前就隐约感觉到了，鹈走不知为何对自己燃起了一种对抗意识，甚至是在这种无所谓的场合下。可能是因为年龄相仿、气质相近，而且鹈走不太看得上便利店的工作。真上察觉到自己可能是被鄙视了。

"鹈走，你那杯是可可吧？"

"哎？呜哇！放糖了！"

"明明是很开心地从我这里抢走的。太可怜了。"

听真上这么说，鹈走小声咋舌。真上的心凉了。

真上下意识地挪了挪，拉开与鹈走的距离，这下蓝乡凑了过来，低声说："喂，真的要在外面睡吗？"

"我是不会借你睡袋的。那个只能睡一个人。"

"不是啦！谁要问这个呀！我是想问，都这种情况了，晚上你还要在外面睡吗？"

"不用担心。我值过很多次夜班的。"

"值夜班和在废墟野营不一样吧！"

"同样都是晚上，怎么不一样了？"

真上问得一本正经，蓝乡竟然无言以对。真上并没有驳倒他人从而收获优越感的兴趣，可对方是蓝乡，所以真上心情很好。

"因为这些人里有可能藏着想要复仇的签付晴乃呀。"

说话时，蓝乡的眼神很冷，冷得让人毛骨悚然，仿佛是签付晴乃的代言人。那双眼睛让人不禁联想到那个于摩天轮之上将人们一个个击穿的男人。

那双眼睛，仿佛昭示着，他已经掌握了这里生杀予夺的大权。

"就算是这样，我也不会输的。"

"不会输是什么鬼呀！"

真上把咖啡喝干，无视蓝乡，快步离开了别墅。

这之后，关于宝藏或是签付晴乃的事件，别墅里也许会有一场充分的讨论吧。这些都与真上无关了。在灿烂星河下，决定好了住处后，真上呆呆地俯瞰着幻想乐园，就这样过了许久。这是来到幻想乐园后最充实的一段时光。

然后，真上把自己裹进睡袋里，心满意足地进入了梦乡。

*

真上做梦了，是关于过去的梦。

真上曾很害怕在有天花板的地方睡。深知二次崩塌危险性的真上永太朗，曾经很依赖不会掉落的天空。绝不在有房顶的地方睡，出于这种强迫症一般的自我约束，被掉落的雨水叫醒的情况也很多。真上因此感冒发烧也不是一次两次了。

在梦中，真上发起了高烧，陷入梦魇之中。尽管痛苦难耐，真上却并不讨厌发烧。发烧时什么也不用做，被满是浮尘的墙壁包围着，望着灰色的天空。好像要下雨了。如果运气好的话，父亲会找把伞过来。在这灰色的天空朝自己露出獠牙之前，要是那份幸运能到来就好了。

再不快点回去的话，就要开始下雨了。有天花板的地方很可怕。天空不会坠落。

远处有枪声传来。好想回家，真上想。

雨滴从梦中的天空坠落，真上醒了。

真上猛地睁开眼，恍惚地盯着天花板，直到眼睛适应了黑暗。不知道现在几点了。只能确定还是半夜。

是因为沙沙作响的摩擦声有些恼人吗？不，睡觉时比这还要吵的情况多得是。哪怕建筑摇晃，真上也不以为意。难道自己像郊游前的小孩子一样，兴奋得睡不着了吗？这倒是很有可能。

尽管今天已经看过一遍，但幻想乐园的魅力依然很迷人。它本应成为受人喜爱的游乐园，如今，却只是被人遗忘的不祥之物。这一点，和真上的内心产生了共鸣。

真上隐约记得，醒来前做了关于过去的梦。那是被丢弃在废墟，内心恐惧、不安，寻找父亲的梦。对那时的真上来说，废墟是巨大的残骸，只能让他感到恐惧。

变得爱上那些残骸，经过了相当漫长的时间。

就这么接着睡也没什么意思，真上决定去看一看深夜的幻想乐园。真上从睡袋里爬了出来，也许是因为今晚的月亮很亮，朦胧间依然能隐约看清一片黑暗的园内。更何况，真上的视力很好。

因此，早已习惯了黑暗的真上的眼睛，不小心捕捉到了在园内移动的身影。

黑暗之中，有什么东西正步伐轻快地走着。那身体仿佛喜剧默片里的角色，走在游乐园里，十分醒目。还有黑暗中也能轻易认出的那两只耳朵。

走路的是加尼兔。白天和常察他们一起找到的那只兔子款玩偶装正在走路。也许是步履艰难，它踩着碎步、走得很快，走路时左摇右晃的，滑稽又可爱……只是，是因为表情还是什么，设计本身并不可爱。

幻想乐园如果顺利运营，加尼兔也会作为人气角色声名远扬吧。

想到这里，真上终于察觉到了异样。

加尼兔为什么会走在早已歇业的游乐园中呢？而且还是在大半夜？摇晃不稳、艰难行进的加尼兔，拼命地朝某处走去。在那种地方，应该什么也看不清吧。

加尼兔并没有注意到真上，一心一意地向园区深处走去。不久，加尼兔的身影便彻底消失在真上的视野中了。

正值深夜，应该没人穿着玩偶服游荡吧。一定是看错了。真上揉了揉眼睛，再次回到睡袋中，凝视着锈迹斑驳的天花板。其中一处锈迹看起来既像是星星，又像是血迹。

第二章　死者在玩偶装里

1

真上一起来就朝别墅走去，毕竟还要吃早餐。虽然只靠自己带来的东西也可以充饥，不过，要是还能吃点其他食物就最好不过了。再顺便来点牛奶之类不好携带的东西，那真上就心满意足了。

只是，带着行李卷回来的真上，一到别墅，却发现大厅里全然不是吃早餐的氛围。门一开，众人的目光齐刷刷地看向真上，真上表情抽搐，问道："呃……怎么了？"

"主道先生不见了。"常察心神不宁地说。

经她这么一说，真上才发现，房间里的确不见主道那威严的身影。

"真上先生，您知道些什么吗？"

涉岛表情僵硬地说。说完，她用手指揉着眉心，深深地叹了一口气。

"对不起，我什么也不知道……"

"啊，不是的。我不是对真上先生你叹气。今天我们所有人的身体情况都不太好……"

听到这里，真上才发现，集中在大厅里的所有人好像都没什么精神。卖野明显脸色很差，看起来似乎很困，就像是在睡得正香的时候被人叫醒了。

"吃过晚饭后,身体就变得很倦怠。那之后我就一直睡着……感觉很奇怪。"

卖野很困倦地揉着眼睛说。

"会不会是被下药了?总不可能大家刚好一起不舒服吧。"

说话的是蓝乡,他看上去倒和平常没什么差别。

"蓝乡老师精神不错啊。"

"啊,我好像刚好避开了。吃的东西都是有独立包装的,到底是什么呢?"

"会不会是饭后的咖啡?"编河看着右手腕上的白色手表说,"现在是八点零二分。我是睡眠时间很短的那种类型,每晚睡眠时长基本只有五个小时,多了也睡不着。昨天我十二点之前就睡了。细思极恐啊。"

"咖啡的话,有可能哦。刚好我没喝。"蓝乡说。

"如果是咖啡,我就变得很可疑了啊。而且,卖野女士也……"

涉岛的语气毫不在意。卖野随即尖声申辩:"我什么也没干!"

猜忌的阴云笼罩在众人之间,杯弓蛇影。

而此时,真上在纠结要不要告诉大家自己并没怎么觉得困倦。虽然喝了咖啡,但并没有变得疲倦。要说他和别人有什么不同,那就只有没放条装砂糖这一点了。难道说,有问题的是那个砂糖吗?只是,现在并不知道有谁放过那个砂糖,而且倒咖啡的涉岛和卖野也放了。卖野在喝过可可之后,还喝了一杯咖啡。要真是这两个人下的药,不知道动机是什么。想让包括自己在内的所有人好好睡上一觉吗?

"顺带一提,我也很困。但我喝的是热可可。"鹈走打着哈欠说。

"我本来就一直为失眠困扰,不管下药的是谁,我都没有责怪他的打算。"

"涉岛女士,现在不是开玩笑的时候,这很不稳重……大家都被下了药,而且主道先生不见了,怎么想情况都很不妙。"

常察说着,听起来很气愤。

"主道先生可能只是单纯地出去探索了。毕竟他对幻想乐园的寻宝那么上心。"

成家脸色稍显苍白,豁然开解道。的确,这样想更自然。

只是,这个想法很快就被彻底推翻了。

"很抱歉。告知得有些晚了。"

佐义雨说着,进入大厅。

"您去哪儿了?在这么重要的时候。"

对编河的质问,佐义雨烦恼了一会儿才回答。

"发生了一件事,我不得不请示十嶋决断。"

"难道和主道先生不见的事有关?他离开幻想乐园了?"

蓝乡说完,佐义雨缓缓摇头。

"这件事真是很难说出口……"

佐义雨用比平常更低沉的声音说。她那难以琢磨的样子本身就莫名其妙。

"今天凌晨一点三十二分,主道先生的腕带突然感知不到他的心跳了。也就是说——"

"是他摘掉腕带去哪里了吗?"

"这种情况和心跳停止、生物电流断掉还是有区别的,也就是说——"

"他死了,对吗?"

真上脱口而出。周围的视线聚集到他身上,而这次,却没有人说些"很不稳重"之类的话了。

"我们出去找找吧。肯定是哪里搞错了。"

卖野面容僵硬地说。她说话的样子狼狈至此,就好像在昭示着悲剧已然发生。

2

离开别墅的瞬间，真上被迷茫与恐惧侵袭。在这宽阔的游乐园里，主道会在哪儿呢？也许是正值清晨，阳光倾泻而下，打在幻想降落伞的伞面上，伞下光影斑驳。从远处看时，看不出伞面有开绽的地方，而此时，年月的流失却在漏光处显露无遗。真上想到了天象仪，阳光透过破洞镂空，创造出一片虚假的星空。

"游乐园为什么不好用在推理小说里，我算是明白了。太大了，尸体不好找呀。实施犯罪倒是挺容易的。这不是找准时机想杀就杀嘛？"蓝乡说。

"别再说些不招人待见的话了。"这时，真上耳中传来奇怪的异响。"我听说，游乐园基本都会采取一些驱赶鸟兽的措施。四周会播放野兽讨厌的声音，以阻止它们进入。"

"怎么突然开始讲上奇妙小课堂了？游乐园杂学？"

鹅走冷着一张脸，很是不悦。

"不，硬要说的话，这应该是野生动物方面的知识。"

真上说着，心中越发忐忑不安。耳畔，十分熟悉的动物嘶鸣声传来。

"幻想乐园建在山里，野生动物来袭的可能性很高，当时，这类装置应该是配备了。但是，如今的幻想乐园只是一座废墟。也就是说——"

真上向嘶鸣声传来的方向走去，众人没有一句抱怨，纷纷跟了上来。

路前方是云霄飞车。沿着站台往前，头顶有蜿蜒陡峭的轨道，前方是支撑轨道的几根柱子，感觉仿佛进入了一个巨大的攀爬架。一想到轨道上的滑车会沿着如此复杂的迷宫飞驰，真上觉得这装置也是挺让人绝望的。

不一会儿，众人便在靠近云霄飞车站台，有着很高的铁栅栏的地方发现了嘶鸣声的发出者那蠢蠢欲动的身影。铁栅栏将幻想乐园和外界隔开，用仅仅一条边界线，划分出梦想之国与现实。

象征着智慧的黑色羽翼，在注意到真上的靠近后迅速飞离。它们发出高亢的嘶鸣，响彻整座化为废墟的幻想乐园。

于是，此前一直被山鸦聚集围挡住的东西，暴露在了众人眼前。

"噫——"

卖野噤声一惊。随后，常察也表情僵硬地喊道："被、被铁栅栏……刺穿了！"

众人视线所及，是全身被血濡湿，仰面倒地的加尼兔玩偶装。它上半身在园内，下半身在园外。

加尼兔的胸部位置有两根铁栅栏穿刺而出。隔绝幻想乐园内外的铁栅栏呈锯齿形，两根错落排列，尖端都呈箭头状。

铁栅栏高约十二米。如此高度，玩偶装还在地面上，也就是说，它是从相当高的位置被刺穿，或者是被强行弄到地面的。

就好像是被从地面生长而出的枪贯穿而亡，让人不禁恐惧后退。加尼兔眼中的星星已经被血濡湿，却依然映出令人毛骨悚然的寒光。

"那是、什么？那，怎么会……"

卖野颤抖着后退，与加尼兔拉开距离。众人中，最先靠近的是涉岛。

"这里面，是谁……不，恐怕是主道先生在里面吧。"

说着，涉岛毫无畏惧之色，把手伸向玩偶装的头部。真上看见，随即出声制止："等一下。我来吧。我来……摘掉它。"

这和工作时主动先去倒垃圾或是结账收银的情况是不同的。真上只是觉得不能把这件事交给其他人。

头部附着的血迹相对较少，但真上还是很小心，尽可能地选择耳边的位置去碰触。真上猛地把头拔了出来。扭曲的头部露了出来，混杂着尘埃的血渍散发着腥臭。

果不其然，里面是主道。他表情痛苦，紧闭着双眼，仿佛陷入了可怕的梦魇。

脖颈有一道很大的伤口，让人一眼就觉得那是致命伤。弧形的伤口裂开着，从痕迹来看，曾有大量血液从这里流出。加尼兔的玩偶装全身是血，就是因为这个伤口吧。

"噫！"

卖野直接跌倒在地。明明没什么可逃的，她的手指却拼命地扒着地面，想要从尸体旁逃离。

其他人意外地非常冷静。捂着嘴的常察和移开视线的涉岛倒没什么可说的，编河和蓝乡却也紧紧地盯着现场。不，他们和真上一样，在观察四周。佐义雨和成家……鹈走也一样。难道，他们和这具尸体有什么关联吗？如果是这样，从他们的样子中说不定能发现破绽。

很快，鹈走厉色说："真是沉着啊……都发生这种事了。"

"哎、是，是啊。"

你不是也很沉着嘛！真上想。虽然很没必要，但已经被人怀疑了。就算是对大家采取同样的态度，真上的可疑之处跟他们也没法比吧。

"不是……我不是在便利店打工吗？便利店……有时候不得不处理老鼠什么的。"

"老鼠和人类都能同等对待，您的感官还真是奇特。"

涉岛满是挖苦地笑了。不管说什么，他们都会往最坏的方向想，好感度只会下降。真上想着现在正是这种时候啊，看向蓝乡的方向，他正在尸体旁边来回端详。不仅关键时刻完全没派上用场，那份冷静也让人生厌。

"喂喂，这不好开玩笑吧……寻个宝而已，还会有被杀的危险吗？"

编河嘟囔着，听不出是玩笑还是认真的。

"腕带检测不到心跳的时间，就是主道先生的死亡时间，对吧？凌晨一点三十二分。这是犯罪时间啊。"成家如同寻求确认一般说道。

一旁的佐义雨回了句"应该是这样"。不知是不是因为找到了尸体，她一下子冷静了许多。

"这到底是怎么回事？为什么主道先生会在玩偶装里……怎么会变成这样？致命伤是脖子上的伤吧。为什么还要特意刺入铁栅栏？"鹈走脸色苍白地说。

"总之，先把他从玩偶装里弄出来……这副样子不太好吧……"

卖野步履蹒跚地靠近加尼兔的玩偶装。制止她的是蓝乡。

"不，请仔细看看。虽然我很理解卖野女士想要把主道先生安放好的心情，但这是不可能的。"

"哎？不可能是什么意思？"

"看了不就明白了吗？主道先生和玩偶装一起被铁栅栏贯穿了。在被刺穿的情况下，是脱不下来玩偶装的，如果不把铁栅栏拔出来的话。但这个高度，根本就没法拔出来吧。"

蓝乡说着，特地敲了敲附近的铁栅栏。

"很难想象吗？那么，请想象一下莉卡娃娃①的腹部被铁签刺穿的情形。铁签刺穿的状态下还能脱衣服吗？就是这么回事哦。"

正如蓝乡所言。围绕着幻想乐园的铁栅栏，其高度粗略估计有十二米。若想将主道的身体从铁栅栏拔出来，就不得不一口气将主道的身体向上抬十二米。

"就算把穿着玩偶装的主道先生用绳子之类的东西绑住往上拉，一个人也是做不到的。主道先生恐怕有七十公斤吧，还要再加上玩偶装的重量。"

"那，把铁栅栏破坏掉不就行了吗？应该有能切割铁栅栏的工具吧？"编河说。

"也不行。幻想乐园的铁栅栏没那么容易弄坏的。这个铁栅栏不仅用于防止人类入侵，重要的是能保证野生动物也进不来。足以对抗熊的臂力的栅栏，不可能轻易被破坏。"涉岛冷静地说。

规划这座游乐园时，人们本以为它会存续几十年。这些铁栅栏即便经过二十年岁月也依然很结实。栅栏之间十厘米的间隙也是考虑到熊的问题才定下的尺寸吧，真上想。

"那在玩偶装上想办法不就行了吗？"鹈走说。

对此，还拿着加尼兔头部的真上回答道："这也很难操作……玩偶装，特别是这种可以适配各种娱乐设施的类型，都会

---

①莉卡娃娃是由日本 Takara 公司于一九六七年出品的一款人偶玩具，被称为日本芭比。

做得非常结实。摸摸这个头就能发现，刀具应该是没法刺透它的。但是，用其他方法又有可能伤害到里面的主道先生……"

真上没能说出口，破坏这件玩偶装最好的方式就是烧了它。可那样的话，主道的遗体肯定也不会完好无损。

"那主道先生的遗体只能就这么放着了吗？"

卖野捂着嘴，一脸难以置信的表情。

"叫警察来，把情况说清楚的话，用起重机之类的就能抬上去了吧。现在只能这样不去动他了。"

真上说完，编河说了句"真是恶趣味啊"，斜着眼看真上。说得就好像是真上在故意羞辱死者一样。

"话说回来……确实很奇怪啊。为什么凶手要做这种事？说到底，要怎么做才能让这么高的铁栅栏刺进去啊。"

成家疑惑不解，真上思忖片刻开口说道："刺入的方法还是有的……这个位置就没问题。"

"这个位置？什么意思？"

"请看这个铁栅栏上方。"

顺着真上手指的方向，所有人都看向铁栅栏上方。那里有蓝色的轨道。这轨道存在于头顶之上太过理所当然，导致大家都没怎么留意，险些忘记。

"这个铁栅栏上方，正好是银河云霄飞车的轨道。虽然只是刚刚离开站台的那一小段……银河云霄飞车从铁栅栏的顶端开始向上攀爬，经过第一个落差绕一周回来……从轨道上看准了铁栅栏扔下来的话，不就能刺进去了吗？"

"那种事怎么可能做到？"鹈走立即提出异议。

"轨道上并不是不能走，轨道旁边有检查用的台阶和小路，只要走那里就行了。"真上说完，鹈走的表情更加惊讶了。

"都说了，不可能做到的。因为主道先生是穿着玩偶服一起被铁栅栏刺穿的。你能抬着一个穿玩偶装的人爬上那么窄的通道，再让他落到铁栅栏上吗？"

"那确实，有点困难。毕竟不得不一直扛着……"

七十公斤再加上玩偶装的重量，即便是真上也很难抬得动。更何况，加尼兔的玩偶装还有相当大的体积，想要完成一系列动作几乎是不可能的。

"哎，那……到底是怎么回事？不过，如果不是从轨道上掉下来的话，用铁栅栏把人刺穿就……"

"想好了再说啊。都像你这么稀里糊涂地引导大家讲话，不乱套了吗？"

"是……"

被鹈走斥责，真上很坦率的声音低沉下去。尽管如此，真上还是想不出除此之外用铁栅栏刺穿玩偶装的方法。

"不，我觉得让主道先生从云霄飞车轨道上掉下来的方法还是有的。"

说话的是蓝乡。

"的确，考虑到重量和体积，让主道先生掉下去还是很难的。不过，如果是穿玩偶装的主道先生自己爬上轨道，问题不就都解决了吗？加尼兔的玩偶装不是很方便活动的类型吗？"

"原来如此！不愧是推理作家！"成家嘟囔着感叹。

对此，编河说："原来是这样，小说虽然都是虚构的，能写出这些想法却是真本事。就像小说里写的那样，蓝乡老师足以把事件解决，不是吗？"

"哇，能被当记者的编河先生这么说，我身为三流作家也算是没白努力到现在。现实生活真是比小说还离奇啊，人类能想象出来的东西,都是基于现实的。"

"那个……蓝乡老师,我能说一句吗?"

"嗯?真上同学怎么啦?补充助手不完善的推理也是侦探的工作哦。你不用在意啦。"

"不是的……我想问,主道先生为什么要穿着玩偶装从轨道上跳向铁栅栏呢?"

"哎?"

蓝乡露出不可思议的惊讶表情,就好像没听懂真上在说什么一样。

"哎什么啊……照你这么说,主道先生是自杀的了?为什么主道先生要穿着玩偶装自杀啊……"

"真上,你不看小说嘛?夏洛克·福尔摩斯知道嘛?"

"啊,嗯……是。我基本只看和废墟有关的书。所以,我只看过《技师的拇指》……"

"你对废墟相关书籍的认定还真是独特。这是夏洛克·福尔摩斯说过的话:排除了所有的不可能,剩下的即使再不可思议,那也是真相。"

"所以……"

"所以呢,主道先生穿着玩偶装自杀这件事再怎么不可能,那也是排除了所有可能性之后的真相呀。"蓝乡用骄傲的语气说,那表情简直是在夸耀自己把真上华丽丽地驳倒了这件事。

"不,我没觉得已经排除了所有的不可能。因为主道先生的喉咙不是被割开了吗?打算自杀的主道先生跳到栅栏之上,被刺穿后,为什么喉咙会被割开呢?"

"这很简单啊。我们之中有人极度憎恨主道先生,然后,这个人在昨天晚上,为了杀害主道先生而徘徊在夜晚的幻想乐园之中，发现了已经死去的主道先生。本打算亲自动手的此人，觉得心中的愤怒难以平息，于是就割破了主道先生的喉咙！"

"原来如此……这就是小说家的洞察力吗？"

涉岛也不知有几分认真，冷冷地说。

"我明白了。总之，多亏了蓝乡老师，也算是理解了目前的状况有多异常。如果不这样设想，事件也很难成立。"

"真上，你好像从刚才开始就很想反驳我啊。明明连个像样的推理都没有。想要驳倒身为推理作家的我，提出个能成立的假说不就行了嘛。"

蓝乡的理论虽然粗糙，但有一部分的确说得没错。要想反驳蓝乡的推理，真上也必须想出其他方案才行。

"是……现在，就像蓝乡老师说的那样……我可以把加尼兔的头放下了吗？"

"等一下，真上。我明白主道先生的遗体暂时动不了，但是，那个头要是不放回去……主道先生的脸就这么在外面晾着……"卖野紧紧盯着加尼兔的头说。从刚才开始，她就完全不往主道那边看了。

"嗯，那……我把头，放回去？"

"我觉得这样会比较好。"

"不不不，还是算了吧。要是我死后被穿成这样，肯定会变成恶鬼的！"编河说。

"我也觉得比起脸被露在外面，还是把头戴回去比较好。"涉岛回答。

"我也觉得与其让他这种状态放在这儿，还是完整的玩偶装比较好。"鹈走说。

常察也说："就当是白布盖头不行吗？"

"让真上一直这么拿着也不是个办法,还是把头戴回去吧。抱歉,能麻烦你吗?"

"好吧。"

成家的催促成了众人最后的决定,真上惶惶不安地把头戴了回去。当然,真上不可避免地碰到了尸体的头,也把喉咙上的伤口看得清清楚楚。

头部戴好后,主道的尸体就像是恶趣味猎奇故事里的形象:在废弃的游乐园里,曾经的吉祥物被处以极刑。

众人面面相觑,脸色都很难看。这之后怎么办才好,完全没有头绪。真上想着,要想把昨天看到的情况说出来,那只能趁现在了。怎么办好呢……烦恼过后,真上缓缓开口说:"那个,有一件事我想先说清楚。"

"怎么?"常察说。

"我半夜看到正在走路的加尼兔了。说不定,那时玩偶装里面的人就是主道先生。"

"真的吗?是在几点看见的?"卖野焦急地问。

"时间我也不知道。对不起……我半夜醒来,迷迷糊糊地望向幻想乐园,就看见加尼兔正在走……一开始我还以为自己是在做梦。"

发生这种事之后,真上才意识到那应该是现实。加尼兔的玩偶装曾在黑暗的游乐园中一步一步地游荡。

"我觉得,它可能是从存放加尼兔玩偶装的G3仓库那边过来的。这样一来,玩偶装里的人是在仓库穿上玩偶装,再走到这边——也就是银河云霄飞车附近的。"

"为什么回别墅那时不跟我们说呢?"鹈走苛责道。

"都说了,我还以为是我睡糊涂了……我怎么可能想到会有人大半夜穿着玩偶装搞游行。"

"说得也是。都是有些年岁的大人了，谁能想到有人做那种事。不过，特意穿着玩偶装的人是……"

编河用试探的目光看着真上。

"我现在也没法保证里面的人一定是主道先生。不管主道先生是不是自己跳下去的，割喉的人确实存在。没准最开始穿着玩偶装的人就是割破主道先生喉咙的那个人——那个割喉犯！"

"为什么这么说？"

"我也只是猜想……穿玩偶装可能是为了阻隔溅出的血液。如果割喉犯原本就打算割开主道先生的喉咙，那为了阻挡溅出的血液，玩偶装是最合适的了。"

只是，关于这一点尚且存疑。如果在意溅出的血液，采取其他的杀人方式就好了，没必要特意瞄准容易大量出血的咽喉。而且，这样一来顺序就是杀人之后再给死者穿上玩偶装，然后再丢到铁栅栏上，无论如何都无法解决重量的问题。

真上正在烦恼时，传来了意料之外的声援。

"的确，割开主道先生咽喉的凶手原本就穿着玩偶装这一点很容易理解。毕竟主道先生不是喜欢这种诡异恶作剧的人，很难想象他会自己主动穿。穿玩偶装应该是为了某种伪装，不需要玩偶装的时候，就给主道先生穿上了。对吧？"

涉岛说话时看着玩偶装，片刻后，又看向真上。

"如果不作遮挡直接杀害主道先生，很有可能会被真上先生看到。"

"啊，嗯……是的。穿上玩偶装之后，别说脸，就连体形也是看不出来的。"

就算是这样，真上也无法理解穿着那种东西去杀人的凶手的心理。只觉得毛骨悚然，不寒而栗。

"那，为了让真上目击，凶手特意扮成加尼兔，也是有可能的，对吧？"

说话的是蓝乡。

"这样一来，穿不进去玩偶装的人就被排除了嫌疑。比如个子太高的真上，还有身材娇小的涉岛女士。"

蓝乡故意挑拨离间，用确信凶手就在众人之中的语气说。只是并没有奏效。

"我不觉得凶手故意想让我目击。"

"为什么？"

"我觉得，加尼兔一定想不到我是在哪儿睡的。"

准确地说，是加尼兔里的人。那时，加尼兔看起来并没有注意到真上。

"故意让我目击是不可能的。我觉得，凶手应该是觉得不会被人看到，才穿着加尼兔的玩偶装那样走的。可以说，凶手要是知道我睡在那种地方，应该就不会那么明目张胆地出去走了吧……啊，不过，要是有人知道我睡在哪里，那就另当别论了……有人看见我睡在哪儿了吗？啊，这话就相当于是在问谁是凶手啊……好难……"

"谁会知道啊。说要睡在睡袋里的只有真上。"常察有些怒意地说。

"被真上残忍地嫌弃之后，我也不知道后面的事了哦。"蓝乡摇头叹息。

"真上昨晚在哪儿过的夜？"

被成家这么一问，真上立即指向自己昨天的宿处。所有人目瞪口呆。

"摩天轮的吊舱里……对半夜的加尼兔来说，位置还挺上面的。"

幻想乐园持枪随机杀人事件的关键场所，耸立于园区中心。

"那个，是那边的绿色吊舱……时针方向的话，是四点钟位置的那个……我进去的时候，它还在两点钟位置，我在里面动了动，它就慢慢下降到那里了。"

虽然真上在里面时尽可能用得很小心，但有人过夜的痕迹应该还是留下了。想要目击加尼兔，一定程度的高度是很有必要的，众人对真上在哪儿过夜也许已经有了一定的思想准备。

"等等……怎么做到的？"涉岛的眼神中流露出难以置信的神情，喃喃道。

"支柱上有梯子。虽然是检查器械用的……用梯子一直爬到中间，然后通过钢架进到吊舱里。以前的摩天轮是人力驱动的。作为动力源的人会乘着转轮的钢架一圈一圈地转。幻想乐园的摩天轮就是这种类型，很结实的，能爬上去。我上去过……"

真上不想让别人觉得自己在骗人，语气稍微有些强硬。就算现在让他再上一次也行。又不用背着行李上去，应该花不了多长时间。

"凶手。"鹩走小声嘀咕。

"哎？"

"凶手就是你吧！那种事情都做得出来，凶手肯定就是你！"

"等……等一下！这不对吧？为什么在吊舱里睡觉就是凶手啊……杀人事件分明是在下面发生的，在上面睡反而可以证明我的清白……"

这种时候如果不好好说清楚，说不定真的会被当作凶手对待，真上决定先声明观点。

"这还真是没想到啊。不过，为什么你拍照片的角度很特别，我算是知道了。居然是从那么乱来的地方拍的，怪不得那么有趣呀。"

蓝乡表示认同。照片是指真上传到博客上的那些。蓝乡说得没错。真上从小运动神经就还算不错，他可以在被允许的范围内自由地拍摄。也因此，那个博客多少还是有些话题度的。如果不是这样，谁又会去看外行人用手机拍的照片呢。

"也就是说，穿玩偶装的人是以被真上目击为目的这么做的这条思路……不通了呀。不管怎么想，都不可能想到摩天轮里睡着人吧。被目击纯属意外。"

"意外……就算你这么说……"

"还是不知道凶手真正的意图啊。"从刚才起就一直惶惶不安的卖野说道。

"如果不是为了让真上目击，那为什么要穿玩偶装呢？又为什么要让主道先生穿玩偶装呢？他到底是什么目的？这也是寻宝的一部分吗？他到底是想表达什么？他想把我们怎么样？！"卖野越说声音越高亢，"如果这也是寻宝的一部分，早知道就不来了！我已经要到极限了！"

"请您冷静，卖野女士。您表现得就好像是做过什么亏心事一样。像卖野女士您这样的人又不会做什么昧良心的事，没必要这么大喊大叫。"

听见蓝乡的话，卖野喉咙颤抖，哽咽无言。蓝乡虽然表面上像是在安慰她，可事实效果却是雪上加霜。真是恶趣味。

但是，卖野的畏怯的确不正常。看她的样子，分明是有什么会被杀的理由。

"我什么也不知道……什么也不知道。再怎么想也不会有结果的。"成家梦呓般喃喃。

"我们还是先回别墅吧。再接着看主道先生的遗体也……"常察谨慎克制。

"是啊。警察来之前应该还有一段时间,一直在这儿站着也不是办法。"真上理所当然地说,全然没有注意到其他人僵硬的表情。

3

回到别墅后，立刻开始吃早饭的只有真上一个人。真上边大口啃着羊角包，边看着表情诡异的众人。最夸张的是卖野，说觉得不舒服，想去外面透透气，结果又很快回来，来来回回、神神道道，最后又说一个人出去觉得害怕，拜托蓝乡陪她才算了事。幻想乐园除了受邀前来的众人应该没有其他人了。真上觉得，和有可能是凶手的蓝乡一起出去不是更危险嘛。只是他什么也没说，说了也只会加剧众人的恐慌。

"说不定，这也是十嶋庵设下的挑战的一环。"编河耸着肩说。

"怎么可能……这也太过分了。"

如果浑身是血的兔子玩偶装和谜题有关，那十嶋庵一定是个疯子。但事实应该并非如此。正在氧化的血迹已经开始发黑，玩偶装原来的淡粉色几乎已经看不见了。

"先不说主道先生是怎么被铁栅栏刺穿的，有人故意伤害了主道先生这一点是毫无疑问的。快点叫警察，然后结束寻宝吧。"

说起来，这里没有信号。也就是说，只能拜托佐义雨联络警察。不，既然看过了主道的惨状，她应该已经联系过警察了。

"佐义雨小姐……警察什么时候到？"真上问。

佐义雨一直待在他身后，从刚才起就很反常地保持沉默。很快，她露出优雅得体的笑容，回复道："还没有联系警方。我认为这件事不该由我一人决定。"

"难道十嶋庵氏的指示让您为难了吗?"涉岛皱眉发问。

幻想乐园已经是第二次发生杀人事件了。也许十嶋庵并不喜欢警方介入。

"不,十嶋什么也没说。事实上,我需要请示的是在座各位。"

"在座各位……是说我们吗?"

"是的。是否要联络警察,由在座的各位决定。"

佐义雨的发言让人一时间难以相信。有人在眼前死去,不是讨论该不该叫警察的时候吧。

真上急忙说:"肯定要叫警察的啊,毕竟发生了这种事件。主道先生可是被人杀害了……很有可能被人杀害了,现在可不是优哉游哉寻宝的时候。而且,警察赶来这里还需要一些时间,对吧?"

"是的……这附近什么也没有,警察赶到这里的确需要一段时间。不过,几个小时之后应该能到。"

话说回来,这里的所有人是那个十嶋庵。与大财阀十嶋集团相关的事很难不会对警察的到达时间产生影响。警方应该会找架直升机直接飞过来吧。

"那就没什么可纠结的了。编河先生,你觉得呢?"真上问向编河。

编河靠着铁栅栏,好像在思考着什么。他是众人之中最有可能与外部保持联络的人,应该会赞成叫警察来吧。

"有人在这里被杀,还被放在了兔子玩偶装里……真是让人受不了。简直就像恐怖电影。"

"是啊……我们不知道凶手的目的,这就意味着所有人都可能有危险。这种情况下还留在幻想乐园太危险了。"

"我不同意。"

说话的是涉岛。她态度坚决，清清楚楚地继续说："佐义雨小姐。我想跟您确认一件事，如果警察介入，寻宝活动会怎么样呢？总不会改日继续吧？"

"寻宝活动会取消。正如十嶋先前所说，幻想乐园将作为废墟向公众开放。"

佐义雨说话的语气像是在宣读体育项目规则。

"是这样，是这样啊，我明白了。那我还是不同意报警。"

"涉岛女士，这太诡异了。"

即便真上这样说，涉岛的神情依然没变。

"我只是表达自己的意见，有什么诡异不诡异的？佐义雨小姐刚刚也说了，让我们自己决定。我只是顺势表明立场而已。"

"有人死了，正常来讲就该报警吧？"

"是这样没错。但是对我而言，现在是非常时期。主道先生去世，我很悲痛。可让警方立刻介入调查也没有意义，人死不能复生。既然如此，我想要继承主道先生的遗志，得到幻想乐园。"

涉岛说的话明显很诡异，却又过于冠冕堂皇。她毅然决然的态度仿佛昭示着她的话里没有掺杂半点私心。

"警察总会来搜查幻想乐园的，到时候，就说是涉岛女士不愿意及时报警也没关系吗？"

"没关系。"

涉岛并不在意真上的话，扫视四周众人。

"话虽如此，在座的各位地位理应平等，还望诸位也能表明意见。如果最终不能彼此说服、统一意见，少数服从多数可以吗？"

"少数服从多数，不管怎么想，大家肯定都赞成报警的吧？"

然而，与真上的意见相反，一个声音说道："不，我也不同意报警。"

常察对着真上，再次说道："很抱歉，真上。我不想报警。"

"常察小姐怎么也这么说？这种情况下，怎么能没有警察？"

"如果只是觉得必须要有警察的话，这里倒是有一个。"常察边说边在怀里摸索。然后，她从内兜里掏出了在电视剧里常能见到的藏青色警官证。

"隐瞒了身份，非常抱歉。我的的确确是个警察……我会保证大家的安全。因此，暂时还请不要叫来除我之外的警察。"

看着常察这副姿态，真上感到心中的种种疑惑都有了解答。

"这种事怎么可能有人信？"

编河话音刚落，常察什么也没说，直接把警官证递给他看。

"你要觉得是假的，我也没办法。你可以好好检查一下。"

"为什么警方的人会在这种地方？"

"啊啊……所以你才……"

真上说完，常察皱眉道："什么意思？"

"我之前就觉得奇怪。不管你是不是真的白领，我觉得你至少是和警方相关的人。"

"你是在虚张声势吗？我应该没有做出暴露身份的举动吧？"

"那个……首先引起我注意的，是你拿手电筒的方式。常察小姐的惯用手应该是右手才对，在镜宫时，你却用左手拿手电筒。大多数人都是用惯用手拿手电筒的，但是，常察小姐却选择在黑暗空间中空出了自己的惯用手。除非你有防备紧急事态的习惯，说得具体一些，也许你是在为能够时刻准备拔枪而空出惯用手。我本来还以为是我想太多了，可开门的时候也是，你不是从正面直接开门，而是习惯把身体藏进门边阴影处后再开门，很明显不像是普通的白领……"

真上事无巨细地罗列出自己的推理，让常察一时哑口无言。

"什么情况？难道你其实是个侦探？"

"在便利店工作的话，会不知不觉掌握各种各样的技能。比如，仔细观察客人从而判断出职业之类的……还有，这个人会不会买加热简餐、烟之类的，状态好的时候，连买什么牌子都能猜中。"

猜中了会很开心。值夜班的时候没什么娱乐，因为注意力很容易被中途打断，所以真上很沉迷于这种推理游戏。

"这和便利店推理完全不是一回事吧……"

常察依然满心困惑，但姑且接受了这个解释。

就这样，室内又陷入一片沉寂。就算常察在场，也不能就这样不报警吧。

但是，率先开口打破沉默的却是涉岛。

"既然有警方的人在，各位也能安心了吧。"

"怎么可能？"真上随即打断，涉岛的表情却不以为然。

"但是，常察小姐也是具备搜查能力的吧？更何况，她也知道至今为止发生的事，搜查方面交给她比较好。"就连成家也这么说。

"顺带一提，我也不同意报警。要是警察来了，肯定会被问这问那的吧？这样说不定会对未来有影响。绝对不要这样。"鹈走漫不经心地说。

"现在不是考虑就业的时候！"

"没有好好就业的人有什么资格讲这种话？被卷进这种事件，肯定会被报道出来吧。我可不想在这种没什么好处的节点上结束。"

"好处，是吗？这股无利不起早的劲儿，我懂啊。"未曾想，编河也用这种好似善意的语气说道。

"编河先生是记者吧？记者可以这样放着尸体不管吗？"

"没关系啦，只要我们把凶手找出来，把所有事情都推到那家伙身上，不就行了吗？就说被凶手胁迫没法报警，所有问题就都解决啦。"

这是理应报道真相的记者绝不该有的态度，但编河似乎不以为意。

"到了我这个年纪你就会知道，那些报道多少都有改编的成分。"

"也就是说，编河先生也不同意报警，对吧？"

真上就这样被反对派夹击，搞得自己也不知道为什么要如此努力坚持。即便凶手就在这些人之中，自己难道会眼睁睁地被杀吗？既然有能力保护自己，那也不是非要报警不可。这么一想，好像也没什么必须坚持的理由了。就这样，真上的思路慢慢转向奇怪的方向。

正在这时，卖野和蓝乡终于回来了。卖野用手绢掩在唇边，小声呢喃："警察什么时候到？"

"那个，警察可能不会来了。"

为了避免卖野陷入恐慌，真上尽可能委婉地说。可卖野还是发起抖来。

"真上，这是什么意思？怎么回事？"

"怎么回事……呃，也是没办法。"

"担心的事情还是发生了呀。"

蓝乡讳莫如深地点头说。他已经预想到会变成这种情况了吗？所有人都选择优先进行寻宝活动、一致决定不报警的情形，都在他的意料之中吗？

"你早就知道会变成这样吗？"

"只是听说，没想到真会变成这样。不过，都有可能嘛。只要再有两天，应该就能解决吧？"

得到这样莫名其妙的回答，真上追问蓝乡："你是说，再有两天寻宝活动就会结束吗？"

蓝乡仿佛是被什么东西震慑住了一般，说："也不是不可能嘛。"

"那我可以理解成蓝乡老师也同意不报警吗？虽然不知道两天是否能结束，但暂且不需要警方介入。"

涉岛说完，蓝乡表情微妙地点了点头。

"嗯，如果大家都没意见，那我也没问题。"

之前就一直有一丝不妙的预感，蓝乡果然也是反对派。从他爱找乐子的性格来看，会做出这样的选择也不奇怪，没想到他真的这么干了。这样一来，天平又开始向另一方倾斜。

"等一下！怎么回事？说什么不报警，是在开玩笑吧？"

让真上的心摇摆回正义方向的，是卖野混杂着哀鸣的叫声。

"有人被杀了啊！怎么能说那种话？"

"就是因为有人被杀了啊，再这样下去的话，寻宝活动就告吹了。"

"寻宝？那种事情怎么样都无所谓吧！难以置信！明明发生了那么残忍的事。太可怕了。而且主道先生就那样晾着也太可怜了，为什么大家能这么无动于衷呢？"

这是至今为止最人道、最正派的言论。然而，在场的所有人只是用很尴尬的眼神看向卖野。似乎是意识到了自己的劣势，卖野低声呢喃着："为什么……"

"真上。想想办法,说服大家。这样太奇怪了……这样的话,我要离开幻想乐园。我好害怕,只能这样了。那个,真上……"

这时,涉岛向卖野走去。真上还以为涉岛会拍拍她的后背以示安抚,但涉岛并没有。涉岛的目光中满是寒意,说:"卖野女士……我记得你。你的工作做得很好,我很欣赏你。"

涉岛用教诲的语气说完,卖野态度一转,大喊:"我同意!"

"我、我也没问题的!我们自己找出真相吧!"卖野口齿不清,像是在附和涉岛。

"等等……卖野女士您怎么了?"

"真上,对不起。我刚刚太过激了。我觉得不能那样太过敏感,给大家添麻烦。"

和刚刚说的完全相反啊。这很不合理。一旁的涉岛冷眼旁观了全程。

涉岛并没有直接说什么带有威胁意味的语句。可转眼间,卖野变得完全服从于涉岛了。刚才的话到底是什么意思?到底是什么让她害怕成那样?

这时,蓝乡缓缓举起了手。

"我虽然并不介意警方晚点介入,但我有点好奇常察小姐为什么不同意报警,理由呢?"

"是啊,我也想问。这样一来,也有常察小姐是凶手,所以才想要阻止报警的可能。"

被成家这样催促,常察沉默片刻,终于开口。

"我来幻想乐园,并不是因为喜欢废墟。"常察直直地盯着一旁说,"我……是天冲村的相关人员,作为备用信息,还写明了自己是与中铺御津花有关系的人,所以才被选中。"

听了常察的这番自白,众人倒吸一口凉气。

"天冲村的相关人员？你是说，你住在天冲村吗？"

涉岛试探着问，声音有些紧张。也许她回忆起在天冲村进行涉外工作时的事了。

"直到我五岁那年，那起持枪事件发生为止，我都住在村里。因为那起事件，不只是天冲村，我还搬离了天继镇。"

"是这样啊。对不起，我不记得了……与中铺小姐有关系是指？"

"中铺御津花和我是表姐妹。我很敬慕御津花姐姐，不会有比她还要温柔的人了。"

"那……难道说，你恨签付晴乃吗？"编河有些不安地问道。

对于这个问题，常察缓缓摇了摇头。

"我恨的不是阿晴、不是晴乃先生。杀死御津花姐姐的不是晴乃先生！"

"不可能吧！她确实是被枪射中后身亡的啊。"鹈走疑惑地说。

"以前在天冲村时……晴乃先生和御津花姐姐关系有多好，我很清楚！就算晴乃先生厌恶幻想乐园，也不可能杀了御津花姐姐。绝对不会！"

真上想，要是早点发现就好了。

在问到所有的罪行是否真的都是签付晴乃所为的时候，常察的表情就流露出些许复杂的情感。真上要是在那个时候追问一下，说不定早就能套出话来了。

"那，你到底想做什么？你的目的是什么？"

与编河有些愕然的语调相对，常察答复得很坚决。

"我想找出杀死御津花姐姐的真正凶手。我就是为了这个目的才来幻想乐园的。如果就这么让警察进了幻想乐园，我就没办法自由行动了。好不容易……才有了找出二十年前真相的机会。"

"找出二十年前的真相，应该很难吧。"

编河像是在说什么即兴台词，常察全然不为所动。

"如果各位能够接受这个解释那最好不过。这种情况下，就算怀疑我是杀害主道先生的凶手，我也能理解。我不会辩解的……但是，我已经下定了决心。要是这个时候幻想乐园被重新封锁，我会很困扰的。"

常察说完，众人再次陷入了沉默。大家打量着彼此，试图窥探出他人的态度。

"少数服从多数。不同意报警，想要延期一天继续'寻宝活动'的人，请举手。"

只有真上没有举手。

也就是说，想报警的只有真上。明明杀死主道先生的凶手可能就在这些人之中，还是有超过半数的人不同意报警。变成只有真上一个人孤立无援的情形了。虽然知道这是不可能的，但此时的氛围，仿佛真上就是凶手一样。

"决议结束。那么，让我们一边寻宝，一边找出杀死主道先生的凶手吧。没问题吧，佐义雨小姐？"

"我这边没有任何问题。诸位的兴致如此高涨，十嶋想必也会很开心的。"

佐义雨露出一如既往令人捉摸不透的笑容，颔首说道。

"虽然很对不起真上，但最终的决议就是这样。当然，这并不是强制的。不管是真上先生让我们屈服去选择报警，还是离开幻想乐园出去找警察，都是可以的。"

"不……没关系。很感谢涉岛女士帮我们进行总结，我对这个决定没有任何异议。我也会尽可能地……找出杀害主道先生的凶手的。"

"太好了。在这种情况下还能获得理解实在是很不容易。"

"我还有一个问题想问……这里可是有杀人凶手啊,涉岛女士您不害怕吗?"

"我想不出自己会被杀的理由。有人想要害我吗?"

涉岛优雅地微笑着。真上看着这样的涉岛,只觉得这真是个可怕的人啊。

她的言谈举止看起来那么的端庄温和,却一直在按照自己的想法推进事态的发展,甚至众人的情绪氛围也都在她的掌握之中。和真上对话时,她还特意用了"屈服"这个词,这也足见她的性格。那是在由此教唆真上用暴力支配众人。用一副若无其事的样子操纵他人的人,必须要小心才行。

一想到当年是由她负责与天冲村进行交涉,真上就觉得不寒而栗。有这样的人作为交涉对象,天冲村的村民们还能好好对话吗?

"不过,这样一来终于能打起精神了。就算我没有什么会被杀的理由,也说不定会因为目击到什么奇怪的事情而被杀。"

鹈走特地看着真上说,完全把真上当成头号嫌疑人了。

怀疑别人到这种程度,自己也有被杀的可能,鹈走却并不同意报警。他们仿佛都对幻想乐园有着异样的执着。到底是在执着什么呢?

"那么,我们就解散吧,还请诸位多加小心。"

涉岛"啪"的一声合上手,宣布全员解散。

真上总觉得,主道先生死后,涉岛显得更有活力了。就好像是终于坐在了该坐的椅子上。

断章 2

多亏有御津花姐姐和阿晴在,我终于开始慢慢喜欢天冲村了。村里依旧很闭塞,我还是被村民们当成外人对待,不过即便如此,我还是很喜欢这里的自然风光。

阿晴很擅长钓鱼,他教我怎么在河边玩。那时的河还不是把村子分隔成两半的界线,只是一个让人快乐的玩乐场所。阿晴摇着竿,一只长得很肥的香鱼便从泛着光的水面里现身出来。

"你怎么这么厉害呀?"

"没做什么特别的事,只是看得仔细。"

尽管阿晴说得漫不经心,但对我而言,这就像是魔法一样。

"但是,阿晴最厉害了。"

"是嘛?谢谢啦。"

"只要长大了,就能擅长钓鱼了吗?"

"并不是这样……凛奈想要学钓鱼吗?"

"不要。我想学会做蛋糕。村里没有卖蛋糕的地方。只有去天继镇的时候才能吃到。"

"啊……嗯,的确是这样。"

阿晴边说,边卷起袖子用水洗手。阿晴的手臂上有一处很大的伤痕。

"那个是怎么弄的?"

"之前玩猎枪的时候走火了,好在保住了一条命。"

阿晴说得不以为意,我却觉得很可怕。也许那个时候,阿晴差点就死了。村里很流行狩猎,阿晴也总有一天会拿到狩猎许可证、拿起猎枪吧。我对此感到十分不安。

"伤口,我可以摸摸吗?"

"可以哦。"

阿晴的伤口在皮肤上隆起,如同一条盘桓在他皮肤上的河。

在我抚摸伤口的时候,御津花姐姐来了。

"中林先生好像真的失踪了。"

"中林先生也?这样啊……"

阿晴的神色瞬间黯淡下来。

"夏目先生那儿的,之前说的硝酸铵。也许出资并不是个明智的决定,结果还是待不下去了。这样一来,支持化学肥料的人就都离开了。"

"草木灰毕竟是天冲村的传统。我也不是不能理解想要维持传统的想法。"

"阿晴说了和大家一样的话啊。首先,夏目先生为了导入硝酸铵已经买了很多,没法回头了……我都说了根本不行。夏目先生,在那以后一直什么都没能做……"

"是时机问题……"

"同样的事情在给青菜发货的时候也发生了……我去百货商场谈过了,但辻井先生怎么也不肯让步,说这个村子不需要什么新事业。"

"产量的确会成为负担。而且辻井先生并没有和签付家好好谈过。"

"是这样,这个村子一直在拒绝新事物。"

御津花姐姐说话的语气很沉重。

"就是因为这样,才死了那么多人。"

御津花姐姐惋惜地说。

"路也是,要是能通就好了。一部分农家的确不得不牺牲部分农田,可是,和外界的交通变得更方便了也是事实。"

"事到如今,说这种话也没有意义。"

"所以才要现在说啊。"

御津花姐姐咬牙切齿地说。

"天冲村必须改变,村子的发展不该守着传统和土地。就像离开的夏目先生、中林先生和辻井先生那样,村子是由人说了算的。"

当时的我并不能理解这些话的含义。

但是,御津花姐姐的信念却远在这些话语之外。对她来说,一个村子里最重要的是人。因此,她的行为也都是以此为基准的。

生气的御津花姐姐让我感到有些害怕,于是我下意识地开始转移话题。

"那个,御津花姐姐也擅长钓鱼吗?毕竟也是大人了。"

"嗯?很擅长哦。我以前可没输给过任何人。在因为种种理由变得生疏之前,我常和同龄人一起玩,我是最厉害的呢。"

"刚还说阿晴是最厉害的呢。"

"哎!我可没说啊!是小凛奈擅自这么说的!"

"哎?比起阿晴,应该还是我在朋友之中最厉害……"

御津花姐姐话说到一半,顿了顿,继续说下去。

"不,还是晴乃最厉害。该承认的时候就得好好承认才行。晴乃的技术就像魔法一样。"

御津花姐姐就这样把我心里想的词说了出来夸阿晴,我到现在还记得,当时觉得有多不可思议。

4

　　莫名其妙成了头号嫌疑人的真上，还是暂时先离开了别墅。他本就没用里面的单间，光是待在那座建筑里，他就浑身难受。唉，总是这样单独行动，也难怪会让人怀疑啊。

　　真上边走边把刚刚思考的事情记在笔记上，像这样一条一条地整理问题要点也是在便利店打工时养成的习惯。在便利店，不得不面对各种各样的问题，这种朴实的工作技巧很管用。

　　一、主道为什么会穿着玩偶装被铁栅栏刺穿呢？

　　问题很清晰。加尼兔的玩偶装有什么特殊含义，如果不是有某种含义，也没必要做那么麻烦的事情。

　　二、主道为什么会被割开脖子？

　　这个问题和上一问脱不开干系。如果只是想杀死主道，只要让他穿着玩偶装被铁栅栏刺穿就够了。为什么要特地割开他的脖子？出血量太多对凶手而言应该是有弊无利才对。

　　三、凶手是怎么让栅栏刺穿主道的？

　　如果没有真上这样的体格，哪怕只是把主道抬起来也会很困难。但凶手还要带着主道爬上轨道。这种事情真的可能发生吗？

真上将想法总结为三点后，稍微冷静了一些。让问题变得清楚明了，再一个一个地思考解决办法，这是真上在打工时积累的智慧。像这样将问题分解，采购的问题也好，客人的投诉也罢，都能够得到妥善处理。

真上觉得，小说里的侦探总是很厉害。他们不用分解问题记笔记、也不用画图，就能找到案件的真相。像真上这样的区区一介便利店店员肯定是不行的。真上打心底里觉得，日常业务中不需要推理真是太好了。

真上漫无目的地游荡，不知不觉走到了幻想旋转木马。它的设计理念应该是和流星赛跑，座位装饰有星星，马被设计成了带翅膀的"飞马"。

星星因为形状简单，风化痕迹并不明显，反而是这些马褪色严重，翅膀都掉了。要是坐上去，马肯定就坏了。

天花板上满是星座图，就像天象仪一样。真上把手搭在栅栏上，不小心看呆了。

不知何时，真上身边忽然站了个人。

"我坐过这个幻想旋转木马。试营业的时候，我最先坐的就是这个。星图一圈一圈地转，很漂亮……很难忘。"

常察缓缓看向真上。

"真的很抱歉。害你陪我任性。"

"并不是常察小姐一个人造成的。当时，在场的所有人几乎都对报警很消极。就算常察小姐什么也不说，大家也不会报警的。"

只要佐义雨说清楚警察介入和寻宝中止的关系，恐怕报警这事同样会告吹。

参加者们比预想的还要可疑，他们到底在隐瞒什么？

和其他人比起来，早已袒露心声的常察更值得相信。尽管她依然很神秘。

"说实话，我一直很过意不去。承蒙真上先生如此照顾，结果反而弄成您被孤立的情形了。"

"没关系的。是睡在奇怪的地方、说了奇怪证言的我不好。"

"真上先生会在奇怪的地方过意不去呢。不过，还是谢谢你。我的心情缓和了很多。"常察半眯起眼睛，笑着说。

真上在她的脸上看到些许疲惫。以前的案子还在查，突然又发生了新的杀人案，难免会心累。

"试营业那天你也在，也就是说……枪击事件发生时你在场，是吗？"

"我在。我看到各种各样的人脑袋被射穿，在特等席看到的。也是因为这个，我从那附近搬走了。"

"那个……我冒昧地问一句，常察小姐你当时在哪儿？难道，常察小姐当时的境况也很危险吗？"

"不。我在事件发生之前，就被带到了绝对安全的地方。"

"绝对安全的地方？"

"我在摩天轮上。比藏在任何地方都要安全，是吧？吊舱里的男人并没有射击同样坐在吊舱里的人。"

"这……确实。那是最安全的地方了。"

真上感叹。在吊舱里怎么都不会被伤到。

"在各种意义上那里都是特等席。枪声以及与此同时一个接着一个被射中的客人，我都记得很清楚。"

常察说着，紧紧地闭上了眼睛。她一定是又想起那时的场景了。

为了换个话题，真上开口说："你说你是被带去的……意思是?"

"就是字面意思。有人牵着我的手,让我去坐摩天轮。"

"那是……"

"我明白真上先生想说什么。那个人让我去坐摩天轮,也就意味着他知道即将发生的事件。那个人只有可能是签付晴乃本人,或者是他的共犯。"

常察说得没错。比起说是在那个时机偶然带她去坐摩天轮,还是想让她避开事件这个解释更自然。

"但我觉得那人不是共犯。也许你会觉得我的判断很奇怪……我觉得那个时候带我去坐摩天轮的,就是晴乃先生。"

"这就……很奇怪了。常察小姐乘坐的吊舱回到地面上时,事件已经结束了,对吧?那个时候签付晴乃应该在摩天轮上才对。他应该比常察小姐先上吊舱啊。"

"所以说,很奇怪,对吧?那个人虽然挡着脸,可我觉得那就是晴乃先生。虽然他嘴上说着不是。就因为我觉得是他,才乖乖上了摩天轮。说不定,那是……晴乃先生分离出来的良心,我也这样设想过。"

这番话并不科学,真上却能感受到常察想要相信的心情。

"我不明白……晴乃先生为什么会杀御津花姐姐……我想不通。也许他们是有意见不合的地方,但我很难想象,那两个人会因为这种事就相互憎恨。"

"也许发生了什么只有当事人才知道的事情……"

话说出口,真上就觉得自己有些不礼貌。但常察却缓缓点了点头。

"真上先生说得也是。毕竟……"

"那我们验证一下吧。"

"哎？"

真上从他那看起来很重的帆布包里，把之前的文件夹再次取了出来。

"和人相关的事情我并不是很擅长。处理我也没有什么能称之为故乡的地方……我不太能理解人类的心思。所以，也许有什么信息还隐藏在文章里，和在这里拿废墟当研究对象时是一样的。废墟原本到底是个什么地方，就隐藏在这些旁证里。现在也是一样的。"

"一样的？"

"是的。中铺御津花小姐和签付晴乃先生之间到底发生了什么，就在这些文章中、从这些旁证里挖掘出来。这样，事件说不定会变得清晰起来。"

真上翻开的那一页是《周刊文夏》的报道片段。是编河写的，记录天冲村对立情况的跟踪报道。看到报纸上写着的"第一篇'天冲村人祸'"时，常察瞬间轻轻地"啊"了一声。

"这个，我记得。这是我来之前不久发生的事。"

常察抚摸着整理好的报道，表情严肃地说。

"是流感吧。规模相当大，以村里的高龄患者为中心，很多人都得病了。村里的诊所病床根本不够，只能把重症的高龄患者送出村去……可祸不单行，那时刚好赶上下大雨。村里的河发了大水，交通很不方便。照看病人就已经忙不过来了，看护的人也相继感染，形成了恶性循环。病倒了太多人，村民根本无计可施。"

常察的说明和报道记载的相差无几。但看报道和听常察亲口叙述的冲击感却截然不同。

"御津花姐姐作为护士，在流感的最前线看到了整个过程。

她说过，自己觉得很不甘心。诊所里只能住十个病人。没能住进来的十六个人，一个接一个地都死了。"

把这称之为"人祸"不仅不合时宜，而且满是恶意。这是小社群内部发生的集体感染和限制了天冲村交通的暴风雨叠加在一起才引发的事件。从这一点来看，编河特地采用"人祸"这一字眼，让真上感到一股难以形容的恶意。

"这就是以御津花姐姐为首的幻想乐园支持派成立的根本原因。村里的人一年比一年少，与其让天冲村再这样存续下去，不如去外面建立新的社群。"

珍德玛股份有限公司承诺承担天冲村村民们的搬家费并提供新居所，且每家每户还有一百二十万日元的补偿金。

而且，支持者拥有在幻想度假山庄优先就业的权利，也就是有了就业保障。当时，天冲村的收入来源以第一产业[①]为主，大部分必需品都能自给自足。还有一些人成年后会外出务工，给留在村里的家人们寄些生活费。

彻底改变这种情况的最好机会，就是接下幻想度假山庄递过来的橄榄枝。

"但似乎并不是所有人都赞成。"

"天冲村毕竟是他们一直生活的故乡。为了度假山庄的开发就让他们转让出来，阻力一定很大……这种心情我也能理解。我也想回去。"

"想回去。"真上无意识地跟着重复了一遍。

"那段时间的记忆并不是很清晰。所谓的天冲村斗争开始后，我就没怎么出过门了。"

---

① 在日本标准产业的大分类中，第一产业是指农业、林业、渔业、牧业以及狩猎业。根据中国国家统计局对三次产业的划分规定，第一产业指农业（包括林业、牧业、渔业等）。

至于天冲村斗争的激烈程度，第四篇报道写得很清楚。

支持派执着地指出村里的落后之处，反复控诉之前发生的人祸惨剧。曾罹患流感的患者中还有人得了后遗症，如身体麻痹、味觉嗅觉障碍等，还有小孩患有语言障碍。要是同样的症状传给了下一代，到底谁来负这个责任？支持派的观点基本就是这样。

反对派认为，后遗症并不是流感的责任，批判支持派反复利用谎言来博得世人的同情。还主张之前的事件只是因为运气不好，比起解体天冲村，应优先往村里引进医疗人才。

"这些声讨本来就很激烈吗？周刊的报道在幻想度假山庄的建设计划发出后就没了下文。"

"天冲村会怎么样，你想问的是这个是吧？说实话，我也不知道。我是外来的孩子……当时还很小。而且，流感发生之后，我就被告知不许去河对岸。"

河是指流淌在天冲村中间的那条河吧。

"为什么？"

"因为河对岸是签付家的宅邸。签付家是度假山庄反对派的带头人。"

"签付家……那个，虽然不知道这么说是否合适，是类似村长的家族，是吗？"

"以前好像是这样。好好理解这些也是我长大之后的事了。战后，名门世家这类东西也都名存实亡了……就觉得只是很大很厉害的一家人。在村里很有发言权，还不喜欢外来人。特别是大规模流感之后，感觉他们甚至是憎恨外来人。"

"憎恨外来人的理由是什么？怎么说呢，和那件事没什么关系吧？"

"说到底，天冲村会发生流感，本就是外人带来的……感染源似乎就是从外面来天冲村的人。不过，我也不知道这个说法是真是假。"

可即便如此，对外来的常察如此冷眼相待也还是太过分了。

"这么说，常察在天冲村的生活不是很艰难吗？"

"一直被当成外人的确很难过。以前，只是说出天冲村这个名字，签付家的人就会瞪过来。不过这也是御津花姐姐的缘故。而且，我所知道的阿晴，对我很温柔。"

杂志中介绍的签付晴乃，并不像是能和常察相处融洽的人。他强烈反对天冲村搬迁，在最后村子的赞成派得势后，为了破坏建设计划，还制造了那么凄惨的事件，是个性情极其固执的男人。事件发生后，他的双亲听闻他的行径，双双上吊自杀。

"他不是那样的人，绝对不是。"

常察开始缓缓叙述她对签付晴乃的回忆。但是，如她所说，儿时的记忆已经十分模糊了。签付晴乃和中铺御津花的关系很好这件事到底是不是真的，也变得难以判断了。能够详细说出的，只有相遇时的情景，当时签付晴乃说允许常察在院子里玩。

"结果，后来我被签付家的阿姨发现了，还是被狠狠地训了一顿。我和她说得到了晴乃的许可，她却很生气地对我说：'这间庭院的所有者是我！'她说得也没错，毕竟是我闯进了人家院子里。"

"还真是一场大冒险啊。"

"只有签付家的庭院种了那么多水果树。据说，有勇气偷偷潜入那里的，我还是头一个。"

常察半眯起眼睛，似是有些怀念。

"还有还有，阿晴钓鱼很厉害的，经常在村子的河里钓一些我不认识的鱼给我……要是我把鱼的名字好好记住就好了。"

常察的眼睛微眯，仿佛那条早已被填平的河就在眼前。

"还有，阿晴的枪法也很……厉害。这都是大家说的。不过，在我的记忆里，阿晴并没有那么喜欢猎枪。曾经有一次枪走火了，在他手臂上留下了很严重的伤痕。"

"这……的确可以是让人不再用枪的理由。"

"不过好像并不是那样。"常察说，"我五岁左右就搬去天继镇那边住了，那时阿晴还留在天冲村。"

幻想乐园完工是在二十年前，也就是二〇〇一年。游乐园正在建设，还有反对派留在山里持续抗议。游乐园的娱乐设施将近八成都已建设完毕时，最后一批人才相继搬离。

然后，签付晴乃在建设完工时回来了。

常察在说到中铺御津花和反对派的争论时，语气变得沉重起来。这部分不止有常察的记忆，后续的调查情况也混杂在其中。天冲村引入新兴产业的失败史，包括引进化学肥料、道路开发、建设大型产业等，而这其中，只有大企业的强硬手段收获了唯一的成功，这才有了幻想度假山庄计划的开发。

"抱歉。没派上什么用场。"

"没有没有。只看杂志的报道我还有很多不明白的事，听常察说完，明白了很多……"

"真上先生为什么这么认真地听我说呢？"

"哎？"

"因为，那个……我没有别的意思，真上先生和我的过去没有任何关系，却愿意为我考虑这么多……为什么呢？说实话，真上先生看上去并不是一个会对他人这么感兴趣的人。"

"因为是一样的。"

话冲口而出，真上也被自己说的话吓了一跳。

脑海之中，阴云密布。那虽然只是在摩天轮上做的梦，却给真上头顶的蓝天覆上了一层层阴云。

"我也是，想知道某个人的想法想到不行。"

那天，父亲并没有给真上一把伞。不止如此，他甚至没有让真上回去。正在发烧的真上又淋了雨，他第一次没有听父亲的话，去了有天花板的地方。而天，并没有掉下来。

"不过，过去的人只活在过去。无论你有多想和他们说话，不可能就是不可能。所以，不管我们如何重复，都只是在填补过去的虚像罢了。这种事情是不会有结果的。"

正因如此，真上才想要帮助常察。追逐着签付晴乃的虚像，甚至追到了这种废弃的游乐园，面对这样的常察，真上没办法置之不理。

而且，在听常察讲述的过程中，真上心里也对天冲村产生了特别的感情。

"那，要好好想想才行。"

"就是因为这样，我才想要帮你一点忙的。"

"一点吗？还真是谦虚呀。如果是真上先生的话，不仅是我心里的谜团，就连主道先生被杀之谜，也能解决吧？"

"不，那个……我的本职又不是侦探，有这样的期待我会很困扰的。"

"你可是看穿了我的警察身份。要是你凭借便利店店员的洞察力又发现了什么，记得告诉我哦。"

常察忽然很开朗地说，真上有种不得不跟随她的感觉。半晌，真上开口问常察："我一直想问……贴在饮水机后面的那张纸，不是常察小姐贴的对吧？"

"不是我。我也吓了一跳。那个到底是什么意思？"

真上被问得一时语塞。其实，真上之前就一直在想那张纸会不会是常察贴的。她是右撇子，符合犯罪条件。更何况，纸上还写着那样的话。除了常察之外，还有谁会写下这种声讨真正凶手的纸条，真上实在是摸不着头脑。

如果那张纸条出自常察之手，那所谓"真正的凶手"，就是指骗了签付晴乃的持枪随机杀人犯了吧。对常察而言，签付晴乃并不是吊舱里的那个男人，而是救了自己的人。

"那如果假设的确还有一个真凶，或许还有其他人坚信签付晴乃是无辜的……"

真上小声咕哝，常察轻轻"哎"了一声，以示疑惑。

"我刚刚在想，这次来幻想乐园的这些人，也许并不只是单纯的工作人员。"

"啊，这样啊……"

"常察小姐并不单纯是个白领，还是中铺御津花的亲戚。这样一想，其他人或许也在某种程度上和幻想乐园过去的事件有关。"

"我的事暂且不论……成家先生和卖野女士应该只是事件中的配角。"

"说起来，大家执着于寻宝到了抗拒警方介入的程度，这也很奇怪啊。"

"卖野女士总让我觉得，她无论如何都想得到幻想乐园。"

"是吧？不过，卖野女士就算得到了幻想乐园也没法处理吧。比起说想要利用幻想乐园去做些什么，她更像是不想把幻想乐园交给其他人……"

"不想交给其他人？为什么？"

"理由还不清楚……"

只是，那一定和卖野在幻想乐园的过去有关。她在游乐园里的店铺工作时一定发生了什么。涉岛只是对她耳语了几句，她就刷的一下变了脸色。她一定是有把柄握在涉岛手里。

"我很好奇，十嶋庵到底知不知道那个秘密……事已至此，他多半是知道的吧。"

这样的话，十嶋庵的目的到底是什么呢？不知道他把相关人员聚集起来到底想做什么，提示的含义也还不清楚。谜团太多了。

"那个，你看过阿加莎·克里斯蒂的《底牌》吗？"

"没有哎……我只看和废墟有关的书。"

"在这本小说里，有一个叫夏塔纳的富豪，他还是一个收藏家。他有各种各样傲人的收藏，而其中格外瞩目的就是他的杀人犯收藏。夏塔纳把杀过人的家伙叫来自己办的派对，当作宴席上的助兴节目。"

"你是说，夏塔纳就是十嶋庵，我们是杀人犯？"

"杀人犯倒不至于，但幻想乐园枪击事件的相关人员也值得收藏。不过，还有真上先生和蓝乡老师这样的人在，还是不能一概而论。"

"说不定是因为没能集齐想要的所有相关人员，为了凑数才叫的我们。"

"要是连一个真正的废墟宅男都没有，'敬请享受成为废墟的幻想乐园'这种场面话就站不住脚了……"

"如果真是这样，这人数凑得还真不错。我觉得，真上先生会把事件都解决。"常察眯着眼说，"主道先生也已经是没法再说话了的、过去的人了吧。"

来自常察的期待虽然让人有些压力，不过，能让兴趣爱好很奇妙的十嶋庵大吃一惊也不错。

"那个……要是没什么头绪，我们去银河云霄飞车那边实地考察吧。要说最容易发现线索的地方，就是那里了。"

"走吧。和真上先生一起去的话，我很有安全感。"

"你能这么信任我，我很感激，可如果我就是杀人凶手，不是很危险吗？我的力气看起来也比常察小姐要大一些。"

"确实有这个可能……其实，我带着枪呢。要是我说了，可能会产生多余的怀疑，我就没说。"

"你的枪，可别被谁拿走了……不是常有手枪被夺走后引发第二起凶杀案的桥段吗？"

"你不是不看小说吗？这种情节你都知道。"

"打工休息时，我经常用休息室的电视看推理剧。我的休息时间都是固定的，用来看一小时电视剧刚刚好。"

"那月九恋爱剧[1]你也看？"

"作为参考。"

也许是被戳到了笑点，常察咯咯咯地笑了起来。虽然恋爱剧并不是重点，但能让常察露出笑容，真上觉得看过这些恋爱剧还真不错。

银河云霄飞车从远处看依然很显眼。轨道环绕园内一周，拍成照片估计会很壮观吧。云霄飞车入口在游乐园东侧，说得更具体一些，就在主道的尸体附近。

"那个，没事吗？再往前走，会经过主道先生的尸体附近。"

"工作原因，我早就见怪不怪了，没关系的。多谢关心。"

"就算你这么说……我还是会有些担心。在便利店处理老鼠尸体的时候也是，不管几次，我依旧会很难受。"

---

[1] 日语中，周一写作"月曜日"，富士电视台周一晚九点黄金剧场播出的日剧被称为"月九剧"，其中有许多知名恋爱剧，如《东京爱情故事》《101次求婚》《朝五晚九》等。

"也许这才是正常的反应……哎?"

常察指着前方。不知何时,蓝乡站在主道的尸体前。

"蓝乡老师?你在这里做什么呢?"

"呀,常察小姐和真上。我当然是在搜查啦。搜查!怎么说我也是推理作家,不做出点贡献怎么行?我就先来勘查现场啦。"

"你没做什么奇怪的事吧?"

"这种情况我能干什么啊?"

蓝乡说着,转向主道的尸体。

穿着加尼兔服装的主道被红色的挡雨布盖住了。那本来是盖在歇业后的货摊上的。

"是成家先生给尸体盖上的。他特地拆下来盖上的。你看,我完全没碰过。"

"就那样放着,确实有些对不起主道先生。"

这一点,真上也同意。穿着玩偶装死后还被晾在这里,实在很可怜。从挡雨布的形状来看,玩偶装的头部依然是真上放上去时的那样。穿着玩偶装死去,真不知道脸是露在外面还是装在兔子玩偶装里好。

"然后呢?透过挡雨布看尸体,推理作家有什么推理要说吗?"

"算是有吧。比如,凶手为什么非要割破主道先生的喉咙?"

蓝乡说着,意味深长地笑了。

"我虽然不看小说,但还是会看推理剧的。所以我知道,侦探这样说话时,是绝对不会把答案说出口的,直接无视掉就好了。"

"不是啦,我又不是侦探。要是不装作知道些什么的样子,会失去信赖的。不过我什么都不知道啦,唬你呢。"

"所以说，你真的不知道？"

"谁知道呢？知道真相的人就处于优势地位。啊，跑题啦。"

蓝乡看起来漫不经心，真上觉得他可能只是在虚张声势。凶手有不得不割破主道喉咙的理由，是这个意思吗？因为很难绞杀穿着玩偶装的人？

但是，想要杀死一个穿着玩偶装的人，从高处推下去不就行了吗？这和真上刚刚整理的问题二是一样的。

割破喉咙会大量出血，实际上，主道穿的加尼兔玩偶装已经全被血染红了。凶手执着于割喉到这种程度的理由到底是什么呢？

"总之，我们先去银河云霄飞车上看看吧。真上之前提到的那条通道也看一下吧。"

5

银河云霄飞车的设计理念是乘客会乘着星星之船和流星赛跑。青色的机体上布满银色的星星,亮闪闪的很漂亮。真上记得,旋转木马那边也是和流星赛跑的主题,有种难以言喻的腻烦感。总之,流星应该就是这个主题公园的假想敌了。

列车车厢本体是四座大小,并不大,列车由五台车厢相连,回转角度应该会很自由。

"这种小型列车,是从二十年前开始慢慢流行起来的,现在还挺常见的。车厢小便于小角度回弯,能跑更复杂的轨道,也更方便乘车的客人享受风景。"

"哎……知道得很详细呀,常察小姐。"

"毕竟在游乐园遭遇了那样的事件。我查了不少资料呢。比如,银河云霄飞车为什么会设计成这样什么的。"

常察低声呢喃,表情似是在怀念什么。

安全压杠上的海绵已经腐烂,露出银色的压杠本体,列车本身似乎还能动。真上伸手抓住横杠稳稳推动,试图让列车移动起来。然后,列车发出了咔嗒咔嗒、玩具一样的声音,随即动了起来。

"意外地很轻松……完全没问题,能动。"

"不过,云霄飞车之类的列车,时常被工作人员拉动调整位置。就算有人乘坐在上面，它依然能动。这并不奇怪。"

听了常察的话，真上也理解了。真上对游乐园并不了解，常察很好地帮他补充了这部分知识。

"难得来一次，坐上去试试吧？在站台附近移动的话也不危险呀。"

蓝乡漫不经心地催促。常察也点头附和。

"是啊。那我坐上去试试，真上先生能帮忙推一下吗？"

常察没有任何犹豫就坐进了生锈的列车。先不说危险或是不卫生，这没准是尸体坐过的啊。像这样毫不胆怯也是因为警察的素质吗？还是说，常察虽然伪造了身份，但喜欢废墟这一点却是真的呢？

真上不去想这些麻烦事，按照常察的吩咐，把手搭在列车后面。

"要出发了。抓稳了。"

"好的。"

常察紧紧地抓住干瘪的安全压杠。

真上蓄力一推，列车缓缓移动。列车比想象得还要轻。紧紧咬合的车轮在轨道上很顺滑，阻力似乎被减小到了极致。真上一个劲儿地加速，列车的声音清晰又可怕。

"那个，我不会往上爬的，到有些倾斜的地方去可以吗？"

"可以哦，没关系的。"

取得常察的许可后，真上又把列车稍微往前推去，直到最初的倾斜位置。即便如此，列车的势头也并没有削弱。真上爬上台阶，一口气越过这处倾斜，就这样爬完了第一个斜坡。在这之后，轨道的角度就和地面水平了，此后，第二个、第三个向上的斜坡出现了，然后才开始是一个长长的下坡。

"难得到这里,能再往前推一下吗?大概到这条水平轨道一半的位置吧。"

就算常察不直接说出来,真上也知道她说的是哪里。真上一边说着"要抓紧啊",一边把列车推到之前说过的那一点。

终于,列车到了被铁栅栏刺穿的加尼兔——主道先生的正上方。

"大概……是从这里掉下去的吧。"

"应该是……"常察看着下方说。

栅栏就在列车的正下方。

"要是从这里被推下去,肯定会被刺中的。像这次一样,胸前会很壮观。这就是凶手想要的吗?"

铁栅栏不知为何排列的交叉错落,只要找准了,总会刺中的。

"看起来,很容易就能把人刺穿。但是刺中肚子之类的位置也有可能,未必一定会刺进胸膛。从这里推下去,想要瞄准某个部位刺中,有点难啊。"

"这是……什么意思?凶手本来是想刺中哪里的吗?"

不明白,这里比想象的还要高。这个高度,就算只是推下去,没被铁栅栏刺中也会死的吧。那么,难道主道是意外被铁栅栏刺中的吗?

不,不会的。重新想一想。如果只是想让主道坠落身亡,不用非得选在这里。下面有栅栏的地方只有这里,绝不会是巧合。栅栏是必要的。

此外,还有高度的问题。

"这段和地面平行的轨道高度约有二十米。如果铁栅栏确实有十二米高,从轨道到铁栅栏就有八米。"

"就算高度差有八米,可铁栅栏有两层,刺中的概率还是很高，你是想说这个吗？"

"不，不是。问题是深度。"

真上想到，主道的尸体是在被铁栅栏刺穿的状态下落在了地上。

"从这个高度，就算掉下去，铁栅栏也不会刺得那么深。被贯穿后，身体的势能减弱，应该会停在栅栏中间才对。也就是说，凶手在主道先生掉下去之后，用绳子之类的东西将尸体强行拉到了地面。凶手为什么不惜费这么大功夫，也要让尸体落到地面呢？"

的确如此，如果凶手的目的只是刺穿尸体，让尸体停在半空中也没问题。可凶手不惜费一番功夫也一定要把主道的尸体拉下来，这到底是为什么？

"不过，至少知道不必特意让主道先生爬上轨道了。"

"是吗？为什么？"

"毕竟有这么合适的搬运车。让穿着玩偶服的主道先生坐进云霄飞车，拉着安全压杠就能到这里了。"

不需要直接搬运，困难的事情也变得轻松了。云霄飞车在设计时，为了便于前进，尽可能地将摩擦力减小到了极限。对人力而言，可以说是十分理想的搬运车了。而且尽管经过二十年岁月的洗礼，车上好看的装饰和安全性都仍有一定保障。一切都恰到好处。

"的确，这样一来，就算不用主道先生自己爬上去也没关系。"

"是的。"

"不过，让加尼兔坐云霄飞车，不会太大了吗？手脚会露出来吧？耳朵也太大了。"

"可能需要一些平衡感。"

真上从来没有这么恨加尼兔是只兔子。那对耳朵的确看起来很重。

"啊,但是……那个头套不是后装上去的吗?在坠落的冲击下,指不定会掉到什么地方去。之后再把头套装上去,也更容易保持平衡。"

"啊,是这样啊。真上先生真的很聪明呢。"

"而且,如果没有头套的重量,一个人应该也能把人推下去……不过说实话,就算主道先生是在没有头套的状态下坠落,想要把他推下去……也得是一个力量相当大的男性才行。"

这样一来,自己又成了头号嫌疑人,真上心里苦。自己的话,把穿着玩偶装的主道先生推下去也是能做到的。把人放进列车里,用滚落的方式推下去就好了。

真上为自己可能会被怀疑而有些畏缩。常察也许是察觉到了这一点,笑着说:"不过,如果凶手有两个,力气什么的就无所谓啦。虽然在狭窄的台阶上分工合作可能有些难度,不过比起一个人应该轻松多了。"

常察看着下方浑身是血的加尼兔,轻声说完。看起来仿佛会就这样突然掉下去,真上急忙说:"我们差不多回去吧?这个位置还是挺吓人的。毕竟有人从这里掉下去过。"

"确实。"

"抓稳了,真的。从这里往回走可是下坡。"

有个大活人坐在里面,回程要更难一些。真上绕到列车后面,撑着车身慢慢往回走。在这个过程中,常察一直紧紧地握着横杠。

"啊,终于回来了。你们俩都聊什么啦?"

"和蓝乡老师没有关系。你不是名侦探吗,自己想办法猜一猜。"

"说这么坏心眼的话,我不让你做我的助手啦。"

"废墟侦探系列里的助手不是基本都死了吗……"

"我们还是有收获的!蓝乡老师,凶手可能是利用这个列车搬运主道先生的。"

常察根据刚刚的经历,将心中的推理娓娓道来。凶手把列车当作搬运车,运送主道先生。

"不是因为有真上在便利店练出的怪力才推动的吗?"

"你那总是让人生气的说话方式真的可以了……才不是那样的。你自己推一下试试不就知道了。"

听了真上的话,蓝乡微微耸了耸肩。那神情仿佛在说:这种力气活儿你干就行了。那就不要说那种话嘛!

话说回来,不论是谁应该都能推动这台列车。常察应该也可以。

"不过……就算这样,我们还是不知道凶手为什么要做这种事啊。结合刚刚蓝乡先生的想法也许能想到什么。"

"哎呀,谁知道呢。完全没头绪呀。现在还是没办法锁定凶手。连安眠药也没法作为判断依据。也许,有人故意装成喝了安眠药的样子。"

"我……也喝了一点。"

尽管知道这话不能证明任何事,常察还是非说不可。

"我也是呀。因为这个,起床后我后脑一直很疼。"

"蓝乡老师没喝咖啡吧?"

"有问题的可能不是咖啡。啊——好痛,痛死啦!要是在推理小说里,主角也喝了安眠药的话,会用第一人称来描写异常情况的。相信我吧！在我的视点里，我就是主人公，等于我就是视点人物！不能再这样下去了！"蓝乡半开玩笑地说。

不过，他得说也有道理。可能是保持沉默的真上有些扫兴，蓝乡又继续说："银河云霄飞车的调查也差不多啦。接下来干吗去？"

"这样的话，我有一个地方想去看看。"常察说。

"可能已经有人在调查了吧……我们去G3仓库看看怎么样？那里有加尼兔的玩偶装。其中一套在主道先生身上，我很好奇剩下的四套怎么样了。"

"确实……应该调查一下。"

既然加尼兔的玩偶装被用于犯罪，凶手应该确实去过G3仓库才对。兴许会留下什么痕迹。

"从云霄飞车到G3仓库还是有点距离的。我总算是知道游乐园为什么不用在推理小说里了。面积又大，要调查的地方又多，好麻烦呀。"

真上在心中吐槽，找主道尸体的时候你也说了同样的话啊。

"这样一想，废墟侦探在设定上就很麻烦啊。写这么麻烦的故事，你是怎么想出来的？"

蓝乡很不自然地吹了声口哨，发出"咻咻"的声音，试图把问题糊弄过去。被自己想出来的设定牵着鼻子走的作家还真可怜。

"我喜欢废墟。就这一个理由不行嘛？"蓝乡说。

"因为喜欢吗……"

真上最开始就是来见同好的，想见那些因为喜欢废墟而来到这里的人。但是，真上现在知道，聚集在这里的大部分人，并不是因为那种闲情野趣才来的。

"蓝乡老师,您觉得幻想乐园持枪随机杀人事件的真正凶手是谁呢?"

真上试着问蓝乡。蓝乡也是右撇子,也有可能是贴那封威胁信的人。说不定,以这个问题为契机,还能知道些别的什么。

但是,蓝乡却表情认真地答道:"真正的凶手,确实存在。"

"哎?"

"要是让我回答的话,那就是签付晴乃。也许他这样做有很多原因,不管怎么说,实施犯罪的人就是最坏的那个。"

蓝乡的声音莫名带有一丝寒意。他的神情如同一个审判者。

"我再说一遍!开枪的人最坏啦。"

断章 3

　　幻想度假山庄计划是拯救天冲村的最后希望。珍德玛股份有限公司方面开出的条件是前所未有的，这样一来，大家多少能过得更好一些。如果对立情形继续下去，村子就要分崩离析了。这是我绝对不想看到的。

　　只是，和涉岛小姐一起跟他们进行的谈判，结果可以说是惨败。

　　"不行。幻想度假山庄计划这种东西，我不能接受。"

　　"为什么？经历过之前的大型疫情，你应该能明白的吧？这里实在太闭塞了。如果交通能方便一点、应对河水洪灾的设施再完善一些、村子里能有大型医院的话，有很多人本可以不必死。要是幻想度假山庄计划通过了，我们应该会搬家。我能理解有人很舍不得，可我们就住在天继山附近，我们最爱的村子也能留下。"

　　"留不下。"

　　签付家的爷爷表情森然，直接反驳了我。

　　"为什么呀？村子又不是从这个地方自然生长出来的，是住在这里的人建造的，不是吗？"

　　"御津花……不，中铺小姐。"

　　他的声音很低，还改了对我的称呼。

"不管你说什么,我们的态度都不会改变。你再怎么劝也没用。"

"为什么啊?如果不好好说清楚,不管几次我还是会再来的。如果是我做得还不够,我都接受。当然,我们双方要起到表率作用,避免不公平的事情发生……"

"不是这个问题。我们的态度是不会变的。你知道为什么吗?"

签付的爷爷说,语气像是在问小朋友。

"你的想法都是对的、是正确的。执着于这种又小又破的村子没有任何意义。应该离开这里,探索新的生活。我都能理解。不管怎么想,你的诉求都很合理。"

我知道,我的脸瞬间就白了,一定就像把皮肤浸在冰冷的河水里时一样,惨白惨白的。这反映出我与对方的隔阂,已经到了让人心生悲戚的程度。

"但是啊,人不一定因为正确就要去行动。在这里的所有人,靠着愚昧的执着毫无意义地挣扎生存至今。为了这份执着和这里的陈规旧习,我们把那些进步的、正确的东西一个个都驱逐出去了。"

这就是一直以来疑问的答案。明明有很多可以改变的机会。

天冲村交通不便,那是因为从来没有好好修过路。因为村里没有这个钱,那就不得不想办法向外借贷。向天冲村引入新产业的工作一直都很不顺利。蔬菜加工厂和宝石加工厂的建造,利用天冲村便于观星的特性建设天文台的事都没有成功。

所有的一切,就因为会给村子带来改变这么个理由,连像样的商议都没有就被驳回了。这些计划涉及方方面面,我并不能保证这些计划完美无缺、只有优点。而天冲村绝不改变这一点,确实是有很大魅力的。

可就因为这样,有多少条人命没能救回来。井口先生、纸村先生……还有妈妈,大家本来都能得救的。哪怕只是交通方便一些,或是有防汛防洪设备的话。在村里举行的葬礼上大家明明哭成了那样,为什么不能好好面对造成这些悲剧的原因呢?

我已经不想再遭受这些事了。我想和这村子里的所有人一起,开心幸福地过一辈子。为什么大家就是不明白呢?

"你应该觉得,你所面对的我们是一群无知且毫无进步的人吧。所以,你才没着眼于教化引导我们走上你那条正确的道路。你不知道这种闭塞的地方有什么可守着的,也不想知道。"

"才没有那种事!我为了天冲村这么拼命……我喜欢这个村子!"

"你喜欢的天冲村并不存在。"签付爷爷决绝地说。

于是,那天的商谈,就这么结束了。

"真的没关系吗?这边为了让幻想度假山庄计划成功实施,好多人都开始行动了。"谈判结束后,涉岛小姐说。

跟着涉岛小姐一起来的人一边望向我们,一边交头接耳着什么。

"支持计划的人也有很多,可到了说明阶段后,赞成的人数就没再增长过了。"

今天的交涉流程,原定首先由珍德玛股份有限公司方面进行说明,我在后面做一些补充和答疑的工作。但是,涉岛小姐讲话时,大家的反应并不理想,等到了我开始讲话的时候,就连赞成派也纷纷低下头去了。

"我觉得,赞成的人应该更多才对。只是当时反对派的声音太大了,他们很难开口。"

"在这么重要的场合如果不说出来,我担心之后反对派的声音只会越来越大。要是三个月后还不能取得大部分村民的同意,就赶不上两年后开始营业了。"

我在心里轻叹了一声。营业时间是什么时候决定的啊。现阶段,第一次谈判才刚刚结束,赶不上又能怎么样?赶不赶得上的,到底是怎么回事?

"没事的……大家肯定会理解我的。"

"不是理不理解你的问题,协商同意是很重要的。再推迟下去,就很难用完备的状态准备营业了。要是那样的话,给天冲村这边的补偿款也会相应减少。这对我们双方而言都是一种损失。"

她净说一些我听不懂的话。我没想到话题会进展得这么快。

不过,在这里停下总不是办法。要是项目在这时候取消,那我——那些对幻想度假山庄计划保持期待的人,会怎么想呢?

涉岛小姐的话虽然说得有点早了,但这也证明了这个计划的体量之大、分量之重。想要守护天冲村,就只有让这个计划成功这一条路可走了。

可我到底要怎么办才好。目前也算是知道,不能再放任反对派的人这样下去了。跟他们完全说不通。

就是这个时候,编河先生找上了我。

编河先生非常瘦,刚见到他时我就觉得这人不怎么靠谱,天明明这么热,却还穿着长袖。他来搭话时,我还吓了一跳,觉得这人根本信不过。但是,编河先生跟我说,他有办法打开如今的局面。

"你在做的事情是对的。只是做法有问题。"

编河先生是大出版社的记者,负责的杂志叫《周刊文夏》。

天冲村的商店偶尔也会进一些杂志来卖，《周刊文夏》就是其中之一。本来，《周刊文夏》的人并不是每周都来的。

他对珍德玛股份有限公司的大型度假区计划很是关心，所以才悄悄出入天冲村。他最先找到的是小凛奈。别看小凛奈还小，却对外来的人很敏感。两人相遇之后，她很机灵地要编河先生做她的玩伴，这也是小凛奈的厉害之处啊。每每想起，我都有些想笑。

"要是把现在天冲村和幻想度假山庄项目的事情报道出来，支持你的人一定会增加的。想要说服这个不愿改变的村子里的所有人是不可能的。先试着把这里的事情讲出去。"

编河先生全力劝说我把天冲村的现状和幻想度假山庄计划好好报道出去。他说，如果外面的人能从客观的角度看到这个计划，村子里的氛围肯定也会改变的。

也许真的可以。珍德玛股份有限公司那边那么积极，营业日应该是不会延后了。就算是杯水车薪也好，那就借助外面的力量吧。希望这篇报道能成为前进的一小步。

我拜托编河先生来执笔。通过每周刊登的报道，实时记录天冲村的现状。或许这样，天冲村也会有所改变。

6

等走到要找的 G3 仓库时，不知为何，真上有种不好的预感。这并不是因为真上本能地嫌弃加尼兔的玩偶装，而是他闻到了一股奇怪的味道。

"不好意思，常察小姐、蓝乡老师。还是稍微离远一些站着比较好。"

真上说完，等两人稍微避远一些后，才下定决心打开了门。

真上最先感受到的是难以忍受的焦臭味。满溢的浓烟直冲进鼻腔。

"这是……"

仓库里一片狼藉。

加尼兔的玩偶装被烧得面目全非，恐怕是浇过煤油之类的东西才烧成这样的。发现主道的尸体时，真上就想象了一下玩偶装可能会被人烧焦的样子。玩偶装相当结实，现在依然能看出黑色的兔子轮廓。不过，穿是肯定穿不了了。

被烧得焦黑的加尼兔有三个，其中一个的头部不见了。

"好过分……为什么要做这种事？"

常察好像真的受到不小的打击，哆哆嗦嗦地颤抖起来。

"玩偶装一共有五套。这里应该有四套才对。可现在三套被烧了，一套不见了……"

有人把加尼兔的玩偶装拿走了。消失的玩偶装仿佛是在预告接下来的犯罪，真上总觉得读到过类似的推理故事。只是因为那个故事和废墟无关，真上并没有读到最后。

"也就是说，还要再死一个人。"

蓝乡冲口而出，说了一句没用的话。

"很不稳重。"

"稳重有什么用。侦探就是要注意到这种可能。"

"而且，不只是消失了一套。完整的一套和另一套的头部都不见了。这是什么情况？"

"谁知道。可能是在预告会有一个人被砍掉头吧。"蓝乡回答得很敷衍。然后，又精神奕奕地说："这样一来，有一件事就明确了。主道先生并不是自己从轨道上跳下去的。对凶手来说，加尼兔的玩偶装是必要的，所以才在半夜拿走了一整套外加一个头。"

"这到底是……为什么？"

"就连主道先生为什么穿着玩偶装我们都不知道呀。"

蓝乡说得没错。如果想让铁栅栏刺穿尸体，不穿玩偶装更方便。

仓库的角落里，红色的塑料桶倒在一旁。桶里已经空了。

"这个桶到底是从哪里来的？"

"还记得那个缩略图吗，记录了幻想乐园仓库位置的那个？我看资料的时候，粗略地记了一下。G7仓库里有煤油。我们去确认一下吧。"

"等一下。那煤油放了二十年了还能用吗？"

"能用的。至少肯定能燃烧。"

这里的味道很浓烈，是因为使用的煤油放太久了吧。煤油经过一定年头会变成黄色，并散发出浓烈的气味。

"为什么要特意做这种事……"

"什么意思呀？"蓝乡问。

"如果需要加尼兔的玩偶装，只要拿走就行了。为什么要把剩下的烧掉呢？"

"可能是为了防止有人模仿自己犯罪吧。或者，这些玩偶装让凶手想起了什么，烧掉是有特殊含义的。"

"会是这么感性的理由吗，这种事情？"

而且，如果是拿走一整套还好。只有头部被拿走的加尼兔到底会被用来做什么呢？

"不管是因为什么，对加尼兔做出这么过分的事，这个人，没有心！"常察噘着嘴说。

"加尼兔是在幻想乐园的构想阶段公布的吉祥物形象，我第一次看到时就觉得它超级可爱。我和加尼兔还是有很多回忆的……"常察怀念地说。

"啊，对了！我想起来有一件事。那天我拿到了加尼兔给的气球。"

"气球？"

"那天加尼兔正在发气球。虽然很快就被我弄飞了……我记得是狗狗形状的气球。"

"为什么一只兔子在发狗形气球？"

"是为了宣传之后的犬娘舞台表演。"

突然出现了这么个没头没脑的词，真上很困惑。

"幻想乐园正式营业那天，准备了各种各样的活动企划来吸引客源。其中，有一个和稀有品种犬、稀有品种猫一起拍照的环节，我超级期待的。哦对了，还能在脖子上放蛇呢！"

"原来如此……听起来确实很热闹啊。虽说蛇和犬娘没什么关系。"

真上在心中描绘起脖子上缠着蛇的常察开心的模样。

"当时还筹划了各种各样的大型演出活动……会有偶像过来唱歌,还有配备大型天文望远镜的帐篷……你看,幻想乐园本身就是星星主题乐园。还有电影先行上映的策划案,找了知名导演共同监制的,也计划要在舞台上发布……"

所有的企划都没能实现。一想到原定要来这里的猫和狗,真上就有点难过。

就在这时,忽然有什么想法一闪而过。

"总感觉,有些不对劲……"

"怎么啦?你刚刚好像有什么想法一闪而过。"

"不,是怎么个不对劲我还说不清楚……从试营业到正式营业,中间没隔几天是不是?"

"是啊,我记得就相隔一周。但要确认的事情有很多。猫和狗的围栏有没有好好放在舞台旁边之类的。所有的活动都需要排练,要在试营业期间都确认一遍。虽然小狗小猫实际上并没有来。"

"原来如此……"

灵机一动到一半,脑髓似乎瞬间萎掉了。真上只差一点就能想到的什么东西,最终也只是在寻找,并没能通上。

"嗯……"

总感觉,与此有关的什么事情马上就要想出来了。

"我们还是先去 G7 仓库吧。我想知道煤油还剩多少。"

但是,真上的计划并没能顺利实现。

G7 仓库在办公室的后面。和其他的仓库不同,G7 仓库是用普通的白色钢板组装的,门关得很严实。门后,写有危险物品的标识还贴在那里。门上虽然有装锁的痕迹,但不知是因为年久,还是曾经暴力拆除,如今只有生锈的门闩还留在门上。

仓库里,有四个装着煤油的红色塑料桶,可原来有几个就无从得知了。真上试着把桶打开,瞬间,刺鼻的气味扑面而来。那是煤油变质后的味道。

"和加尼兔玩偶装附近掉落的塑料桶是一样的。看来凶手就是用这里的煤油把加尼兔点着的。"

"也就是说,塑料桶原本一共有五个?"

常察的声音里满是恐惧。

"要是这样就好了……"

这些煤油应该是用来给办公室的火炉准备的,就算量再多一些也没什么好奇怪的。除此之外,G7仓库里面没有分类,还堆了很多乱七八糟的东西。有就连真上挥起来估计也会很费劲的大板斧,以及超大型号的柴刀,都挂在墙壁上。

"我们还是先把这个柴刀拿走吧。凶手来袭击我们的时候,还能当武器用。"

"外行人随便乱用很危险的。用柴刀可是有诀窍的。"

"这也是在便利店学的吗?"

"这是我父亲教我的。"

如果不好好利用自己的体重,刀刃就会砍向其他地方。柴刀不是用来切的,要带着劈砍的感觉去挥动。父亲站在真上身后,一遍一遍地如此重复着。

"哎,你爸爸还会教你这种事呀。"

"他教了我很多东西。"

真上说得若无其事,蓝乡却很意外地并没有继续追问。

"总之,最好还是不要想着拿些什么武器行动了。意外发生时,那种东西根本派不上用场。"

"知道啦。既然真上都这么说了,那我就乖乖听你的。"

"还有就是,消失的玩偶装到底会被放在哪儿呢?虽然没法立刻找到,我们还是找找吧。"

真上说完,朝仓库外走去,就在这时——

"这种事情对你又没有好处。"

涉岛的声音从办公室那边传来。仓库大门敞开着,从这里看过去能看得很清楚。在办公室里时并没人注意到,但仔细看就会发现,办公室的窗户有一部分已经破了。因此在办公室后面,即便是室外,也能听得一清二楚。而涉岛恐怕并没有注意到这件事。

"事到如今,就算做了那种事,对彼此也都没有好处。"

"可你也很在意吧?所以才来找我谈的。"

交谈对象好像是编河。编河难掩兴奋,说话时很激动。

"我只是不想引起骚动。你拿走的可是珍德玛股份有限公司的企业情报!"

"我拿走的只是一件被弃置了二十年的东西。涉岛女士也拿了其他东西吧?那些蒙了灰的东西全都拿走了吧。不过,我拿的这个最危险,对吧?"

"是吗?我可以就这么离开。"

"这份资料哪里最危险,我知道得很清楚。这东西该怎么用,我也知道得很清楚。"

"你要是敢做什么出格的事,我们可以告你诽谤。"

"要是能告就去告吧。"

编河像是在怂恿。

一旁的常察小声说:"这是……涉岛女士和编河先生对吧?他们说的是什么啊?"

"好像是在威胁?"

蓝乡说话时,不知在窃笑些什么。仿佛是在附和蓝乡,办公室里的编河也笑了。

"不管怎么说,我的部下们已经往这边过来了。"

"过来了?怎么回事?"

"为了在潜入幻想乐园、找到好素材后能及时应对,我嘱咐他们比我晚一天来。现在应该已经在待命了吧?虽然没想到会有这种一出门就报警的系统……只把资料丢出去的话应该没问题吧?"

"要是被发现了,就很难从十嶋庵氏那里拿到幻想乐园了,这一点你明白吗?"

"别被发现不就行了。那个叫佐义雨的,又不是一天二十四小时都盯着我们。而且,这里没有信号,晚上还很黑。用手电筒给个信号,把东西丢出去不就行了。我已经这么……对吧?你看,手腕上的这东西还在闪呢。"

总觉得编河在……让涉岛看什么东西?只听得到声音,很难判断他们在做什么,好像是编河把手表上的灯弄得一闪一闪的。这是那只手表自带的功能。

按他们说的,编河的部下已经在这附近了。真上再次感受到了编河作为记者的厉害之处。他在各个层面上都留有后手。

"像这种古老而美好的命令传递方式,还是有用武之地的。"

"你想让我做什么?要钱吗?"

涉岛的声音虽依然冷静,却也流露出掩饰不住的焦躁。

"我不要钱。我丢的可是饭碗啊!饭碗,懂吗?过去曾是时代的宠儿又怎么样，你看看现在？我被发配去那种根本没人会看的废墟杂志，谁想做这种东西啊！"

编河宣泄般说着。

"我只是想回去，回到写报道的世界。如果之后涉岛女士愿意给我提供素材，那我可以就此收手。也就是说，我想要的是今后的关照。"

"现在这种情况都是你造成的吧？"

"这对你也有好处。"

"你做的事情根本不是写报道。是煽动。"

"你说什么都行。"

接着，编河换了个语调继续说："我和部下定在晚上十点碰头，到时你要是愿意，我就听你说说。"

这句说完，涉岛和编河都没再说话。应该是离开办公室了。真上立刻关上仓库的门，以防被发现，他在黑暗中说："呃，那个……刚才那是怎么回事？"

"至少有一件事很清楚：晚上十点，编河要把什么东西交给下属。如果他们交接成功，涉岛女士就会蒙受什么损失。"

总之是很危险的对话。相比之下，编河给人的印象本来还不错，但像那样对涉岛满是敌意的样子，只是听到声音也让人不寒而栗。

"不是写报道，是煽动……"

真上一边小声咕哝，一边回想编河他们刚刚的对话。

编河本应对煽动对立、祭出中铺御津花，还把她变成了对立的象征这件事感到后悔才对。

但是，如果他本就是为了恶意煽动对立才写报道的呢？如果是这样，那起枪击事件不就是编河间接引发的吗？

"应该不是你想象的那样。那些报道记录的是御津花姐姐的努力……"

"写出正当评价的行为本身并不一定是正确的。"蓝乡认真地说,"如果是这样,所谓'真正的凶手',说不定就是指煽动这一切的编河。"

真上并不完全同意蓝乡的话。就算编河煽动了对立,真正杀人的也并不是他。

"我们先回去吧。不能不吃午饭啊……"

"是呀。和在这种情况下早饭依然吃得很香的真上不同,我们还什么都没吃呢。"

"确实。那我们先回去吧。我很好奇,刚说完那种话的涉岛女士和编河先生在别墅里会是什么表情……"

在回别墅的路上,三人遇见了鹈走。

鹈走在镜宫旁边,准确地说,他正坐在镜宫入口右边设置的流动车上。流动车敞开着,阶梯形的货架上还放有装饰物。货架上一件商品都没有,从一旁看去就像一段简陋的台阶。不过,流动车可不是用来往上爬的。

"你在做什么呢?"

"呜哇!什么啊,真上先生啊。啊!常察小姐和蓝乡先生也在。"

鹈走很敏捷地从流动车上下来,直勾勾地打量着真上他们。

"流动车可不是用来坐的。"

"如果这里还在营业的话,我是不会做这种事的。"

依然是看不起人的语气。是想说在废墟干吗要在意那种事情吧。

"这个流动车,是你从哪儿弄来的?"

"不是我弄来的,它本来就在这边。我特地把它打开的。可能是昨天晚上被弄来的吧。"

"为什么要特意打开它?"

"你上去看看不就知道了?不过,我并不知道凶手为什么要把它弄来。还有,摩天轮可以偷偷钻,流动车怎么就不能坐了。"

被鹈走这么怂恿,真上觉得也不是不行。他小心翼翼地踏上了流动车,一瞬间,有些负罪感。这只是废墟的一部分!真上在心里想着,果断地登了上去。

真上立刻就理解了鹈走爬上棚顶的理由,他说:"只有这辆车被稍微移动了一下,除此之外什么都没动。路过镜宫附近时,能看到一点耳朵。所以我去确认了一下。"

在镜宫平坦的红色屋顶上,加尼兔的头被烧得焦黑,滚落在一旁。

7

失踪的加尼兔的头，就这么轻易地找到了。它就在镜宫的屋顶上，所在之处可以说是光明正大，这么形容也不知道合不合适。

"说是藏起来……还有些奇怪。"

正如蓝乡所说。事实上，加尼兔的头很容易就被鹈走找到了。

"这应该不是藏起来的吧。连流动车都放在这儿了，凶手就是用这个代替梯子登上去的吧。"常察托着脸说。

特地在那个位置放流动车的理由，是用来当梯子。换句话说，凶手为了把加尼兔的头放到屋顶上，才把流动车放在了那里。

"既然被发现也没关系，为什么要放在屋顶上？"

"谁知道。可能用它做过些什么？"蓝乡说。

加尼兔的头总算是找到了，没想到居然在屋顶上。

"我们也和其他人说一下吧。和大家共享一下加尼兔……还有这个头的事情比较好。"

真上说完，鹈走坦率地点了点头。

就在大家一起回别墅时，事件发生了。

"就是你给我们下了安眠药吧？谁都不能信！"

"冷静一点啊卖野女士。您是不是误会了什么？"

"不，不是误会！你为什么要杀主道先生？接下来也要杀了我吗!"

让涉岛哑口无言的人竟然是卖野。和之前的状态完全不同,卖野甚至有点精神错乱了。

"发生了什么!没事吧?"

真上慌忙站在两人中间。这时他才发现,房间里飘散着浓菜汤的味道。橄榄油和番茄的味道醇厚香甜。

"发生什么事了?"

"我想用这里的厨房简单做点什么,也已经征得了佐义雨小姐的同意。其实也就是加热一下。"

涉岛往大锅的方向瞥了一眼。看到这个动作,鹈走说:"是咖喱之类的东西吗?"

"不是,是浓菜汤。只要打开罐子加热一下就好……因为菜汤的量比想象的要多,我就问了一句,大家要不要一起来点……"

"想起昨天晚上的事了啊。大家用餐之后一起喝咖啡……咖啡因不耐受的人喝了可可……还有人发了砂糖给大家,对吧?当时分发砂糖的人就是涉岛女士!涉岛女士先把砂糖拿到自己那里,之后才分给大家的!肯定就是在那个时候下了安眠药!"

"真是荒谬。"

"不。在咖啡里放了砂糖的除了涉岛女士,还有我、小常察以及编河先生。我们都说过觉得不舒服!相反,喝了可可的成家先生和鹈走都没说觉得困。"

"是吗?可我记得鹈走曾经往杯子里放过什么。"

"是的。我也变得很困,因为我习惯在可可里加砂糖。"

鹈走若无其事地胡说八道。对此,卖野投去严厉的目光。

"什么啊!不过,这不是也说明砂糖果然有问题吗!"

"但是，我也被下了安眠药哦。"

"这种时候不是你说什么就是什么吗！刚刚是热了汤是吧？这次下的没准是毒……肯定下了毒！"

"等等。这个浓菜汤我已经喝过了。"成家疑惑地说。

于是，卖野大叫："如果是砒霜的话，要过一会儿才能死！"如果真的下了毒，总要出现些症状吧。卖野根本听不进去别人讲话，已经是草木皆兵的状态了。

"你们要是不信的话，看这个！这是我在垃圾箱里发现的！"

说着，卖野把条装砂糖稀稀落落地洒出来，带有条纹的和纯色无图案的混杂在一起。

"这个，条纹的包装只有两个，剩下的都是绝色没有图案的。没有图案的就是装过安眠药的！"

卖野高声说，真上感觉有些蹊跷。如果真上没记错，砂糖的包装应该都是没有图案的才对。难道他记错了？

"这些不是卖野女士您……伪造的吧？"

"你在说什么呢真上！太过分了！"

"其实，我也看到了。我去扔纸杯的时候就发现砂糖袋子的花纹有点不对。"

编河附和道，可信度应该很高。只要不是这两个人一起陷害涉岛，那他应该就没说谎。

也就是说，可以确定的是：涉岛是下毒的人。不管怎么说，包装的花纹不同确实很不自然。可为什么涉岛没有回收那些砂糖袋子呢？因为没准备好和人数相当的砂糖袋吗？就算是这样，既然要让人怀疑，至少把袋子扔进自己房间的垃圾箱里啊。然而，这些疑问很快就得到了解答。

"嗯，是的。放安眠药的人就是我。可惜，并不是很顺利。"

涉岛说着，没有一丝迟疑。

"为什么要做这种事？"编河惊恐地说。

毕竟是威胁了涉岛的人，他应该很好奇吧。

"我想让大家都睡熟后，一个人探索幻想乐园。我可是很想得到幻想乐园的。"

"外面这么黑。在这种情况下去外面探索？"

"实际上也并不顺利，没能让成家先生他们顺利喝下安眠药。我很快就回来了。但是，这并不是能反复使用的手段，我本就打算只在第一个晚上使用安眠药，试试也无妨吧？"涉岛淡淡地说。

"也就是说，杀了主道先生的也是涉岛女士吧？"

卖野说话的语气如同一名法官。而另一边，涉岛斩钉截铁地说："我不可能杀死主道先生。给凶手提供了这样的机会，我很抱歉。如果大家都能清醒应对，也许就能防患于未然了。"

"承认下了安眠药，却说没有杀人，说得通吗？"

鹈走看热闹不嫌事大。

"可我并没有把穿着玩偶装的主道先生推下铁栅栏的能力。"

"可是，我们刚刚在银河云霄飞车那里，验证了把玩偶装放进列车里搬运的方法哦。这样一来，力气很小的涉岛女士也能搬得动主道先生啦。"

蓝乡诱导话题。实际上，仅凭一个女性的力量进行搬运还是很困难的，蓝乡明知这一点，却故意这么说。

"是这样啊。"涉岛说完后便陷入了沉默。

"那么，我们来想办法让卖野女士安心吧。"

"让我？怎么做？"

"请各位监视我。从现在开始，到警察来时，我不会擅自离开房间。调查的时候我也会和其他人一起行动的。"

"这样就能安心了吧？"涉岛看着卖野说道。涉岛这样直面卖野，卖野也有些退缩了。

见此情形，常察说："要是把她关起来的话，可能会出其他问题……"

"我就知道常察小姐会这么说。不过，和无罪释放比起来，您觉得哪个更好呢？涉岛女士有可能又会做同样的事哦。那样的话常察小姐应该是最困扰的吧？"蓝乡说。

这次，轮到常察沉默了。

"在我房间门前放些东西阻挡吧，没关系的。现在这种情况，我再继续寻宝也说不通了吧？如果诸位不觉得麻烦，来做看守监视我也没关系的。"

"那就这么办吧。请涉岛女士拿些食物回房间，我会在房间门前监视的。"佐义雨说。

"总不能让同一个人连续监视太久。"成家说。

"这样的话，之后就由我来接替吧。如果大家相信我的话……"

常察说完，编河也举起手。

"我来监视也没问题，如果只有两个小时的话。"

编河的提议看似体贴，但他恐怕只是想和涉岛隔着门说话吧，要跟涉岛确认答不答应之前威胁的事。不过，涉岛也察觉到了编河的意图，说"不，大可不必"。

"哎，这样好吗？"

"我不想麻烦编河先生。我还是更想让编河先生拿到幻想乐园。您随意就好。常察小姐也是。所以，我可以拜托真上先生吗？"

涉岛看向真上，眼神意味深长。

"我嘛……"

"如果您对幻想乐园的所有权没兴趣,不知道能不能拜托您把时间用在监视我身上?"

涉岛说着,露出了黄鼠狼一样的笑容。看到这个笑容,真上再次不安起来。现在分明是涉岛下安眠药的事情败露了,可真上却有种一切都在稳稳地按着涉岛铺设的铁轨行进的不安感。要怎么回答才好?

"不论如何,都应由我来监视。唯愿诸位能尽情享受十嶋的挑战,直至最后。"

佐义雨说完,大厅里又陷入了寂静。众人之中,只有涉岛霍地站起来,宛如女王一般挺拔,走了出来。

"诸位,这次真的非常抱歉。"涉岛鞠躬致歉后,回了房间。这期间,谁都没有再开口。接着,大梦初醒般的卖野"吧嗒吧嗒"地走回了房间。

片刻后,蓝乡说:"浓菜汤是无罪的……要扔掉吗,这个?"

"那也太浪费了。不如全都给我吃。"真上说。

"那我也吃一点,好累。"鹈走说完,就去打开冰箱找吃的,然后拿出了果冻型的营养食品,在大厅里吸了起来。差点就没吃上午饭。真上叹了口气站起来,走向依然散发着醇厚香味的锅。

就在这时,编河把手搭在了真上的肩膀上。

"喂,真上。"

"怎么了?汤的话,我会盛给你的。"

"这事你别告诉别人。要是我出了什么意外,可以去我的房间里查一查。密码是'0642'。"

编河压低声音说。他的声音很低,几乎被煮浓汤的声音盖住了,但真上还是听得很清楚。

"编河先生就没想过我可能会闯入房间,杀了你吗?"

"要是这样，那就只能算我识人不明。不过，我觉得你不会做那种事。"

"你为什么这么觉得？"

"因为你是局外人嘛。"

回答有些出乎意料，真上还以为他一定会说因为人品之类的。

"真上是个彻底的局外人，和天冲村以及幻想乐园的因果都没有关系。所以，你既不会被杀也不会去杀人。不，要是碍着别人的事儿，也有可能会被杀。所以啊，如果是你的话，应该能有效利用我留下的东西。"

编河说完，他的表情仿佛真的已经做好了赴死的准备。

他留下的东西，应该是指和涉岛交涉的材料吧。他原计划在晚上十点，把材料交给等候已久的部下。不过，真上只能装作不知道这些东西存在的样子。他边往浓菜汤里打了个鸡蛋，边小声回答编河。

"不管你留下的东西是什么，我都没法有效利用啊。"

"不会的。你一看就明白了。如果不明白使用方法，那就直接拿去《周刊文夏》编辑部，说是编河让你拿来的就行了。"

编河无条件地对真上抱以期待。与其说这份期待让真上感到很沉重，倒不如说被托付这件事让他不舒服。真上并不想当胁迫者。还是说编河留下的东西，并不是真上想象的那样？

"说起来，你为什么觉得自己会出事啊？"

"我知道自己招人恨，这点自觉还是有的。特别是，那个叫涉岛的女人。"

"可涉岛女士现在正被监视着呢。而且还是她自己说要被关起来的。"

"那又怎么样，谁知道接下来会发生什么。"编河眯着眼睛说,似乎已经进入戒备状态。

看他这副样子,真上问道:"那个时候你说的是真的吗?"

"那个时候?说的什么?"

"对祭出中铺御津花小姐这件事感到很后悔。"

你那不是写报道,是煽动!如果的确存在真正的凶手,那就是引发动乱的编河吧。虽然嘴里说着后悔,可他在和涉岛交谈时依然展现出压迫感十足的一面。

"真的啊。我很后悔。"

编河笑着说完,忽然起身与真上拉开了距离。

"还是算了吧。我一闻这味道就有点恶心,是不是煮干了?"

"放点水就好了。"

编河特意用让周围人都能听到的音量讲话,真上勉强接上了。

"还是算了,刚刚涉岛女士也煮干了。煮干过两次,味道肯定很差。"

说完,编河就走了。真上回头看去,留在大厅里的就只剩下成家和鹈走了。

"鹈走先生,成家先生,要来点吗?"

"给我来点。"鹈走说。

"我也来一些。"成家也回应说。

真上把煮干过的汤盛了三份,放到桌子上。

然后,在真上往嘴里送汤时,鹈走说:"刚刚,你和编河先生说什么了?"

鹈走死死地盯着真上。真上这才终于明白鹈走想要浓菜汤的原因。嘴上说着好累却又要留下来喝汤,真上还觉着这人想法变得真快,原来只是单纯地想和自己说话而已。

"说了什么……就是浓菜汤的事,还有……要不要一起寻宝。"

那个人好像觉得我掌握了些什么。"

"真的就只是这样吗？我可不这么觉得。"

"我倒觉得是你对编河先生有什么想法。"

鹈走本是为了报复真上才问的，没曾想竟被这句弄得哑口无言。一直以来，鹈走嘴上总是说着为了方便就业，现在才感觉看到了鹈走真正的样子，真上反而有点疑惑。鹈走就这么边嚼边说："毕竟我知道他是个什么样的人，所以对他有所戒备。"

"不就是个普通的编辑……怎么了？"

"他的手表有照明功能。就算没有手电筒，他也能在晚上的幻想乐园里自由行动。不奇怪吗？"

"确实是这样。照你这么说，所有拿着手电筒的人都很奇怪啊……备用品有很多啊……"

鹈走没有回答，只是机械地喝着浓菜汤。于是，真上决定换一个突破口。

"鹈走先生的父亲当年是负责银河云霄飞车的对吧？也就是说，你是天冲村出身的？"

"你什么意思？"

"我听说负责娱乐设施的大多都是天冲村出身的，是这样吧？"

真上看到鹈走有一瞬间的惊讶。也许，鹈走并不知道娱乐设施负责人的任命规则。过了一会儿，他说："一半一半吧。二十年前我才四岁。后来，又发生了那起枪击事件。"

"和其他天冲村的人还有联系吗？"

"说实话，完全没有。我对在天冲村生活的事没有任何记忆。"

"你真的是在天冲村出生的吗？"

这时，成家轻声问："是在天冲村的诊所里出生的孩子吗？"

"嗯……是的，确实是。您不记得了吗，鹈走家？"

鹈走回到敬语模式，问成家。

"不……鹈走家族孩子实在太多了。你是其中的一个是吗……"

这时，成家手里拿的盘子掉落，滚烫的浓菜汤飞溅到了成家的手臂上。

"好烫！"

"呜哇！成家先生！快用凉水冲一下！"

成家慌忙拧开厨房的水龙头，给手臂冲水。

继续询问刚才话题的时机就这么错过了，真上想。但是，鹈走却小声说："要是没有那个男人，天冲村也不至于分崩离析。"

他的声音阴沉而滞涩。

"那家伙在说谎。造成天冲村人祸的就是那家伙。把毫无关系的事情联系在一起制造了事件，编出了一个人们想要看到的故事。"

"什么意——"

"抱歉，我去换件衣服。"

成家打断了两人的对话，真上也慌忙回应："啊，好的。"

8

就算是真上,也不好说今晚要睡在外面了。他也不想蒙受无端的怀疑。更何况,外面还有主道先生的尸体。要是被那里散发出的强烈阴气缠身,也挺可怕的。真上向佐义雨重新申请使用单间,佐义雨没有流露出一点不悦之色,把真上带了过去。

房间一如编河所说,门口是密码锁,房间里既有空调也有暖炉,还有床和一个小书桌,是普通旅馆会有的那种风格。

"房间里还有独立卫浴。这边的饮用水也能用。"

作为回应,真上微微躬身行礼。

"啊啊,非常感谢……"

"说起来,你昨天是怎么过的?"

"昨天……那个,幻想乐园虽说没通电,但不是通水了吗,在泳池附近有洗澡的地方……"

"不冷吗?"

"冷是挺冷的……"

"是这样啊。"

"对了,那水喝了没事吧?"

"谁知道呢……水是从山上引来过滤后使用的,不过,在废弃的幻想乐园,过滤装置究竟是否能顺利运作……"

佐义雨说完,真上就感觉自己的侧腹部突然疼了起来。希望是错觉。

"说起来，真上先生比我想象的还要有趣呢。"

"哪有。就因为喝了生水就有趣了？"

"被保护司的真上虎嗣领养了呢，那次事件之后。"

"哎？"

"你是弦泷荣树的儿子，对吧？"

冷不防出现的名字让真上心跳加速。片刻后，真上冷静地回答："你知道？"

"你别想糊弄过去。"

"我并不知道真上虎嗣先生是谁。全国有那么多姓真上的，你是不是认错人了？"

"我对真上先生很感兴趣。"

佐义雨在不知不觉中拉近了和真上的距离。作为女人，佐义雨的身高很高。因此，即便是一米八七的真上也依然能感受到些许压迫。在她漆黑如夜的眼眸中，映射出真上有些困惑的表情。

"这样好吗？十嶋庵，不……"

"呀，难道你认为我就是十嶋庵？为什么？"

"不是，那个……毕竟，佐义雨小姐的指甲……"

"指甲？"

"指甲……不好意思。您的指甲修剪得较短、很漂亮。但是，第一天见面的时候……在你的指甲前段粘着像是胶一样的东西。那个大概是指甲贴片的胶吧？所以我想，佐义雨小姐平时是不是都会粘指甲贴片……也就是说，您是经常出入聚会场合的人。"

在便利店也时常接触到指甲用品。真上打工的便利店也会卖洗甲水和透明的指甲贴片。紧急需要这类东西的情景可能有些难以想象，就是在不小心脱落的时候，可以作为紧急处理隐藏一下真正的指甲状态。

"我用的可不是那种胶,是专用的黏着剂。"

"啊,是这样啊。"

"不过,真亏你能注意到呢。"

佐义雨不再说别的,笑着点了点头。

"那么,也请你寻宝成功。这是十嶋庵的愿望。"

"想要得到幻想乐园的人有那么多,为什么是我?"

"如果只是想要幻想乐园,这些人根本没必要这么拼命,这一点,你已经发现了吧?"佐义雨笑着说,"聚集在这里的所有人想要的其实是其他东西。要是能看透这一点,你也就找到真相了。"

"这是……什么意思?"

"总之,请先让在幻想乐园里困得最深的人——卖野女士——冷静下来。卖野女士待在房间里不出来,我已经无计可施了,拜托你了。"

说完,佐义雨朝大厅的方向走去。真上本想说我也没办法啊,不过,也不能放着不管。

来到这里的所有人想要的其实是别的东西。

果然如此。可那到底是什么呢?

9

真上一敲门,门后就传来枕头还是什么东西砸门的声音。

"不要突然敲门!是谁,快说!"

"不好意思,我是真上……我本来想着敲门之后再说话的……吓到你了吗?"

"真上?"

卖野的声音变近了,应该是她走到门口了。

"抱歉。我现在疑神疑鬼的,我好害怕……"

"没关系的……您怎么了?您为什么这么害怕呢?卖野女士您害怕的涉岛女士现在还在被监视中,没有离开过房间。"

"就算这样,我也没办法安心!我……因为如果是涉岛女士杀了主道先生的话……那个人可是杀过人的对吧?那我也有可能……"

"您为什么觉得自己会被杀呢?就算涉岛女士是凶手,您也没有被盯上的理由啊。"

真上看不到房门另一侧卖野的表情,但他知道卖野刚刚倒吸了一口凉气。

"我们有我们的想法,可她不一定也这样想。再说了,主道先生为什么被杀,我们不是也不知道吗?"

"也许确实是这样。可您害怕的程度也太过了,就好像是有什么会被杀掉的理由一样。"

"你的意思是我的错吗?"

刚认识时,真上根本想不到卖野会发出如此冰冷的声音。

"我不是这个意思。只是……不,好吧。那个,卖野女士,涉岛女士对您说了什么吗?"

真上指的是众人讨论要不要报警时的事。卖野明明那么想报警,却因为涉岛的一句话瞬间改变了态度。她说的到底是什么呢?

"她没说什么奇怪的话,你也听到了吧?"

的确如此。涉岛只是说了知道卖野工作的样子,仅此而已。

"您以前住在天继镇对吧?在幻想乐园接受培训大概是在什么时候?"

"试营业的前一个月。娱乐设施的负责人好像要更早一些。不过我是负责便利店的。"

和鹈走那时的反应不一样,卖野的回答没有任何不自然。

"我知道了……要是有什么困扰的话请和我说。我要是找到宝藏了,就把幻想乐园的处置权送给卖野女士。"

卖野没有回答。真上又等了一会儿,就从门边离开了。之后,真上决定上床睡觉。今晚也会做那个乌云密布的梦吧,真上想。但今夜他没有做梦。

断章 4

被骗了。不，把自己说成被害者并不恰当。是我骗了大家。

我看着眼前空荡荡的房屋，呆立在原地。家具被弃置在屋里，窗户破了。这已经是第几家了？深深的悲哀与负罪感，在我的内心燃烧。

他们并不是同意了珍德玛公司的计划搬走的，而是逃离了这里。

我特地把见面地点定在了这里，就是为了让他看到这个结果。然而，来到约定地点的编河先生就这么看着我，似乎并没有什么特别的感触。

"特辑结束了呢。一共为我写了八篇，非常感谢。"

"我们这边的反响也很强烈啊。应该是我说谢谢才对。"

"但是，我没法接受。为什么……为什么刊登前没能让我再确认一下？"

按照约定，所有的报道刊登前，都应该让我确认一下才对。但是，除了最初的第一篇，编河先生不仅没再采访天冲村，更没有取得我的许可。我特意去城里买了《周刊文夏》，当时真是看得胆战心惊。

天冲村人祸。天冲村的圣女贞德。梦一般的度假山庄计划。能够拯救走向灭亡的村庄的唯一方法。那些标题煽情得让人羞耻,就这样煽动了天冲村。

"其他记者也来过天冲村。不仅如此,这种偏僻的地方,连电视台都来了……而且,还有周边来的游客,特地来看我们的。有一次,儿童人权的保护团体也来了……说是为了夏目先生的孩子。"

眼前的房子就是夏目先生的家。即便是在整个天冲村,也是占地面积很大、很有历史的一间宅邸。他们对幻想度假山庄计划也是持肯定态度的。明明是支持自己的人。

"是这样啊。"

"编河先生,你利用了夏目先生的孩子对吧?那个孩子又不是因为那场人祸才失去嗅觉的。"

村子里的医疗设施不齐全,这可怜的孩子沦为了牺牲品。报道的效果是空前的。本不必蒙受残障之苦的孩子却遭受了这样的痛苦,必须要把他们从天冲村解救出来。来到这里的人们,都有着熊熊燃烧的使命感。

"那并不是利用。这只是解释的一种,我又没说是人祸导致的。我只说了天冲村里有一个这样的孩子,并没有直接去写。好好读过就能明白。"

"你觉得会有多少人去仔细读?明明不是那样的,村子却变成了这样!"

无意识中,我提高了音量,编河先生有些意外,蹙起了眉。他的确没有写假话,但读者却正如编河先生期盼的那样,做出了错误的解读。而且,在编河先生的笔下,反对派仿佛毫无人性。因为他一味地煽动分裂,致使双方再没有妥协的余地。

"就因为你,夏目先生连家具,还有花大价钱买的肥料,全都弃置在这里就离开了。这个家根本没人来得及收拾,像被示众一样放在这里。"

"反正都要变成空地的。"编河先生小声说。

听到他这话,我毛骨悚然。他看我怔怔地站在原地,便找补说:"不过,多亏了这些,同意人数总算是过半了吧?好像只剩签付家还在负隅顽抗了。"

"谈判还没有结束。"

"可幻想度假山庄那边好像很着急施工啊。下下个月就要开始了吧?好像是计划在二〇〇一年建成幻想乐园吧。只有一年半,形势很严峻啊。已经在新闻上发布过公告了,应该阻止不了了吧。"

"还没有达成全票通过的决议。还有补偿金、搬迁条件之类的,有太多事情还没有谈妥。"

"既然开园日已经定了,进程是不会变的。"

编河先生说了和涉岛小姐一样的话。亲身经历过我才明白,在我们不知道的情况下推进项目,就只有强迫一条路了。外界传来的声音实在太大,里面还混杂着期待幻想度假山庄建成的——"质朴"的声音。

"你没有错。有很多村民同意的。而且,村民们又不是死了,只是搬走了而已。只要他们还在,天冲村就不会消失。你就是为了这个才做到现在的,不是吗?"

"请不要说那种话。你……你不过是把这个村子当成牺牲品罢了。"

"我不过是写了几篇报道而已。珍德玛公司的势力可是不容小觑的。换句话说,珍德玛公司推出的幻想度假山庄计划是很有吸引力的,就算有人同情天冲村,项目完工之后,大家都会忘记的。地面上铺着混凝土,人们什么也看不见。"

编河先生说着，用脚踏着地面。我就快哭出来了。我不能哭，必须坚持到最后。

断章 5

九月二十八日,星期四。

因为要建游乐园,我从村子里搬出来了。其他人也陆续离开了村子。要离开御津花姐姐和阿晴哥哥了,我很寂寞,但也没办法。要建游乐园了,这也是没办法的事。而且,游乐园要是建成了,大家就都可以去那里玩了。

留下的就只有御津花姐姐一家,还有带神秘庭院的那一户。除此之外,有些人的家已经被推平了。我住过的房子也被推平,变成光秃秃的地面了。我现在住的城镇就只有光秃秃的地面,我很期待村子变成这样。

虽然我很想去游乐园玩,可在天冲村钓鱼也超级开心。游乐园里好像有水池,要是那里能放些鱼肯定会超级有趣。我觉得,阿晴哥哥他们肯定也是这么想的。

第三章 燃烧的迷宫

1

真上被敲门声叫醒。他稍微调整了一下心情,很快便下床应门。

"抱歉。快十一点了。我想你已经休息了……"

站在门外的是成家。真上确认了一下时间,想起了编河的事。编河已经和部下接触过了吧。不过,真上也没有办法确认。

"没事……没关系。怎么了?"

"想着你会不会想去神秘之境探索一下,就来邀请你了。反正里面都是黑的,就觉得不在白天去也无所谓。"

成家边说边给真上看他拿的手电筒。他手里有三个手电筒。

"反正还剩几个小时。想寻宝到最后一刻。"

"我都可以的……为什么来找我啊?"

"其实这是常察小姐的提议,说想三个人一起去神秘之境看看。"

这是常察的风险对冲措施吧。

真上没有拒绝的理由。小睡了一会儿,体力恢复了一些。成家想要三人一起行动,真上也能理解他的意图。那里本来就是卖野圈定的疑似藏宝的迷宫类场所,还是去看一下比较好。

真上稍微瞥了一眼走廊,看到佐义雨还在涉岛的房间门前坐着。片刻后,真上说:"请稍等。我准备一下。"

"我们约好十一点碰头,还有些时间。"

"谢谢。来得及。"

十一点,真上准时出了别墅,常察已经等在那里了。

"啊,真上也来了呀。"

"我也……想去看看。"

"真上这种性格真好呀。"

"两位都能答应我任性的请求,真是不好意思。"

见成家说这种道歉的话,常察急忙否定。

"没有的事!况且也是我提议说三个人一起去比较好的。"

"你们不介意就好……我们走吧。"

成家率先走了出去。他手中手电筒的光亮将地面割裂得很美。

"成家先生为什么想要幻想乐园呢?"

"这个啊。硬要说的话,可能就是乡愁吧。"

"成家先生是这里出身的吗?"常察问。

"就只是在天继镇里认识几个熟人而已。我几乎不知道关于天冲村的事。"

"是这样啊……"

然后,三人陷入了沉默。

片刻之后,常察说:"我打算之后去负责涉岛女士的警备工作。"

"常察小姐吗?"

"反正我已经习惯盯梢了,也没法就这么放着涉岛女士不管。要适应现在这种状况才行啊。"

"说得也是……"

说话间,三人抵达了神秘之境。

原本这里好像是乘坐交通工具巡游观光的娱乐设施,月台上停着八人坐的列车。因为不是需要便于小角度回弯的娱乐设施,所以列车的车厢很宽敞。

"这个也没法坐了,我们要走着进去了。"成家说。

"小心一些,不要被铁轨绊倒了。我来负责给脚下照明,成家先生和常察小姐请照一下周围吧。"

真上说着,三人走进隧道入口。一进去,真上就看到了脚下的人骨,吓了一跳。

"这样啊……还有这种东西。"

"真上被吓到的反应好普通。感觉好有趣。"

"我还以为是真的呢……想着这二十年间是不是又发生了其他事件。"

"那应该没有……这些蜘蛛网好像是真的。有这样的错觉也正常。"成家边拨开蜘蛛网边说。

神秘之境的入口是自然敞开的,尘土一类的东西应该很容易进来。

虽然没有照明的镜宫也很可怕,本就为了吓人才建造的设施的恐怖程度则更胜一筹。黑暗之中,能模糊地看到稀稀落落分布的僵尸和骸骨。身为机械装置的妖怪们陷入了沉眠,它们永远都不会再通电了。

"有点恐怖啊。不只是真上觉得可怕,我也因为担心这些东西会不会是真的而感到不安。"

常察的声音比平时更尖细一些。

突然,隧道深处传来咔嗒咔嗒的声音。

"哇,什么啊?"

"有谁在吗?"

真上试图跟深处的家伙搭话，但并没有得到回答。浑身是血的尸体悬吊在天花板上。

可能是以此为理念设计的场景，血一般的颜料在四周随处可见。

"是不是因为我们进来了，导致里面有什么东西倒了？因为产生了震动什么的……"

"最好是这样。"

成家边说边小心翼翼地往前走。

又往前走了一段，真上看到仿制人骨吧嗒吧嗒地滚到轨道上。乘坐式的娱乐设施，不应该出现轨道上有什么东西滚过的情况，这人骨应该不是故意设计的吧。看来，之前的声音应该是这具人骨崩解的声音。

"刚刚的声音好像是它倒下去时发出的……可能是什么东西把它碰倒了……"

真上边说边用手电筒向前方照去。

意料之外的是，一颗加尼兔的头掉落在那里。

"呜哇！"常察大叫着，猛退了一步。

"没事的……这个是之前看到过的加尼兔的头。别怕。你不是还说它可爱吗？"

真上说着，把头捡了起来，面向常察。不过常察完全不觉得开心，发出了一声小小的悲鸣。

"加尼兔是很可爱，但也要看时机和场合啊！在这种地方……"

话还没说完，常察忽然住嘴，指向神秘之境的深处。

那里，有半截人腿。

"唔！"

成家的惊呼甚至没能发出声音，他猛地后退。真上手里的头也惊掉了。那半截腿是从膝盖上方切断的，和加尼兔的头差不多长。应该是成年男性的。脚上没有穿鞋子，能够判断出那是一只左脚。真上并没有勇气去捡起来。

"这里……有手臂。"

成家指着人骨散落的部分。那里滚落着一只从手肘处被切下来的右臂。赤裸的手腕上，戴着编河曾经戴过的那只手表。正是多亏了这只手表，三人才清楚地意识到，这半截手臂并不是人造物。

"为什么……这、这是什么？"

真上扶住险些瘫坐在地的常察，又往前走了几步。

剩下的部分没有再被隐藏起来。轨道上还有半截右腿。

就像《汉森与格雷特》[①]中用面包屑标记一样，人的手脚散落在地。

"接下来是左臂……"真上无意识地嘀咕出声。

常察发出声带痉挛般的声音："左臂……"

常察几乎已经呆住了。与常察相反，真上的声音很清晰。

"有人被分尸了啊。尸体就在这座神秘之境里。"

"怎么会……难以置信……到底是谁……杀了谁？"

忽然，真上想起编河当时的语气，仿佛他已经预感到自己会被杀。编河房间的密码还记在真上的笔记本里。

"我们再稍微往前走走吧。不只是左臂……余下的部分可能也在。"

结果，三人发现左臂的地方是神秘之境的出口附近。

---

①出自《格林童话》。故事中，汉森与格雷特是一对兄妹，被恶毒的继母丢在山中时，汉森曾撒面包屑以标记回家的路。

赤裸的左臂上还戴着那个腕带。附近还有一只手电筒，应该是弃尸的人拿来的吧。看到手电筒，常察发出一声悲鸣，声音格外大，之后她就这么崩溃倒地。这个反应和刚刚明显不同。

"怎么了？你没事吧？"

"那只手臂……手臂的主人，我知道是谁。"

常察的眼睛蓄满了泪水。她就这样跑到手臂旁边，没有任何犹豫地拿了起来。

手臂上有一大块伤痕，皮肤隆起，形状犹如川流。

她曾说过，签付晴乃的手臂上也有这样的伤。

"如果这是分散的尸块，那还剩下……"

真上边说，边用手电筒四处照去。

然后，他看到，在用于装饰神秘之境的巨大天平上，左侧的盘子里好像放着什么。

是加尼兔。真上怀疑加尼兔的身体是不是被凶手用来发泄出气了，它全身都是被柴刀劈砍的伤痕。此外，和主道先生穿的那件一样，玩偶装的腹部也被柴刀深深地刺了进去。

"余下的部分是在那里吗？"

"应该是。但是，那里我们够不到吧。"

天平盘踞在神秘之境的一角，象征着死后的审判，它的支柱足足有八米高。左侧的盘子位置更高，这个高度，就连真上也无论如何都够不到。

原本天平的两个盘子应该是平衡的吧。凶手在把加尼兔玩偶装放到左侧的盘子上之后，又在右侧的盘子放了些什么，才把左侧的盘子抬上去的。盘子本身就有重量，右面的盘子向下倾斜，几乎快贴近地面了。如果爬上去的话，再想下去应该会很困难吧。

"为什么要做这种事?"

"为了……让我们找到？放在那种地方的话，想不看到都难。"

就算这么说，疑问还是没能解决。凶手到底为什么要做这种事呢？

"总之，我们先回去吧。要跟佐义雨小姐说一声才行。"

2

经过安抚与说服，抱着手臂的常察总算松了手，三个人回到了别墅。回到别墅后，他们还是没能确认那些断肢到底是谁的。

真上本以为会引发一阵骚乱，但大厅里意外地很安静。不过大厅里其实也就只有蓝乡和佐义雨而已。卖野恐怕还在房间里不肯出来吧。那编河和鹈走呢？他们到底在哪儿呢？

看到真上他们回来，佐义雨说："十点二十八分，编河先生去世了。"

她的表情有些僵硬。这种情况，怎么说也没法再享受寻宝了。

"我已经通知过涉岛女士了。卖野女士非常害怕……不愿意离开房间。"

果然，在神秘之境发现的是编河的身体。

"那个……我们几个去神秘之境来着。然后……在那里，发现了人的腿……还有手……手腕上戴着编河先生的手表，天平上还有被柴刀刺穿的加尼兔……那里面多半是……"

"是什么？你是想说那里有四分五裂的尸体吗？"

"编河先生的死亡时间是十点二十八分对吧？那多半是……刚刚被分尸的……"

常察说到这里，一时语塞。

"尸体的第一发现人往往很可疑呀。"

和持怀疑态度的蓝乡不同，成家冷静地说："我们大约在十一点十分左右出发，当时距离编河先生死亡也就只有四十分钟。我们并没有分尸的时间。"

的确如此。如果只是杀人，三人也许还有些嫌疑。而分尸行为本身，给当时在神秘之境的所有人都提供了不在场证明。

"我在监视涉岛女士，蓝乡先生在房间里，都没有强有力的不在场证明呢。不过，我刚才去敲了鹈走先生房间的门，他并没有出来。"

佐义雨的发言简直像在说鹈走就是凶手一样。

"就算他不在房间，也应该还在幻想乐园里。以及，他并没有死亡。"

"那我们要快点找到鹈走才行……"常察说。

真上抓住想要立刻冲到外面去的常察，急忙制止她。

"这里连路灯都没有，你找不到他的。鹈走还活着，他还在幻想乐园里，等天亮了再找比较好。"

而且，既然编河已经死了，真上就有了要做的事情。就算要去找鹈走，也要先知道佐义雨认定他就是凶手的理由。

"我知道了。那，等到早上……再去找到鹈走并询问他吧。"

"还有……我不知道该不该说，编河先生好像预感到了自己会被杀死。"

"为什么？"

真上想起那时涉岛和编河的交易。编河拿着交易材料威胁涉岛。

"我不知道。可能等下就知道了。"

然后，真上走到了编河的房间前。无须翻看笔记，真上直接输入了编河告诉他的密码。

"等等。你怎么知道密码?"常察问。

"编河先生告诉我的,他跟我说,要是他出了什么事,就来打开门看看……我也不知道他为什么选择我。"

"是这样啊。"

"先让我一个人进去可以吗?毕竟,我也不知道编河先生是出于什么意图拜托我的……"

"确实这样比较好。"成家点头说。

编河房间的门真的打开了。看来,他的请求并非假意,而是真心信任真上,真上有一点感动。

编河的房间收拾得很整洁。不如说,除了床和浴室之外,几乎没有其他使用痕迹。真上打开桌子抽屉,找到了要找的东西。

透明文件夹里放有一张传单,没什么别的东西。幻想乐园正式营业当天,将设立巨型天文望远镜,文件夹里的就是这件事的宣传单。望远镜是带圆顶的那种类型,非常专业。只是,单看这个,真上怎么也找不到异常的地方。

编河为什么要留下这种东西呢?从之前的话来推测,这应该是能够威胁涉岛的材料,是如果编河出了什么意外,可以直接拿去《周刊文夏》的东西。真上想不明白,一张传单是如何构成威胁的。

应该是真上一看见就能明白意图的东西才对啊。这到底是什么意思啊?

"为什么如果曝光了这个,涉岛女士他们会很麻烦呢……"

真上又重新仔仔细细地检查了一遍这张传单。角落里有帐篷的设置计划图,地点在舞台后方,幻想降落伞左侧,幻想咖啡杯与幻想公路之间。

"哎?"

瞬间，一个想法在脑中闪过。在验证假想之前，真上打算先把在意的事情写下来。

四、编河的尸体为什么会在神秘之境里，还被分尸了呢？余下的部分去哪儿了呢？

真上稍微烦恼了一会儿，又在后面继续写：

五、编河就是常察一直在找的"阿晴"吗？

从房间里出来回到大厅，真上看到常察依然脸色苍白地坐在那里。

"总算是找到了。我认识的'阿晴'就是编河先生。"

常察低着头，一动也不动。尸体手臂上的那道伤疤，和常察曾经提到的阿晴的那道伤疤很像。那是签付晴乃因为猎枪走火留下的伤疤。

"我们梳理一下吧……常察认识的阿晴，手臂上就有那样的一条伤疤对吧？"

"是……是的。我被带去坐摩天轮的时候也是，就因为有那道伤疤，我才觉得是阿晴的。"

"也就是说……"

"我记忆中的'签付晴乃'，就是编河对吗？我把经常出入天冲村的编河，跟御津花姐姐给我讲的阿晴弄混。编河为了取材总和御津花姐姐在一起，看到这些的我认定他们关系很好。"

编河的年龄差不多四十六七岁，二十年前，他和中铺御津花刚好年龄相仿，签付晴乃的年龄也一样。真上想，也许常察在庭院里遇见的是真正的签付晴乃,从那以后,常察的记忆才出现了偏差。

"也许,编河先生利用了这一点。万一年幼的常察小姐被问起,是谁在询问中铺御津花小姐的动向,编河先生应该希望常察小姐回答'是阿晴'吧,很有可能就是他告诉你他叫'阿晴'的。"①

"也就是说,引发枪击事件的是真正的签付晴乃,救了我的是编河先生?"

"既然有人带你去坐摩天轮,那么,引发事件的人和带你坐摩天轮的人必然是两个人,这样的解释也更符合现实。因此,我们无法否认编河先生就是真正的'阿晴'的可能性。"

"是,这样啊……"

常察盯着自己的手,含糊不清地说。

她一直坚信签付晴乃是无辜的,为了查明真相不惜来到这里。她一直敬慕的"阿晴",和射杀中铺御津花的凶手并不是同一个人,查明了这一点,多少会好受一点吧。

片刻后,常察说:"不过,如果我的'阿晴'是编河先生……他早就知道枪击事件会发生,对吧?是在取材的过程中知道的吗,还是……难道说,教唆签付晴乃持枪杀人的也是编河先生吗?所以,真正的凶手指的就是编河先生?"

"如果编河先生早就知道一切,却选择袖手旁观的话,确实有可能就是真正的凶手……"

"我记得,在那一系列的报道中,最受人瞩目的是幻想乐园持枪随机杀人事件发生后的报道吧?因为那次事件,编河先生写

---

①编河的全名为编河阳太,其中,"阳太"的阳与"晴乃"的晴在日语中发音相同,都读作"ハル"(haru)。

的文章才变得家喻户晓。为了将自己的报道的关注度推向最高,编河没有制止想要引发事件的签付晴乃。"

"后来,时代变了。他的报道反复煽动对立,被视为不符合现代价值观的东西,虽煊赫一时,却也渐渐被人遗忘。"

这个解释让人很不舒服。但是,对于编河为什么没有阻止签付晴乃这件事,任谁也想不出更合适的理由了。不管怎么说,他都是和天冲村没有关系的人。尽管对其他人而言,幻想乐园持枪随机杀人事件绝无好处,对编河而言却是有利可图的。

"不管怎么说,总算有了能让我接受的解释……签付晴乃并不是无辜的,'阿晴'也不是我想的那样……知道了这些,我也就没有执着于幻想乐园的理由了。"

常察嘟嘟囔囔地小声说。过了一会儿,她抬起了头。

"凶手是鹈走吗?"

"我们暂时也找不到鹈走,有时间分尸的不是只有鹈走了吗?"

"但是,我们还不知道动机。鹈走和二十年前的事件应该没有关系吧。他父亲当年是负责银河云霄飞车的,难道理由是失业之类的?"

"关于这个问题,我倒是一点想法……"

只是,在此之前还有一些事情要确认。

"抱歉。能先等一会儿吗?"

"知道了……会在大厅等你的。"

"拜托了。"

说完这些,真上走到了涉岛的房门前。一直负责监视的佐义雨沉默地站了起来。真上对她点头示意,拿着那个透明文件夹,敲响了房门。

"打扰一下,涉岛女士。也许您已经休息了。"

真上只等了一小会儿,就听见了涉岛的声音。

"没,神经有些亢奋,睡不着。"

这是真上第二次和人隔着门对话。但是,相较于因为恐惧躲起来的卖野,涉岛的这份从容是怎么回事?

"发生什么事了吗?我听说编河先生去世了。"

"是的。在说这件事之前,我有些事情想要向您请教。"

"什么事?"

"您在这里住得安心吗?"

真上感觉,涉岛的眼睛死死地盯着这边。过了一会儿,她缓缓开口:"我不明白你的意思。"

"您应该是明白的。在我的记忆里,那些袋子全都是没有图案的。"

真上尽可能委婉地说,但涉岛并没有回答。于是,真上换了个问题。

"中铺小姐说过要追加补偿金吧?这件事后来怎么样了?"

"幻想度假山庄计划本身就已经夭折了。当然,因为幻想乐园的安保疏忽也有责任,被害者家属们都拿到了相应的赔偿金。此外,法院也下达了判决。我认为,他们拿到了双方都接受的金额。因为这件事,珍德玛股份有限公司也破产了。尽管十嶋集团收购了珍德玛公司,但还是不能填补造成的损失。"

涉岛的回答十分冰冷。

"但是,您却没有多少损失。尽管这件事并不体面,您却依然很有地位,至今仍很活跃。"

真上正说着,涉岛打断了他。

"可以了吧?"

"好吧,我明白了。"

真上做出让步,回到了大厅。蓝乡和常察还在那里。真上面向常察,轻声问她:"如果幻想度假山庄计划真的成功了,补偿事宜应该也会按照预定的计划进行,对吧?"

"我不知道。最后,迁走的天冲村村民也只是拿到了搬家费用,并没有收到补偿金。"常察无精打采地说,"但是,如果没能拿到补偿金,御津花姐姐说过,她会起诉的。她说,那毕竟是主导这些事的自己的责任。"

"是这样啊……"

话音未落,屋外传来轰响。

"什么啊?什么声音?"

"屋外传来奇怪的声音……"

"是镜宫那边传来的。"

蓝乡说完,朝门外走去。余下的人也匆忙跟上。

一开始,真上并没能意识到究竟是哪里出了问题,只听到镜宫那边传来的巨大声响,镜宫的换气窗里有烟飘出。

"着火了?"

烟雾在镜宫上方升腾。入口处,火焰如舌向外喷发,它缓缓朝众人伸过来,像是在打招呼。在没有任何照明设施的废弃游乐园里,只有自镜宫向上攀升的火焰分外明亮。里面传来质感饱满的巨大声响,与管风琴的音色很相近。

那是镜子因为高温而爆裂的声音,真上意识到。

"这……这要怎么办?"

"这火灭的了吗?"

成家拿来了水管,水管前端还有水涌出,应该是从水池那里引来的吧。看这个长度,也许可以从旁边给镜宫淋水灭火。

真上接过水管,在入口处洒水。然而,水管的水太过分散了。仔细一看,水管的前段被切得破破烂烂,所以水流才没办法好好集中。没办法,真上只好切断了水管前端,水势终于强了一些。

然而,大火的势头完全没有减弱的意思,镜宫里仍有镜子爆裂的声音传来。

"没用的,我们回去吧。就算在这里我们也做不了什么。应该不会烧到周围去的。"

既然佐义雨都这么说了,众人也就放弃了灭火。镜宫的火烧了两个小时才熄灭,可众人一回到别墅,就立刻确认了鹈走的死亡。

"鹈走先生已确认死亡。死亡时间是十一点五十六分。"

断章 6

被骗了。这么说也算恰当吧。御津花彻底被利用了。

母亲去世后，御津花有多绝望，又悲泣过多少次呢。我该好好陪陪她的。

御津花在和那个叫编河的记者接触，向外界公布了天冲村的情况。自这以后，全都变了。天冲村暴露在外界的评论中，如同被审判一般。而在外界的评价中，御津花是正确的一方。

所以，不被认可的一方必须战斗。反正迟早会输，就算是硬撑也必须去战斗。签付家至今也没有退让。就连家里都发生了对立。擅自支持对方的签付家的父亲，和不认可他这一行为的祖父之间产生了隔阂。

既然已经表决同意，那便没有撤回决议的可能。已经没有多少时间了。

天冲村里的建筑已经开始拆除，路上也开始铺设混凝土了。这种行为实在是很草率。还是说，以这种速度推进工程是很正常的事呢？天冲村是第一次经历这种事情，我也无从判断。

我摸着混凝土铺设的地面，想起以前埋在土地里的时间胶囊。那个还能挖出来了吗？不，如果对水管的铺设工程没有影响的话，也算是很巧妙地避免它被重新挖出来了。地面上的建筑物拆完后，有一部分地下室好像就这么被直接埋在下面了。我想，我的时间胶囊也就这么被接着关在土里就好。

已经等在那里的御津花，看着被埋在混凝土里的自己的家，像是在参拜坟墓一样，双手合十。在注意到我之后，她轻声说："你知道吗，阿晴，明明还有一年多呢，已经开始招聘幻想乐园的员工了。娱乐设施的配件也已经准备好了，就等着被运过来。"

"这样啊……已经开始招聘员工的话，我要不要去应聘一下试试呢。"

"阿晴你吗？"

"毕竟，天冲村已经不存在了。只能去外面工作了啊。"

御津花愣住了。我并不想让她露出这样的表情啊，我这样想着，一时也不知道说什么好了。

"晴乃是幻想乐园的反对派吧？"

"没办法……我们能有什么办法。"

"我没有在责备你。只是，问一下。我们……明明最喜欢天冲村了。为什么会变成这样呢？"御津花很痛苦地说。

为什么会变成这样，我也不知道。幻想度假山庄计划这只巨大的猛兽吞没了所有。被吞掉的人怎么可能会有自由。被我射死的鹿，并不是因为行使了被我射杀的自由才死的。同样的道理。

"虽然，没有了天冲村我们都很难过，但我想，以后一定会变好的。"

一切都被埋在了混凝土下面，但前进的路还在。

"是啊……你说得对，阿晴。"

"小凛奈那家伙可期待了。那孩子肯定……特别开心吧。"

我连小凛奈都提了出来，想要安慰御津花。然后，如同祷念咒文一般，我不停地重复着：没事的，一定会变好的。

3

就算是真上,在这样的夜晚也很难入眠。镜子爆裂的声音仿佛就在耳畔,阻碍着他的睡眠。一直等到早上,真上终于下了床。这种度过时间的方式,简直像是赎罪券[①]一样。

真上放弃躺平,看起放在桌子上的笔记来。

六、为什么要烧了镜宫?鹈走真的是在镜宫里死的吗?

关于后半句,也不是不能确认。

其实,只要去镜宫看一眼就好了。真上稍作思考后,收拾了一下便出了房间。不幸的是,在走廊里他和蓝乡碰了个正着。

"早上好呀,真上。"

看起来他应该是接手了涉岛的监视工作。

"蓝乡老师没睡吗?"

"怎么可能没睡?早起了一会儿,和常察换一下。"

"常察也负责监视了啊……"

早知道自己就不在床上浪费时间,也过来帮忙监视就好了。

"怎么了? 快要找到宝藏了?"

[①]宗教概念。一三一三年天主教会曾在欧洲兜售此券,教皇宣称教徒购买这种券后可赦免"罪罚"。十四世纪以来,赎罪券逐渐演变成教会聚敛财富的手段,后被废除。

"是啊，如果能问大家一些问题的话。"

真上说完，连早饭都没吃就出去了。

得先去镜宫里看看。

镜宫的入口被大火烤得焦黑。不过，已经不用再担心会着火了。

刚踏入镜宫一步，真上就看到地板上，镜子碎片像雪一样堆积在那里。

镜宫里铺满了玻璃做的地毯。

因为高温而爆裂的镜子碎片散落得到处都是。一想到在这里摔跤之后会变成什么样子，真上心里就感到十分恐惧。要是这个时候有加尼兔的玩偶装在，应该可以用来当作防护服吧？真上从来没有想过自己有一刻会需要那个看着让人不舒服的东西。

真上提心吊胆地迈开脚步。忽然，天花板上呼啦啦地掉下几片镜子碎片。他急忙抬起手阻挡，指尖传来一阵痛感。就这么进来属实有些危险。

但是，要找的东西还没有找到。真上警惕地向前走去。

前方有一具尸体仰面倒在那里，看起来像是鹈走。

鹈走的尸体并没怎么被烧到。衣服多少被火烧过，但人体的形状还是保存了下来，也能认得出来他是谁。恐怕是被火焰包围没能逃出来，最后因为吸入烟雾失去意识了吧。鹈走附近的门是开着的，也间接证明了这个推论，应该是慌乱之中胡乱抓到的吧。没想到门打开处，燃烧的火焰更加旺盛。

鹈走的身边不知为什么放着一个提灯。似乎是野营用的那种，还挺大的。提灯也已经破烂不堪，有点难以辨别原本的模样，不是用 LED 灯的那种类型，似乎是需要在里面点火才能用的。这是怎么回事？

真上正思考着，突然，天花板上的镜子又啪啦啪啦地掉了下来。差不多也该出去了。只要确认鹈走的尸体在镜宫里就足够了。真上把心里想要记在笔记上的事情写在了笔记上，算是对问题六进行了补充。

镜宫为什么被烧了？鹈走为什么死在了那里？凶手是如何让镜宫的火烧得这么快的？

杀了编河的是鹈走吗？

真上回到别墅，蓝乡、成家还有常察和卖野都在。真上觉得很久没有见到卖野了，她憔悴了很多。除了涉岛和负责监视她的佐义雨之外，剩下的所有人都聚集在大厅里。

"啊，真上，你去哪儿了？"成家说。

"镜宫。我想着鹈走会不会在那里……"

"那个镜宫？不危险吗？"蓝乡问。

"镜宫天花板上的镜子确实很危险……碎片之类的要是划到了眼睛可就不好了，还是不要进去了。"

"是这样啊……既然真上都这么说了，那应该是相当危险了。还是算了吧。"

成家深深地点了点头。虽然没有像以前那样被怀疑，但成家说的就好像自己是什么试纸一样，真上很是无奈。

"鹈走恐怕是因为一氧化碳中毒而窒息死亡的。至于引发火灾的，我认为应该是煤油……"

"煤油？"

"就是焚烧加尼兔的玩偶装时用的东西。在那里洒下煤油应该并不难。不过，只用煤油就能让火着得那么急吗？镜宫在本质上应该要比木质的建筑物更难以燃烧才对。"

应该是有什么别的原因，可那究竟是什么呢？

"虽然可能有些迟了……但我们该报警了。"常察面色沉郁地说，"如果能早些决断的话，也许就不会出现这么多受害者了……都是因为我，抱歉。"

"不是常察小姐的错，是我们所有人的选择。"真上说。

常察无力地笑了笑。

"现在叫警察的话，今天中午过后……最晚可能要傍晚才能到。"

也就是说，真上的搜查会在那个时间结束。包括刚刚在路上想出来的一些推论，只要交给真正的警察去验证就都结束了。不过，从现在开始再多调查一些也好。真上很想知道，凶手的意图到底是什么呢？

真上正思考，突然，背上冒出了不少冷汗。

从常察那里听说的天冲村的过去，还有刚到幻想乐园时读到的某家杂志的报道，在真上脑中联系在了一起。这一切不难想象。

"常察小姐，幻想乐园就建在天冲村旧址的正上方是吗？这附近有住宅的地方也就那么埋起来了？"

"是啊……毕竟距离正式开业没有多少时日了，所以就用重型设备一口气把地面上的建筑物给铲平了。"

听到这话，真上再次陷入深深的沉思。他脑中闪过最糟糕的想象。

这时，蓝乡发出小小的一声"啊"。

"其实，我这边也有进展。"

蓝乡说着，拿出了一张纸。真上觉得那张纸有点眼熟，很像是第一天出现的威胁信。

"这是？"

"鹈走房间里的遗书。不，是检举信。"

蓝乡打开手中的纸，纸面上的文字展现在众人眼前。

编河就是幻想乐园持枪随机杀人事件的真正凶手。他写下的关于天冲村的报道煽动对立，致使天冲村灭亡。

"就这些？"

"虽然只有这些，但也能成为动机吧。鹈走留下这封检举信就死了呀。"

"但是，我不明白。为什么鹈走对编河先生怀有这么大的恨意啊？和天冲村有关系的是鹈走的父亲吧？"

"这个……确实。"

真上不觉得年幼的鹈走会对天冲村抱有如此强烈的爱意与执着。二十年前，鹈走也就四岁。在那个时候留下的遗恨，感觉并不会对鹈走本人造成什么影响。

那……足以让鹈走如此怀恨的理由到底是什么呢？

突然，真上的脑海中闪过一个念头。他下意识地捂住了嘴。

如果真上的想法是对的，就能解释为什么十嶋庵要召集这些人了。

而且，这也是真上曾经想到的情况。

"问题在不断增加啊。"

背后忽然传来声音，是常察。

"抱歉，我擅自看了。"

"不，没关系。"

"这个是……笔记？把问题点都记下来了，好仔细啊。和真上拿的文件夹一样，就是整理了二十年前的报道，还附有以前的天冲村地图的那个。"

"主道先生、编河先生、鹈走先生……都已经是没法再开口说话的过去的人了。"

在旋转木马那里说过的话，真上现在还记得。

"过去的人说的话，活着的人只能接受。相对的，如果想知道过去的事情，也只能自己不断思考。"

"不过，就要结束了吧。现在报警，警察中午就到了。等到那时，问题就都解决了吧。"

"也许吧。只是，我还有一些疑问，也有一些事不得不去确认一下。"

真上说完，缓缓走到卖野旁边。

她脸上已然没有一点欲求，麻木地往嘴里送着早饭，见真上过来，放下了手里的盘子。

"怎么了，真上？"

"卖野女士，您是负责便利店的对吧？"

"对啊，怎么了？"

"这样一想，很多事情都能理解了。卖野女士当时使用的推车，我们已经见过了。"

"是的，虽然已经关上门不使用了……"

"那里不是卖加尼兔发箍的，对吧？"

卖野的表情抽搐了一下。

"推车的打开方式不对。那辆车是阶梯状的，架子更适合放平整的东西。也就是说，那个推车卖的并不是发箍。"

在那个平面的架子上放发箍的话，也就放十几个吧。就算叠着放，顶多也就叠两层。而且，要是被小孩子碰到，货物立刻就会塌。那个架子上放的应该是稳定性更强的，比如罐装曲奇，或者是掉在地上也无所谓的东西，比如荧光棒之类的。

"可能是我记错了？毕竟是二十年前的事了。"卖野若无其事地说。

但真上并没有放弃追问。

"不管怎么说，负责过的便利店是卖什么的，您总该记得吧？"

"我的记忆已经混乱了！发生过那种事，这样也正常吧！"

"说到底，试营业的时候根本就没卖过加尼兔的发箍吧？"

"这应该不会。我看到好多戴着发箍的孩子，这……"

"常察小姐跟我说过她迷路的事……就是那时，有人带她去坐了摩天轮。常察小姐说，那时她想被御津花小姐找到，还戴了加尼兔的发箍。"

"这怎么了？我觉得还挺可爱的。"

"是啊，我也觉得这是个好方法。不过，常察小姐到底是在哪里拿到加尼兔发箍的呢？"

当时，常察才五岁，还不到拿着钱包到处走的年龄。但也很难想象游乐园会给迷路的孩子免费发放发箍。

"答案很简单，那天到场的所有人都免费领到了发箍。常察小姐是长成大人之后，看到本该售卖的加尼兔发箍的价格，才误以为那是用来卖的。"

卖野的表情凝固了。

"应该不会把免费发放的发箍误当成是用来卖的吧？你现在还要说别的谎言吗？"

"你……你胡说。"

"怎么了？逃避也没有用，我会接着往下说的。"

半晌，卖野听天由命般地嘟囔道："是……好吧。我不是负责便利店的，我是负责娱乐设施的……这是，我的秘密……是我的罪孽。"

卖野把手握紧又张开，就这样重复这个动作。

"当幻想乐园决定向公众开放时……我害怕极了。明明已经逃到现在了，这回，会不会暴露……"

"那种事情还不如不要去在意，特地跑来不是更危险吗？过去的同事都在呀。"

"蓝乡，我有着绝对不能被别人知道的秘密，现在它有可能暴露，你能忍得了不去插手？我是忍不了，于是应招来到了这个地狱。"卖野低声说。就算有万分之一的可能性，她也一定要过来看看吧。

"我并没有在报名的时候填写'原幻想乐园职员'……想着要是没通过，我就放弃，结果还是通过了……所以第一天，成家先生说不认识我的时候，我才安下心来。试营业那天，有很多人在幻想乐园工作，大家也不记得谁负责哪个部分……"

"卖野女士负责的是？"

听真上问这个问题，卖野果断地回答。

"摩天轮。签付晴乃坐上后，杀了好多人的那个银河大摩天轮。"

卖野把心里想说的话都悉数说了出来，就这么边哭边说。

"我当时就觉得很奇怪。他拿了一个黑色的……黑色的箱子……我当时就在想，这箱子是什么呢？其实，我问他了。然后他说，是望远镜……这附近第一次建了这么大的摩天轮，他说想用这个看一看……我当时就觉得奇怪啊！但是客人太多了，我也还不太熟悉业务。"

这份在卖野心里尘封了二十年的痛苦，通过倾诉一点一点地渗透出来。真上想，她经受了多少罪恶感与噩梦的折磨呢？即便幻想乐园废园，对她而言，事件也没有结束。

"你明白的吧？要是我能在那里阻止签付晴乃上摩天轮，幻想乐园持枪随机杀人事件就不会发生了！就不会有那么多无辜的人丧命了！"

"不是这样的！就算签付晴乃不上摩天轮，他也会开枪杀人的。"

听见真上突然这么说，卖野的脸因为痛苦而显得更加扭曲。

"我也想让自己这么觉得。但是，不是那样的。如果签付晴乃在地面上，他应该立刻就会被控制住。摩天轮是最好的狙击点，是我让他到那里去的……"

真上知道，他即便提出反驳，也无法安慰到卖野。如果不是有吊舱回到地面的这段时间，如果不是有这段令人痛苦的形如治外法权般的时间，被害者的范围就不会这么大。

但是，这是让签付上了摩天轮的卖野的错吗？

"我明白了。这样一来，就有一个疑问解开了。我无论如何都想弄明白，我对二十年前事件的推论和你的证言有相悖之处，只要解决了这个问题，谜团也就都解开了。"

真上边说边想：佐义雨绯彩——不，十嶋庵以这种方式把相关人员都聚集在幻想乐园，也许并没有恶意。

佐义雨从涉岛的房间门前远远地看了过来，看着真上，浅浅地笑了。

仿佛是对这个微笑的挑战，真上说："不好意思，能把涉岛女士从房间里放出来吗？我要开始'解决篇'了。"

"解决篇？就像名侦探一样呢。"

"嗯，是的。"真上严肃地说，"这次的事件，是我们这些客人出现了判断失误引发的。虽然常察小姐也是同样的观点，不过，不管别人怎么说，我都应该逼你报警才对。这样也许就能预防第二起和第三起杀人事件了……我是唯一一个要求报警的，要是能更强硬一些……"

"不，不是这样的。不管真上说什么，结果都不会改变。"

"是说不管我说什么，都不会有人听吗？"

"不是这个意思。只是当时报警也没有意义。"

片刻后，佐义雨轻声说："那个时候，没法叫警察来。"

"没法……叫警察来？"

真上重复着，佐义雨重重地点了点头。

"其实，昨天早上，来幻想乐园的路上发生了山体滑坡。虽然立刻开始了抢修行动，但即便如此也是今天早上才清理完成的。也就是说，即便在当时报警，等警察赶到也要今天中午前后。一天内警察来不了是不会改变的。不过警方会不会派直升机飞过来，这个情况就很微妙了……"

"发生了那样的事，为什么不告诉我们？"

"就算说了也不会改变现状，还是让你们认为这是你们自己的选择比较好。"佐义雨淡淡地说。

简直就像这一切都是十嶋庵一手策划的一样，真上背后有冷汗流下。

不过，在知道发生过山体滑坡后，真上也有一点理解了：编河为什么一个人遭遇了袭击。编河遭遇袭击的时间，他本应去和部下接触才对。但因为山体滑坡，编河的部下没能到达约定的地点。看来，凶手的运气相当好。

　　与此同时，那个人在那种情况下为什么会有那样的反应，真上也明白了。那个人，他，或者说她，早就知道这件事。

　　"现在不是说这种话的时候。我们先说一说这次的事件吧，没时间了。"

第四章　事件循环，星星旋转

1

参加者们聚集在摩天轮前,坐成一圈,打量着彼此。从真上开始,顺时针依次坐的是涉岛、佐义雨、卖野、蓝乡、成家,然后是常察。这么一想,的确是少了很多人。仰头看去,在空中摇晃的吊舱发出吱呀吱呀的声音。真上选作露宿地点的绿色吊舱,已经转到了八点钟方向。即便是在无人问津的时间里,摩天轮也在慢悠悠地转动着。在这个完美无缺的圆形前面,坐着同样构成圆形的众人,仿佛象征着这整个事件。这个地方一直处在循环之中,旋转不停。

"突然间……这是怎么了?警察都已经在路上了。"卖野不安地问。

成家也跟着附和:"是啊,我刚刚还想,要不要请常察小姐提前离开幻想乐园,去和当地警察会合。毕竟,她最适合去说明现在的情况了。"

"我并不认为自己有这样的权限,还是留在幻想乐园比较好……这样的话,成家先生和卖野女士也能更安心吧。"常察有些抱歉地说。

"抱歉,最后还是让她留下了。但是……还是请大家等一会儿再离开幻想乐园。"

真上浅浅地呼了口气,然后环顾四周。

"那么，占用了诸位的宝贵时间，我很抱歉。不过，至少让我们来解决这次的事件。"

"说话的语气简直就像名侦探一样。"蓝乡揶揄说。

对此，真上嘲讽地笑了笑，回答道："本来，我是不会做这种事的。但是，我有着不得不做名侦探的理由。"

"不得不做名侦探的理由？那种东西只存在于推理小说里吧？"

不是这样的，真上想。他有着更加切实的理由。也许，的确可以诉诸更粗暴的手段。为了不让凶手达成目的，最坏的处理方式就是让凶手无法行动。以真上的体格，剥夺对方的行动自由也很容易。

之所以不这样做，是因为还不确定凶手为了达到目的会采取怎样的手段。真上想用语言解决这次的事件。

"这件事以后再说。请先听我说。"

"警察马上就来了，真的有解决事件的必要吗，真上？"涉岛冷静地问。

的确，按照预计的确是这样。不过，在回答这个疑问之前，真上说："涉岛女士的目的已经达成了，就算警察来了也无所谓吧？"

"我不明白真上你在说什么。因为着眼于寻宝，没能立即做出报警的判断，这是我的失误。不管怎么说，我曾经也是幻想乐园的运营人员啊。不过，不是发生山体滑坡了吗？当时警察无论如何都来不了，不是吗？"

"你的目的并不是寻宝。"真上斩钉截铁地说。

涉岛的表情没有任何变化。她微微一笑，仿佛是在试探真上。真上和她对视了片刻，又把视线转向围坐一圈的其他人。

"只对涉岛女士说这句话,似乎不太公平。在这里的所有人,明明都对寻宝没有兴趣,却以此为借口拒绝警方的介入。"

周围的气氛一下子变了。就连蓝乡的表情也看起来有点僵硬。

"比如,常察小姐是想通过调查幻想乐园,从而了解导致御津花小姐被杀的随机杀人事件的真相。而卖野女士,是因为害怕自己曾经负责摩天轮的事情再次曝光才来到这里的。"

卖野吓了一跳,瞪着真上。不过,有必要明确一下她的目的。况且,坐在这里的众人既不会有人责备卖野,也不会有人平白把她的事说出去。

"就这样,十嶋庵把和过去的持枪随机杀人事件相关的、有来幻想乐园动机的人聚集在这里。虽然我也不知道十嶋庵为什么要做这种事……"

真上停了下来。然后,他再次看向涉岛。

"涉岛女士和主道先生的动机是一致的。你们两个都是为了埋葬自己那不光彩的过去才来到这里的,并且,早早就达成了目的。按理说,寻宝活动就停在那个时候也无所谓吧?但是,你们两个的'不光彩的过去',不小心被编河先生知道了,还被他威胁。所以,即便是作为合作伙伴的主道先生被杀,涉岛女士依然不同意立马叫警察。"

因为,如果那个时候警察来了,就没有时间处理和编河的交涉了。从编河当时的语气来推断,他应当是很倾向于把手中的材料写成报道的。如果没有机会和涉岛交涉,编河应该会直接把报道写出来吧。

"我们不光彩的过去到底是什么呢?众所周知,我曾经负责与天冲村的交涉工作,也曾经受到批判,有人认为我的做法过于强硬。至今为止,这些批判我都接受了。硬要说的话,我也算是和持枪随机杀人事件有关，但只能说是间接相关吧。除此之外，还有什么别人不知道的吗？"

"你杀了人。"真上直直地看着她说，"涉岛女士，你和现在已经去世的主道先生一起，杀了中铺御津花小姐。"

"你这是什么意思？"在涉岛质疑之前，常察问道，"难道……持枪随机杀人事件的凶手真的不是阿晴吗？"

"不，不是。除了中铺御津花小姐之外的三个人，毫无疑问都是签付晴乃射杀的。但是，他唯独没有射向中铺御津花小姐。不，准确地说是当时没办法射向她。"

"没有射向中铺御津花小姐是怎么回事？因为他们认识？"卖野战战兢兢地问道。

"不是这个意思。子弹的射击路线在空间上被挡住了。在中铺御津花小姐和吊舱中的签付晴乃之间，有一个障碍物。"

话音刚落，蓝乡立即反驳说："不会吧。中铺御津花倒下的大门附近和摩天轮之间并没有什么高大的娱乐设施呀。这不是可以射中的嘛？"

诚如蓝乡所说，只看园内地图的话，两者之间的确没有什么高大的娱乐设施。就算实地去走一圈，也不会发现什么矛盾之处。

"但是，这个位置很奇怪。因为，那个时候幻想乐园正在为正式营业做准备。"

说着，真上从怀里取出透明文件夹。

"这是……"

"这是编河先生拜托我去拿的，用来威胁涉岛女士的材料。"

真上取出的是一张开业纪念活动的宣传单，活动名为幻想星之旅。这次活动会设置专业的天体观测帐篷，安装真正的天文望远镜，是与天继山十分相称的策划。

"这有哪里很奇怪吗？"卖野一脸不可思议地说。

的确，这种反应也很正常。真上一开始也不明白编河留下这张传单是何用意。然而，剩下的人中，只有涉岛的表情微微僵硬了一下。她明白这意味着什么。

"值得注意的是，这个天体观测帐篷原定是要安置在幻想公路和幻想咖啡杯之间的。"

"哎？那是……"

常察确认起地图来。然后，将视线投向应有的方向。

"是的。按照地图所示，那里是幻想降落伞的位置。不奇怪吗？不过，实际上没能实现这样的安排。刚到幻想乐园的时候，是卖野女士告诉我的吧？"

"哎？我？"

"在这座乐园中，名字中带有幻想的设施，无一例外都是能移动的。因此，那个时候，这些设施的位置并不是这样的。试营业当天，所有的东西都按照正式营业计划那样做了安排。但为了迎接天文望远镜，那一天，幻想降落伞被移动到了摩天轮和大门之间。所以，子弹的进行路线被挡住了。所谓'正确的幻想乐园'，指的就是这件事。"

真上拿出园内地图，用黑色的记号笔在上面强行画上箭头。将幻想降落伞移动到大门的右侧，又在如今幻想降落伞的位置，画上了天体观测帐篷。

"这就是事件发生当日的幻想乐园。这样一来，幻想降落伞成了障碍物，签付晴乃射出的子弹根本打不到中铺御津花小姐。"

"也就是说……"常察沉声低语，"那天，签付晴乃根本无法从摩天轮射杀中铺御津花小姐。她并不是被签付晴乃杀死的，而是被其他人射杀的。"

射杀中铺御津花的真正凶手，记得正式开业时要用的园内地图。恐怕，杀死中铺御津花也是突然的决定。实际身处园内之中的人是很难把握布局的，于是，就有了和实际情况相矛盾的尸体。

"这想法实在是太跳跃了。你为什么会这么想？"

"编河先生像手握什么王牌一样看重这张传单。他认为仅凭这一张纸，就能威胁涉岛女士。"

"那个男人，连这种事都对你说了吗？"

涉岛十分不悦地眯起眼睛。

其实，真上并非直接从编河那里听说的这些，编河威胁涉岛的对话也只是偷听到的。但是，真上并没有特别否认，继续说道："一开始我也不明白，这张传单为什么会具备这样的威慑力。所以，我想了想，这张传单在什么样的情形下能作为威胁材料呢？"

"结果还真想到了呀。"

蓝乡一脸深不可测地点了点头。之前明明装成一副名侦探的样子，现在却又摆出了一副什么都不做的旁观者姿态，在一旁默默地注视着真上。

"涉岛女士，因为当时幻想乐园即将开放，为了放置天文望远镜，园内设施的位置改变了，这反而暴露了中铺御津花小姐不是签付晴乃所杀的事实。你就是想要毁掉与此相关的信息吧。然而，不幸的是，这张传单被编河先生拿走了。"

真上想起，编河回到别墅后，曾十分开心地表示自己已经拿到了想要的东西。事实上，仅凭这一张传单，的确足以威胁涉岛了。

"在这里，我们可以推测一下事件当天究竟发生了什么。幻想乐园持枪随机杀人事件发生后,签付晴乃自杀。幻想乐园的员工大多去疏散游客避难,只剩下一小部分员工留在园内。"

"这并不奇怪。"涉岛回答。

然后,真上说:"事件发生时,你是怎么想的呢?这样下去的话,幻想度假山庄计划就要破产了。但是,既然已经让天冲村的人都搬走了,要是打起官司,就不得不支付赔偿金。然而,审判的结果往往取决于知晓情况的人如何采取行动。这一结果,甚至可能以亿元为单位。所以,作为降低风险的一种举措,你们射杀了中铺御津花,在持枪随机杀人事件结束后。"

"结束……后?"常察怔怔地低声呢喃。

"是的。恐怕动手杀人的是主道吧。他当时就有持枪许可了。当然,他和签付晴乃这样的神枪手还是有一定差距的,应该是在更近的地方射杀的吧。他借用了签付用过的猎枪,寻找射杀中铺御津花小姐的狙击点。和摩天轮有同样优势的地点,当属大门附近的展望台。中铺御津花小姐之所以会在大门附近被射杀,估计也是因为那里最合适吧。'能麻烦你帮忙把大门关上吗',这样对她说,她应该不会拒绝的。"

事件发生后,中铺御津花十有八九会去摩天轮那里。毕竟,她应该早就察觉到了事态的苗头。对那样的她说"发生了紧急事态,能帮忙搭把手吗"之类的,她是不会拒绝的。

"但、但是……不是有一部分工作人员留下了吗?御津花姐姐被射杀的时候他们没发现吗?"

"签付晴乃使用的猎枪会不会原本就带有消音器?如果带有消音器的话,枪顶多会发出像拍手一样的声音,在随机杀人开始时,也可以防止目标逃走。虽说现在带有消音器的猎枪是违法的,但当时应该还有不少人有吧。"

射杀了中铺御津花后，众人才意识到位置的问题。

所以，他们才不得不把娱乐设施都放置回原来的位置。

在想到这个假说时，最大的疑点就是卖野的证词。卖野为了隐瞒自己负责摩天轮的事实，说从事件发生到警察来之前的这段时间里，没有发生任何奇怪的事情。移动娱乐设施这种事，怎么想都是难以看漏的"奇怪的事情"。

但是，卖野的证词是假的。她根本就没看到那里后来发生了什么。知道这件事以后，移动设施的假说就可以成立了。

"看到娱乐设施被移动的工作人员应该很少。或者说，那个时间点，园内只有运营人员还在，这些人面对警察时统一了口径。毕竟实际上天文望远镜还没到，只要让人觉得试营业和正式营业的娱乐设施配置相同就可以了。"

真上说到这里，常察用颤抖的声音问："钱？你们就为了那种东西，杀了御津花姐姐吗？那我也会如你们所愿，把这些事情都曝光！绝对，绝对要让你们付出代价！"

"应当接受的批判我都接受。只是，我不知道这件事还能否让我受到制裁。"

涉岛的声音就像是在毫不客气地驳回一个孩子任性的提议。这是涉岛式的挑衅，从她嗜虐的表情就可以看得出来。涉岛一直是这样的表情吗？一定是的。从二十年前开始，涉岛这个人就是这样践踏别人的。

"你开什么玩笑……"

"常察小姐！"

真上冷静地制止了马上就要扑过来似的常察。

"请稍等一下。我想先解决眼下的杀人事件。"

听真上这么说，常察强忍怒意，退了回去。

真上觉得有些抱歉。像这样挖掘当年的各种线索，却还要无视当事人的感情来继续话题。他一瞬间也怀疑，不知道自己在做什么。即便如此，真上还是继续道："这样一来，一个复仇的种子就浮出水面了。痛恨主道先生和涉岛女士的，是知道他们杀了中铺御津花小姐的人。这也解释了第一起命案的动机。正因你们已经无法被法律制裁，这才发生了事件。"

一方面是证据不足，另一方面，接近极具社会地位的这两人会很困难。

可即便如此，凶手还是因为想要完成复仇而来到了这里，来到了这个填埋地狱、筑起乐园的地方。

"主道先生被杀事件中难以理解的问题点是，凶手为什么让主道先生穿着加尼兔的玩偶装，还特意让他从轨道上掉下来并被铁栅栏刺穿。凶手还特地把主道先生拉到地面，让他被彻底贯通。到底为什么要做这种事？"

"解开凶手难以理解的意图，对解决事件有帮助吗？"成家默默地说。

"是的。不如说，这一系列事件就是从这里开始的。"

真上说完，成家恍然大悟般地点了点头。

"话说回来，常察小姐对加尼兔的玩偶装还有印象吗？"

"哎？"

忽然被点名的常察困惑地看着真上。真上是看她那么喜欢玩偶装，就问了她一句。也许这样不太好，真上转回话头，继续说明："加尼兔的玩偶装是可以在杂技中使用的，伸缩性非常强。为了避免手脚脱离，内部如同紧身衣一般，非常贴合……组成零件主要分为：右手、左手、右脚、左脚等。这些零件全部都是独立的。"

正因如此，加尼兔在某种程度上关节活动非常自由，就连后空翻也不是不可能。

"连接独立部分的，是玩偶装内侧的挂钩。如果没有这个，做动作的时候，手脚都会一下子脱落的。既保证了某种程度的自由，但的确也有一些地方存在不便，这就是加尼兔。"

"所以呢？凶手穿上后，才能一个接一个地杀人？"卖野战战兢兢地说。

"不是这样的。重要的是，它可以拆分成零件，可以一个一个地穿、一个一个地脱。"

"可以分着穿脱，有什么好处吗？"

"直接说结论就是，主道先生在被我们找到的时候，四肢就已经被切断了。"

"四肢被……切断了？"

真上重重地点了点头。

"G2仓库里有装饰银河海盗船用的木柴，用来砍柴的斧头也一起放在那里。那把斧头甚至可以用来砍树，如果只是肢解人类的四肢，也许都用不上三十分钟。"

实际上要挥动几次才能把骨头砍断呢？那是为了能砍断比人类骨头还要结实数倍的东西才存在的工具。如果是真上本人，他有自信能做得很好。而且，砍木材用的斧头有一个优点，就算刀刃变钝了，也不会影响它发挥作用。沾上点血迹并不妨碍使用。

"那天晚上，凶手和主道先生相约见面。凶手知道二十年前的事件真相，并对主道先生说想要和他单独谈谈。别墅里出入很自由，幻想乐园里也没有任何照明，最适合夜里悄悄见面。只是，即便如此，涉岛女士还是很担心，为了不让见面的事情暴露，她让众人服下了安眠药。这就是安眠药的意义吧，涉岛女士？也许主道先生并不知道你的顾虑。"

"随你想象。"

也许是自尊心在作祟，涉岛如此回答。然而，这回答就和表示肯定没什么两样。

"难道说，涉岛女士并没有针对我们？那为什么……"

"在回答卖野女士的问题之前，我们接着说那天晚上吧。就这样，凶手和主道先生见面了。凶手带着斧头、穿着加尼兔的玩偶装去和主道先生见面了，然后将绳子缠在了主道先生的脖子上，杀死了他。"

"为什么没用斧头呀？"

"理由有很多。凶手不想过度破坏主道先生的身体，如果瞄准头部，脑浆又会弄脏斧子。又或者，黑暗中很难瞄准，凶手不想破坏被害者的脸。要是斧头击中面部，我们就有可能认不出来这是主道先生了。"

凶手为什么这么担心别人认不出死者是主道，真上本就打算稍后再说明。所幸，这时并没有人提出质疑。真上感激地继续说："凶手在杀了主道先生后，用斧头砍断了他的手脚。割破他的喉咙可能也是在这个时候。因为如果要砍断四肢，必须要先放血才行。"

"这种事就别说了啊……"

卖野说完，真上无奈地摇了摇头，仿佛在说他也没办法。所有的作业都是在那个铁栅栏附近完成的吧。如此大面积的血迹，也是为了主道先生不管被刺入铁栅栏哪里都没关系，同时也是为了掩饰砍断四肢时流出的血。

"然后，凶手把自己穿着的玩偶装给主道先生穿上了。给主道先生穿玩偶装时也是，四肢都摘下来的话会更方便。给躯干穿上后，再加上手脚是很轻松的。

"就这样，被砍断的手脚和加尼兔的手脚组合在一起，只要把加尼兔的躯干部分拉下来就可以了。"

"可是，这样的话，只要把玩偶装脱下来就立刻……啊！"

可能是说话说到一半自己就想到了，常察用手捂着嘴。是的。问题一，主道为什么会穿着玩偶装被铁栅栏刺穿呢？到这里就真相大白了。

"是的。虽说是只要把衣服脱掉就能立刻看穿的手法，但因为主道先生的身体和加尼兔一起被栅栏刺穿了，根本脱不了玩偶装。没有吊车，也没法把尸体抬起来。那时，我们做梦也想不到，主道先生的手脚都被砍断了。看到躯干被贯穿的主道先生的尸体，总不可能有人提议'要不先把手脚上的玩偶装脱掉吧'……要是有谁提出这样的提议，一定会被阻止，并被指责说不尊重死者吧。"

实际上，主道的尸体被盖上了挡雨布，就连加尼兔的头部都没能拿掉。一不小心就会变成对死者的亵渎，真上想，这句话的作用真是比预想的还要强。

真相推进至此，蓝乡那句意味深长的"凶手为什么非要割破主道先生的喉咙"，此时也得到了解答。

为了让尸体无须接受过多的检查，摘掉头套时一眼就能看出死因是非常重要的。为了掩饰砍下四肢时流出的血，凶手为血迹提供了一个一目了然的出处——被割破的喉咙。而且，这样还能掩饰绞杀的痕迹。

那时蓝乡已经接近真相到什么程度了呢？想到这里，真上觉得后背直发凉，但现在不是在意这种事情的时候。

"如果主道先生的四肢被砍断的假设成立，那么铁栅栏的问题也就解决了。"

"确实,之前的假设不成立了啊。穿着玩偶装登上台阶,从云霄飞车的铁轨上丢下去什么的……"

"正如卖野女士所说。不过,坐上云霄飞车的并非整个人,而是取下了沉重四肢的躯干,推着列车移动也好,把主道先生推下去也好,只有躯干都相对更轻松。至少,瞄准也会变得更容易……"

光是想象就觉得很臃肿的加尼兔玩偶装也一样,只有躯干的话就很好操作了。把尸体推下栅栏时,带有那对大耳朵的沉重头部也是不戴比较方便。

"不过,要用云霄飞车的话……被真上看到的风险很高吧。"

"也许凶手并不知道这件事……知道我睡在外面的,就只有第一天听到我表明信念的人。不然应该很难预想到会有人离开别墅,去连灯都没有的室外睡觉吧。而从结果上看,我在摩天轮上睡了一夜,并没能看到云霄飞车那边的情况。"

如果真上再多看一会儿摩天轮之外的情况,说不定就能看见凶手用云霄飞车搬运主道的躯干了。这样一来,卖野认为持枪随机杀人事件是自己制造的罪孽的心情,真上也能稍微理解一些了吧。

"那么,既然已经知道主道先生的四肢被砍断了,我们就不难想到凶手的目的之一。"

"难道是神秘之境里,那截有旧伤的手臂?"

"是的。我们见到的那些断肢并不是编河先生的,而是主道先生的。但他们两个身形相近,就算认错了也不奇怪。凶手后来趁机将手脚拿去了神秘之境,又或许,在我们去确认主道先生尸体的时候,位于铁栅栏另一侧的双腿就已经被拿走了。毕竟我们只触碰检查过这边的手臂。"

"等等！那个……手脚不是编河先生的……那手表呢？还有时间呢？编河先生被杀害的时间和四肢被找到的时间几乎是同时对吧？如果那手臂不是编河先生的，死亡时间又是怎么回事？"常察困惑地说。

"我知道了！佐义雨小姐谎报了编河先生的死亡时间！正因如此，找到四肢的时间才和编河先生的死亡时间对上了！"

"我不会做那种事的。"

听了卖野的话，佐义雨有些意外地回答。被人指责说了谎，可能让她有些受伤。至今为止，她此时的神态最像人类。

"我认为，佐义雨小姐的话是可信的。那个系统也没有出错。"

真上看着佐义雨说，她的表情并没有变化。

"就算不在场也没关系，只要把人杀了就行了。比如，制作某种定时杀人装置，两边的问题就都解决了。"

"装置？怎么弄？"

"溺死。把编河先生叫出来后打晕，关进类似水槽的地方。然后往里面注水，等时间一到，人就会溺死。死亡时间是一致的，我们就会认为那就是编河先生的尸体。找到被砍下来的四肢的时机，就是配合了这一点。"

"这也许的确可行……但哪里有那样的水槽啊？倒是有个长二十五米的四泳道大型泳池。可要等它的水位涨到一定程度要经过相当长的时间，况且那里那么显眼，很难蓄水溺死人吧。而且，泳池的底部都已经裂开了，还长了很多植物。"

"那么，是在仓库里悄悄溺死了吗？"常察惊恐地问。

然而，真上却缓缓摇了摇头。

"虽然也不是不可能,不过,有更容易的方法。"

真上说着,拿出了那个地方的平面图。

"在镜宫里。在那个迷宫里不是有被拉门隔开的小房间吗?小房间里有通气用的小窗户。把那个窗户打开,连上水管往里注水,尽头的小房间就能代替水槽把人溺死。"

镜宫里的拉门和拉门轨道紧紧贴合。刚看到时,真上心里就感慨过:这里不会漏水啊,没想到真的不漏水。就算会漏一点水出去,只要蓄水的速度更快就没问题了。

"如果死得太快也不行。凶手估计是把编河先生绑在了椅子之类的地方,然后就这么放在了小屋里。这样一来,就能把死亡时间定在注水后约二十分钟。"

设置好机关后,就知道编河大概的死亡时间了。在此期间,只要想办法诱导真上等人去神秘之境就可以了。哪怕只带去一个人也没关系,只要能证明凶手没有在神秘之境分尸的时间就好。

"不过,往镜宫的房间里注水……"

"在泳池旁边有那种很长的水管对吧?长约五十米,洒水用的。泳池和镜宫离得并不远。"

"但是……从小窗注水时,万一水管被移开,又或者从窗户那里被拿了出去怎么办?"

"为了避免这种事情发生,凶手应该固定了水管。在镜宫旁边有之前说过的推车型便利店对吧?水管应该是从推车中穿过去的。就像牵牛花的藤蔓一样,只要把它缠在推车的柱子上,就不会掉出去了。

"这也能说明凶手为什么要把加尼兔的头放在镜宫上面。重点并不是凶手想把头放在镜宫的屋顶上,而是因为凶手想把推车放在镜宫旁边。如果只有推车被放在镜宫旁边的话会奇怪,但如果把加尼兔的头放在屋顶上，人们就会把关注的重点放在加尼兔的头上了。我完全掉进了这个陷阱。"

头被放在那种地方，真上便下意识地从加尼兔的头部出发思考这么做的理由。头部的谜不会被解开，也没人会特意去把推车推回原来的位置。结果，直到派上用场为止，推车一直被放在那里。

"这样一想，在镜宫杀人的确也更容易呀。"蓝乡用很佩服的语气说。

"但是，我之所以觉得镜宫被用于杀害编河先生，还有其他理由。"

"难道，是因为鹅走的事？"

常察说完，真上深深地点了点头。

"是的。准确地说，是为什么凶手一定要烧了镜宫。因为凶手不得不阻止我们进去。制造火种很简单，只要插上一根包裹着油纸的蜡烛，然后再把两三个塑料桶分别放置在镜宫各处就完成了。塑料桶的外壳溶解后，就会给大火自动添加燃料，甚至还引起了爆炸。我不知道普通的建筑物会变成什么样，但镜宫里有大量的镜子，贸然进入很有可能会受伤。事实上，火灾发生后，我们也的确没再进过镜宫。那里面恐怕还藏着编河先生的尸体。"

也许，被水浸过的编河先生的尸体在大火中完整地保留了下来，甚至他四周的镜子还没来得及破裂。

不过，镜宫实在过于狼藉，就连真上也没再踏足。在那里面找出编河的尸体并不容易。

"凶手无论如何都不愿意我们再进镜宫。处理掉加尼兔的玩偶装，也是因为只要穿着玩偶装就能进到镜宫里面了。"

所以，凶手才特意烧了仓库里的玩偶装。

"而且,引起火灾也便于回收水管。只要说是为了灭火,就能把缠绕在推车上的水管取下来、拿过去。然而实际上,推车因为镜宫过大的火势倒下了,水管的一头被切得很乱也是因为这个。推车坏了,凶手没办法顺利回收水管,只好强行把水管切断。"

仔细回想起来,水管没有任何残缺这事真上还是从蓝乡那里听说的。

"但是,鹈走是怎么被杀的?鹈走的尸体就在镜宫的入口附近对吧?如果不是他自己想死,怎么会死在那里?"

卖野提出质疑。

"是的。鹈走他只是去了镜宫而已。"

接下来的解释就很痛苦了。不过,事已至此,不得不说了。

"说起来,为什么主道先生的四肢被砍断了呢?"

"哎,刚刚已经说了,是为了做不在场证明……"

"常察小姐,在制造不在场证明时,还有一个要素是必要的,对吧?"

"还有一个要素?"

"如果不能将怀疑引向其他人,那制造了不在场证明也没用,那样就会变成不可能犯罪了。然而,鹈走的死对凶手来说是意料之外的。那么,凶手本来的目的到底是什么呢?"

"这上哪知道去?必须要砍掉手脚的原因就只有制造不在场证明这一个吧。"

"不是的。因为主道先生的手臂上有和'阿晴'十分相似的伤痕。我们看到那个伤痕后,在大厅做出了假说:'常察小姐以为是签付晴乃的、那个手臂上有伤痕的人,其实是编河。'凶手特地给主道先生的手臂戴上编河先生的手表,就是想让我们误以为那是编河先生的手臂。这个方法只能用在四肢上，躯干和头都不行。所以，凶手才让我们看到天平上的玩偶装，我们也理所应当地认为，尸体的躯干和头就在那里。"

刚到幻想乐园时，真上曾经想把幻想降落伞降下来，结果并没有办法。天平也是一样。把玩偶装放在一边，重物放在另一边，一旦天平上去，就没法再放下来了。想要弄下来，无论如何都要费一番功夫。

"本来，凶手的目的就只是让我们错认。通过使编河的死亡时间和手臂残肢的发现时间相统一，让我们发现编河的手臂上有伤。

"凶手做这些就是为了让我们以为编河就是'阿晴'，为此甚至不惜在镜宫溺死了编河，还一把火烧了镜宫。但是，凶手在这里出现了失误。因为鹈走闯进了镜宫，还被卷进了火灾里。"

"请等一下好吗？按照真上说的……镜宫里被洒了煤油对吧？鹈走进到镜宫里时，没发现有煤油的气味吗？"

卖野歪着脑袋提出问题。

"这个问题的答案，和鹈走的动机有关。鹈走也是反对报警的。也就是说，主道先生被杀的时候，鹈走的目的还没有达成。"

"鹈走的目的？"

"就是对编河先生复仇。"真上斩钉截铁地说。

"对编河先生的复仇？鹈走和编河先生有什么关系吗？"

"关系匪浅。之所以来这里，是因为他是天冲村出身的。"

真上想起鹈走愤愤地提起编河的样子。他提起的过去都和编河紧密相关。

"我一直觉得有哪里不太对。鹈走的举动会在特定的场合下变得奇怪。你们还记得吗？比方说，下安眠药的时候。鹈走不顾咖啡和可可的区别，往可可里加了砂糖。还有，涉岛女士做浓菜汤的时候也一样，大厅里分明充满了番茄的味道，却只有鹈走不知道涉岛女士在做什么。就算再缺乏料理常识，浓菜汤和咖喱的差别总还是能分得清的。从这些细节，我们可以发现，鹈走有嗅觉障碍。"

对这番话，常察敏锐地做出了反应，应该是想起符合这一条件的人了吧。

真上点了点头，继续说："在编河先生的报道中，曾提到因为天冲村人祸而罹患后遗症的孩子。那件事被曝光于世后，天冲村遭到了外界的批判，被认为是落后的、错误的。而这个孩子就是他，可以说，鹈走是促使幻想乐园计划加速的重要原因。最终，他也早早搬离了天冲村。"

真上想起了常察的话。曾有一位夏目先生想要引入化学肥料，而他家的孩子也曾被利用。那个孩子应该不是鹈走，而是夏目淳也吧。

夏目曾因为化学肥料的事情而遭到全村的白眼。夏目淳也后来出现在编河的报道中，被认为是对反对派的直接攻击。

"但是，如果鹈走的嗅觉障碍是天生的，和那场大型流感无关呢？如果鹈走的父亲并不是幻想乐园的赞成派呢？鹈走一家都被煽动对立的编河给利用了。"

那之后又发生了什么，已经无法追问了。

"鹈走虎视眈眈地寻找向编河先生复仇的机会，但却发生了主道先生被杀的事件，他很有可能在目的达成之前就要离开幻想乐园了。所以，他才在那个时候强烈反对报警，并且计划在警察来之前杀死编河先生。"

"那他为什么要去镜宫呢？"

一直沉默的涉岛突然插嘴。

"鹈走在编河先生身上安装了窃听器。虽然不知道具体时间，但鹈走发现编河先生被人袭击，还被带去了镜宫，所以去看看情况。"

"你怎么知道有窃听器？鹈走告诉你的？"

"不是，但除此之外没有其他可能。鹈走知道编河先生戴的手表有照明功能。而他实际上应该并没有见过编河先生使用这个功能，因为他并没有机会和编河在黑暗的环境中有所接触。不过，这个手表的功能我们也知道。我们是在办公室后面听到的。"

"在办公室后面听到的？"

涉岛微微皱起眉头，应该是想起了那时和编河的谈话吧。

"是的。你可能没发现，办公室的窗户已经破了。在后面的仓库能听到从那里传出来的对话。当时鹈走并不在场，如果他没有藏在办公室里，那就是放了窃听器吧。

"就这样，鹈走通过窃听器得知编河会在晚上十点外出和部下接触。于是，他预估了编河先生回别墅的时间，计划发起袭击。

"然而，编河先生并没有回去。不仅如此，还发出好像被谁袭击了的声音。鹈走听到有人踩到镜宫入口的碎镜子发出的声音后又听到了水声，然后，他发现自己安装的窃听器失灵了。于是，鹈走意识到，编河先生可能是在镜宫里被溺死了。

"闻不到煤油味的他拿起放在别墅里的提灯，进入了镜宫。这也是起火的原因……大火的爆发或许比凶手预想的还要早，这也是鹈走造成的。"

"那，那封遗书呢？"

"那不是遗书，多半是下一封威胁信。在饮水机后面贴了威胁信的恐怕就是鹈走。从双面胶可以看出，贴威胁信的人是右撇子。右撇子有涉岛女士、卖野女士、成家先生，还有常察小姐和鹈走，他就在嫌疑人范围内。鹈走打算在第一封威胁信后，再让大家看到这第二封。

"但是，我给贴了威胁信的人施加了奇怪的压力，导致鹈走没敢再贴第二张。但因为鹈走留下了这封信，导致我们对他产生了多余的怀疑。"

鹈走之所以在饮水机后面贴威胁信，是因为怀疑在这些人之中有人和他一样憎恨编河。他在对编河说话时，也在有意无意地试探着真上是否对编河怀有恨意。他早就意识到在座的众人各怀目的，故而试图在众人之中寻找有着相同目标的共犯。

"然而，这些都与凶手的意图不同。虽然主道先生和编河先生都是凶手的目标，但凶手并不打算和鹈走合作，更不打算和别人分享自己的意图。但是，凶手知道鹈走意外死在了镜宫里，并在事后利用了这一点。只要把罪责嫁祸给鹈走，就能为自己争取时间。"

"是警察抵达之前的时间吗？"成家平静地问。

然而，真上却缓缓摇了摇头。

"是杀死涉岛女士的时间。"

涉岛的喉咙里发出一声低吟。不知道是因为恐惧，还是在赞许真上能查到这里。

"凶手的复仇对象是杀了中铺御津花小姐的主道先生、在报道中利用了她的编河先生，以及过去的交涉人员兼主道先生的共犯涉岛女士。凶手的目的还没有达成。现在，这座废弃的游乐园是封闭的。如果凶手并不打算逃避罪责，只要寻机杀了涉岛女士就大功告成了。然而，在主道先生被杀后，涉岛女士意识到这是因为过去的事件而展开的复仇，她立即采取了对策。你知道是什么吗，蓝乡老师？"

"让大家发现她是下安眠药的人？"

蓝乡说完，真上重重地点了点头。

"正如之前所说，涉岛女士就是下安眠药的人。不过，她原本的目的是防止有人看到主道先生和凶手秘密见面。她没有必要避免自己喝到安眠药。涉岛女士之前也说过，她本就有些失眠。还是说她本来并不打算喝呢？不论如何，我们还是在垃圾箱里找到了不同花纹的砂糖袋子。明明没有必要非得让自己醒着。那份证据是涉岛女士自己准备的伪证。

"仔细想想，我应该早点注意到的。我明明很确定砂糖袋子都是没有图案的。

"但是，涉岛女士因为那份物证受到了佐义雨小姐的监视，不再是一个人了。"

就这样，涉岛确保了自己的安全。

察觉到自己有生命危险后，她既没有报警，也没有告发那天晚上和主道先生见面的人，是因为她隐约察觉到编河从综合办公室拿到了传单。在处理好和编河的事情之前，她拒绝外部介入。此外，虽然可能性很低，但也无法排除这种可能性：涉岛不确定编河是否喝下了安眠药，他也有可能杀死主道。

就在涉岛把自己关起来的这段时间，她的心头大患编河死了。对涉岛而言，这是事态理想的进展。而且，真上就住在涉岛旁边，就算凶手想要袭击她，真上也能保护她。就这样，真上开始解决事件，凶手已经没有杀死涉岛的机会了。

"显然，凶手只有一个。因为只有犯下了第一起杀人罪行的凶手，才有必要在第二、第三起杀人事件中设置那样的机关。那么，凶手是谁呢？

"首先，在第一起事件中，凶手是不知道我睡在外面的人，即卖野女士、主道先生、涉岛女士以及成家先生，但光凭这些还不能锁定凶手。

"而后，在第二起事件中，被放在神秘之境的右手臂上明明戴着有照明功能的手表，却还是在附近放了手电筒。也就是说，凶手是不知道编河先生的手表带有照明功能的人，即佐义雨小姐、卖野女士和成家先生。

"其中，佐义雨小姐知道我睡在外面，所以排除。另一方面，卖野女士的身形太过娇小，穿不了加尼兔的玩偶装。也就是说，剩下的——"

真上直截了当地说了下去。

"凶手就是你，成家先生。不过，这样猜凶手意义不大。我们不妨问问涉岛女士。第一天夜里，和主道先生见面的是成家先生吧？如果这件事被人知道，那就意味着你们被成家先生威胁的罪行也会暴露，所以你才保持沉默不是吗？现在，你的罪行已然暴露，请回答问题。"

"嗯，是的……把主道先生叫出去的就是他。我没有指认凶手的理由也正如你所说。事态如此发展对我而言的确有利，我也承认。"

涉岛的语气就像是在给真上打分。

而另一边的成家则平静地看着真上。

"唉，果然很厉害啊，真上……你的洞察力很卓越，我没想到你能查到这种程度。"

"你不反驳吗？"

"基本上没有什么可反驳的。我是凶手也好，我想杀死涉岛女士也好，全都说对了。不过，也有一些地方有出入。杀死主道，完全是一时鬼迷心窍。勒死那个男人的时候我才偶然发现他手臂上那条曲折的伤痕。在看到那道伤疤的瞬间，我才想到要砍断他的四肢。计划接下来杀死编河，是因为他和主道身形相近，身体的年龄也差不多。顺利的话，也许能让人误以为他就是'阿晴'。所以，穿着加尼兔的玩偶装走路是在杀死他之后，搬运玩偶装最高效的方式就是自己穿着走。"

成家也就是这时被真上目击到了。移动加尼兔的玩偶装发生在主道被杀之后。

"编河在各个方面都很适合担任这个角色。他经常出入天冲村，年幼的常察小姐也常能看到他。重要的是要让人以为常察小姐的记忆出现了错误。当年在幻想乐园牵起她的手救她，也是一时冲动。编河用他的笔毁了一个村子，但凡他想要清算这笔罪孽——但凡他还有作为一个人该有的罪恶感，他就会理解这一切的。"

"我不明白，为什么成家先生要杀了主道先生和编河先生呢？还有，想要让我误以为编河先生就是'阿晴'的动机，我也不能理解。就算这么做，也没有任何意义不是吗！"常察强行打断道。与其说她陷入了混乱，不如说她是想阻止事态继续发展。

真上还没来得及开口，只听成家说："意义，还是有的。"

"哪里有……"

"小凛奈。你对幻想乐园持枪随机杀人事件和签付晴乃都太过执着了。为了查明那起事件，你甚至当了警察……你明明没有必要选择这样的人生。只要那起事件不结束，你的人生就不会有其他选择。"

"你怎么会这么了解……"话说到一半，常察露出惊讶的表情，颤抖着继续说，"真上先生。这个人，到底是谁？"

之所以把这个问题抛给真上，大概是因为她也很害怕接近答案吧。明明曾经那么渴望真相。然而，真上并没有给她想要的答案，而是看向了成家。

半晌，成家说："小凛奈，你还想开蛋糕店吗？"

"我从来没有做过蛋糕，一次也没有。"

"所以说啊……"

成家笑着。这就是他全部的动机。

"常察小姐，他就是你一直在找的'阿晴'。之前的疑问，现在可以解答了。因为他就是'阿晴'，他参加这次活动的目的就是为中铺御津花小姐受到的不公对待复仇。"

"但是，等一下……如果成家先生是手臂上有伤的'阿晴'……他明明不是签付晴乃啊，但却被叫成'阿晴'？在院子里对我说'你就说是晴乃说你可以进来的，我来负责'的……"

"一词一句都记得很清楚啊。"成家有些怀念地说。

"就因为常察小姐一词一句都记得很清楚，所以我才能想明白。'你就说是晴乃说你可以进来的，我来负责。'可以认为说这句话的人是签付晴乃。可是，这句话的意思还可以理解为：如果有谁来指责你，只要撒谎说是晴乃让你进来的就好了。如果这个谎言被晴乃本人发现了，我来负责解决。"

这是语言的诡计。别说是小孩子了，就算是大人也会误会吧。

真上继续说："我们假设'阿晴'（Haru）和晴乃（Haruno）是不同的两个人吧。区分称呼的意义是什么呢？在思考这个问题时，我们不难想到，他们俩有可能是同名，也有可能是名字的单字读音相同。不管是哪种，都有引发误会的可能……恐怕，成家先生的姓氏是……"

"我父亲姓榛野（Haruno）①。我父母很早就离婚了，我随母亲改姓成家。"成家低声说。

"天冲村的'晴乃'（Haruno）太过有名，我就被叫成'阿榛'（Haru）了。虽然和小凛奈一起玩的时候我已经和晴乃疏远了，不过我们小的时候还是经常一起玩的。"

"怎么会……就算、就算是这样我也不能接受！成家先生如果是'阿晴＼阿榛'（Haru），为什么要做这种事！只要告诉我不就行了！是怕我知道你是凶手吗？就因为这个，才想让我以为你已经被杀了吗？"

"小凛奈……那是……"

没人知道成家的表情是什么意思。真上也不知道接下来该说什么好了。分明是为了演好接下来的"解决篇"才做这些的。

就在这时，蓝乡突然开口了："不是，凶手是成家先生以及成家先生就是常察小姐一直在找的那个人，我都能理解。不过，还有事情没解决吧？结果，砍断四肢的首要目的是：为了让人以为编河就是签付晴乃，所以才故意让我们看见有伤疤的手臂？"

"是的。这是为了让常察小姐以为编河就是签付晴乃。"

"但是，这说不通呀。警察来了之后，只要稍微检查一下神秘之境里的手臂和穿着玩偶装的主道先生的尸体，就能立刻知道那只手臂不是编河的了吧？迟早会暴露的伪装有什么意义呢？"

正如蓝乡所说。这一系列的伪装，都是只有在幻想乐园里才能实现的。只要这座废弃的游乐园重新敞开大门，一切伪装都将化为乌有，如同醒来的梦。凶手努力至此却没有任何意义。

---

①日语中，"榛野"和"晴乃"都读作"ハルノ"，即haruno。"晴"和"榛"都可以读成"ハル"，即haru。也就是说，常察一直以为的"阿晴"，其实是"阿榛"，两个名字在日语中读音相同。

在想到这一点时,一切疑惑都解开了。

成家根本不打算让这座幻想乐园再次对外开放。

"我装成一副侦探的样子来解决这些事件,就是为了说服你。成家先生,你可不可以打消炸毁幻想乐园的念头?"

2

听到真上如此认真地说出这句话，成家笑了，样子有些泄气。

"我还在想你要说些什么呢……"

"只要把幻想乐园整个炸毁，就没法检查尸体了。有关事件的一切也只能留在记忆中，就不再有机会解除常察小姐的误会，也能让她永远误会下去了。"

"是说仓库里残留的炸药吗？但那是为了防止山体滑坡发生才准备的，那个量应该不足以炸毁整个幻想乐园。"

"的确如此。不过，幻想乐园里还储藏着能替代炸药的东西。刚好就在舞台下方，现在说来，就是别墅下面。"

"怎么可能有那种东西！难道，我们就睡在炸弹上吗？不，不会的……在那么危险的炸药上建了幻想乐园？"

卖野全身开始剧烈地颤抖。可能是因为听了刚才的对话受到了打击，她用手捂着脸，拒绝接收更多信息。

"难道是天冲村的反对派为了破坏幻想乐园而准备的？如果发生了足以炸毁幻想乐园的爆炸事故，那幻想乐园毫无疑问会废园。这就是他们的目的吗？"常察惶惶不安地问。

准确地说，事实并非如此。

"这并不是天冲村的居民为了破坏幻想乐园而准备的。不过，从结果上来看，的确是为了引发那样的事态才埋在地里的。这才是引发幻想乐园持枪随机杀人事件的真正原因。"

"引发事件的……原因？签付晴乃不想让幻想乐园废园吗？"

"他的确想让幻想乐园废园。不过，理由不只是对幻想乐园的憎恨，不是吗？"真上特意看着成家说。

然而，成家并没有回应他，而是回望着他。

成家不会爽快地回答了，真上想着，浅浅地叹了口气，继续说道：

"为了使幻想乐园废园，引发持枪杀人事件。这是一个很庞大的计划。因为心中的遗恨，签付晴乃亲手解决了三个人。此后，天冲村的村民们隐瞒了自己的出身，村子的痕迹一点都不剩了。更何况引发事件的凶手本人也结束了生命。冒着这么大的风险，凶手为什么非要犯下那起事件不可呢？"

"他对幻想乐园的恨意太过强烈了啊……事情总算是要解决了。签付家自古就是天冲村的名门望族，他有着比别人更加强烈的执着也不奇怪呀。"蓝乡答话说。

然而，真上却摇了摇头。

"在常察小姐的证言中，签付晴乃和中铺御津花小姐关系很好。不论家里是什么态度，签付晴乃都在一定程度上认可中铺御津花小姐。不，正因为他了解中铺小姐想要支持幻想度假山庄计划的想法，才不得不这么做的。"

"什么意思？"

"让鹈走家，准确地说，是让夏目家遭到全村白眼的事件，就是那次村里的大规模农业改革。夏目淳也的父亲想要引入新的化学肥料，遭到制造草木灰肥料的槙田家的反对，最后，化学肥料都被储藏在地下室里。同样想要引入但最后却遭到雪藏的东西，天冲村里还有很多。"

"是的……很少有什么东西真正被引入村子。这怎么了？"常察惴惴不安地问。

"夏目家大量储藏、弃置的东西就是问题所在。当时夏目家想要引入的是由硝酸铵和硫酸铵混合而成的硫硝酸铵复合肥料。这是一种非常出色的肥料，但如果不能适当保存和应用，就有可能引发重大的爆炸事故。"

"怎么会！肥料居然会爆炸，我从来没有听说过！"卖野高声喊道。

真上冷静地继续说："就算卖野女士没听说过，类似的事故案例却有很多。比如，法国图卢兹的肥料工厂爆炸事故，就是一起瞬间将一片区域夷为废墟的大型爆炸事故。也就是说，贮藏起来的硝酸铵以及以硝酸铵为原料制造的肥料，都有可能造成事故。不过，不管是让肥料大量堆积的地方受到足以引发爆破的冲击，还是因为发生火灾从而引发爆炸，究其原因，都是管理不善造成的。"

"所有的废墟，都有它成为废墟的理由。"

蓝乡低声呢喃了一句，这和真上刚进幻想乐园时说的话很像。不用说，废墟并不是为了成为废墟才存在于世的。与其把这些地方称之为废墟，不如说它们更像火山口，真上很想多看看这些地方。

"你说的这些，我本来并不知道。如果那些东西确实有瞬间把一片区域夷为平地的威力，幻想乐园想必也无法承受吧。"成家平静地说。

卖野因为惧怕，喉咙里发出颤抖的悲鸣声。

"是啊。如果成家先生你，在别墅的房间里准备了少量的炸药，也许就能引发连锁爆炸。即便从现在开始逃命，我们所有人也难逃一死。"

"这个话题太过危险,不适合游乐园。"

"是的,危险。签付晴乃也知道埋在幻想乐园底下的东西有多危险。因为,听了槙田先生的请求,把肥料埋在这座刑场的,就是签付家。"

"我不认为签付晴乃知道肥料可以变成炸药。就算他知道,这也不足以成为制造那起事件的动机。"

"我认为,这是时机问题。刚刚提到的图卢兹大爆炸发生在二〇〇一年九月二十一日。幻想乐园的试营业日是二〇〇一年十月九日。图卢兹的爆炸导致一千多人受伤。而这篇报道,就刊登在编河担任编辑的《周刊文夏》上,签付晴乃应该有机会看到。这篇新闻让他大为震惊。而这份隐患,一直就埋在鹈走家的地底下。"

不过,那个时候已经晚了。天冲村曾经的建筑全都被拆除了,土地上也覆盖了一层薄薄的混凝土。在那上面,放着各种各样的娱乐设施。珍德玛股份有限公司急于让幻想乐园正式营业,所有的准备工作都在紧张地进行。即将问世的度假山庄计划已经无法阻止了。

"于是,签付晴乃使出浑身解数想要调查硝酸铵的情况。当然,像这种方便又重要的肥料必须好好保管,但由于爆炸事故依旧发生频繁,现阶段已经停止使用了。在精心保管的管理者手中尚且如此危险,埋在地下显然是很不恰当的处置方式,没人知道会发生什么。

"如果想要防止意外事故,只要阻止幻想乐园开业,翻检地下就可以了。但是,这样一来会怎么样呢,涉岛女士?用如此强硬的手段推行的幻想度假山庄计划,一旦在试营业之后突然中止，会变成什么样呢？"

"很难回答。一切都会乱套吧。不过，如果继续这样营业下去，万一发生了爆炸事故，那一切就都无法挽回了。"

时至今日，涉岛依然是一副幻想乐园经营者的姿态。

"是的，事态很严重。这种情况必须有人来负责。从珍德玛公司一方来看，这是天冲村的疏忽吧。不管怎么说，是天冲村把危险品贮藏在地下，却没有告知其他人。而在这种情况下，代表村子的交涉人员——中铺御津花小姐就成了众矢之的。签付晴乃这样想到。"

中铺御津花的立场很微妙，她既不属于天冲村一方，也不属于幻想度假山庄那一方。正因如此，她才适合当替罪羊。在不知何时会发生的重大事故面前，中铺御津花会被当成没能规避风险的罪人。村子这边会主张说，已经把应该告诉的都告诉她了。强行推进的计划不知何时就会被推到她的肩膀上，只是稍微想象一下，就足够让人透不过气了。

幻想乐园必须废园，而其中真正的理由必须要封印起来，绝不能被人发现。

"当然，这其中也掺杂了因天冲村被夺走而对幻想乐园产生的恨意吧。持枪随机杀人既是复仇，也是拯救中铺御津花小姐的手段。无论如何，幻想乐园都必须废园。"

然后，他做到了。

以签付晴乃和众多其他牺牲者的生命为代价。

谁也不知道事件背后的真实情况。不管怎么说，摩天轮、吊舱和猎枪，再加上他卓越的射击技术，仅凭这些就足以拍出一部完整的电视剧！没有必要去探究这个故事更深层次的真相，签付晴乃和"阿晴"（Haru）想要隐瞒的一切，都已经被埋在那层薄薄的混凝土下面了。

成家对这一罪行视而不见的理由也是如此。他是签付晴乃的共犯。他恨把中铺御津花推向绝路的幻想乐园，恨早已经分崩离析的幻想度假山庄，也恨从未对外开放、封锁了太多人人生的天冲村，而他想要拯救的，从来都只有中铺御津花一个人。

但作为代价，他想要保住的这唯一一个人，还是被夺走了。

"就这样，二十年后，你回到了这里。你本来没想过要点燃埋藏在地底的硝酸铵。如果不是这种情况，很难想象有人会主动引发重大事故。但是，想要达成目的，就不得不葬送幻想乐园。这样也不会有人去检查那些断肢了。"真上紧紧地盯着成家说。

"这些都是你的想象。"

"是想象，也只能是想象。不过，既然你的伪装只要有外人进入幻想乐园就会幻灭，那你一定也准备了阻止他人进来的方法。如果不是硝酸铵，也可以是其他东西。今年，天继山上空将有流星划过，这一带的知名度会更高了。"

"如果发生爆炸，我也会死吧。不只是我，被这场闹剧欺骗的小凛奈也会。"

"就是为了避免这一点，你才想让我和常察小姐先离开幻想乐园，不是吗？你对我们说过，还是快点和当地警察会合比较好。常察小姐差点就听从了你的提议，但我还是把她留了下来。也许这是我的失误。"

那时的成家表现得若无其事，但心里已经决意赴死了吧。他已经为常察做到了这个份上，就必须让她活着离开幻想乐园。

"你本来觉得，自己死了也没关系吧？所以你才没有告诉常察你就是她在找的'阿晴'。如果让常察小姐知道，为了给中铺御津花小姐报仇，杀了主道、编河和鹈走的人就是'阿晴'，她的人生只会变得更加沉重吧。只要让她觉得,你只是不小心卷进幻想乐园爆炸事故的无辜被害者之一就好。"

"等一下……这是,我原本也会死的意思吗?!难以置信!我明明什么都没……什么都没做!"

终于理解了事态的卖野再次发出悲鸣。

"不是原本会死,而是现在说不定也会死。刚刚也说过了,想要杀死涉岛女士着实有些困难,成家先生为了达成目的,只有让大家一起去死这一个选择。就算成家先生对常察小姐的维护之意足够执着,现在,他就是'阿晴'的事实也已经暴露了。索性,不如让故事就在这里落幕。"

"那,成家先生……"

常察看着成家,表情复杂。然而,成家的表情却始终没变。谁也不知道真上有没有成功劝服他。

"我本来没打算玩这种侦探游戏。不过,如果你拿着什么远程引爆设施,那就不太好了。如果常察小姐此时已经离开了幻想乐园,这里恐怕早就被夷为平地了吧。我不得不把别人牵连进来,也是因此才执意要在这里说出全部真相。"

不过,即便揭开事件的真相,也不见得能阻止成家自暴自弃引发爆炸。真上背后冷汗直流。说不定自己做了什么多余的事,就连只有常察得救的可能性也无法实现了。

"那么,交换一下条件怎么样?"

"交换条件?"

"只把涉岛留在园内就好,其他人离开。我和她一起死在这里。怎么样?"

一阵不合时宜的沉默。涉岛本人什么也没有说,常察也没有提出异议。本以为卖野会说些什么,但她一句话也没说。众人把决定权交给了真上一人。这也是最理想的形式。

过了一会儿，真上说出了答案。

"我拒绝。"

"为什么？不管涉岛惠做过些什么，人命都是同等可贵的吗？"

"因为我喜欢这座废弃的游乐园。"

真上直抒己见。

"我喜欢这座历经二十年时光的游乐园。如果这里消失了，我会很难过。毕竟，我真的很喜欢废墟，不愿这里化为灰烬。"

真上不愿看到幻想乐园被人破坏，就连人命也只能排在它后面，所以他才会这么拼命。

而另一边，成家的回答很简短。

"这样啊，那就没办法了。"

"没办法了？这是什么意思？要是我打扰两位了，那真不好意思。"

"本来也没有什么远程爆破的方法。只能是我去。不过，已经无所谓了。的确，要是这个地方没有了，会有些可惜。"成家抬头望着摩天轮，平静地说，"最开始，我只想着复仇。我败给了诱惑，想着或许能重写过去，于是采取了这个相当迂回的方法。即便是现在，我也很想杀了你。可是，已经做不到了。"

在他说"想杀了你"时，视线转向了涉岛。

"我的房间里安装了爆破装置，密码是'0587'。我已经回不去别墅了。房间里没有陷阱，想麻烦你帮我拆掉。虽说是爆破装置，但并不是什么大物件。只是安装在了那里，也许就算放着不管也无所谓，但还是想拜托你帮忙确认一下。"

"那我们一起去吧，真上。"

说话的是蓝乡。

"等一下！我也要去别墅附近！我虽然理解成家先生的……成家先生的动机，但是我、那个……"卖野慌里慌张。她应该只是不想和成家待在一起吧，所以想尽可能和真上他们一起行动。

"那干脆佐义雨小姐和涉岛女士也一起去吧。成家先生就交给常察小姐来负责了。"

"交给我吧。"

常察的语气很严肃，声音却如同年幼的少女。

"这里就交给我了。你们去吧。"

这之后，常察和成家聊了些什么呢？他们最后的谈话内容，真上无从得知。难以想象，在废弃的游乐园里，两人最后说了些什么。

成家的房间里除了炸药，还有装着煤油的塑料桶。真上抚摸着地板，不知地板下面的那些东西怎么样了。

*

离开天冲村后搬入的公寓里，总是散发着别人的气味。真正去外面生活后，才发现一切都与自己想象中的不同。和御津花不常见面，但每次见面她看起来都很憔悴，让我很担心。

离开天冲村的村民们有两种选择，一种是搬到珍德玛公司为他们准备的公寓里，另一种则是收取补偿金，自行搬到稍远的地方去住。如果选择后者，将分期两年领到与在天冲村的房子等价的补偿金。

然而，珍德玛公司实际上只支付了最多半年的钱。另需支付的补偿金,至今还在审查阶段原地踏步。要领补偿金,就必须证明自己真的是天冲村的村民,必须出示曾经在天冲村住过的证据。道理我都懂,但我还是不禁去想,到底什么才能证明我们曾经生活过呢?

天冲村已经消失得无影无踪,曾经住在那里的情景只存在于回忆之中,就像梦一样。

御津花并不看好现在的境况,要求珍德玛公司方立即支付全款,但谈判并不顺利。下个月,幻想乐园即将迎来开业,她好像因此很忙。再这样下去,御津花会主动提起诉讼吧。光是想象,就觉得到时她的负担会很重。

我什么也没做,一直待在房间里。既不想在新天地开始新的生活,也不想应聘新的工作。

然后,有一天,晴乃拿着《周刊文夏》来找我。

晴乃好像在天冲村旧址附近租房子和家人一起住,我们已经很久没见了。我没想过,作为反对派领导者持续进行抗议的他,竟然会主动来找我。

"怎么了?这么突然?"

"你看过这篇报道吗?"

一开始,我还以为他指的是有关幻想乐园建设的报道。那篇报道几乎没有提及天冲村,只是在写即将建成的度假山庄将成为多么完美的游玩去处。在村子里引起那么大骚动的事件,已经成了在报道和报道之间流失的过去。

然而,晴乃想让我看的,并不是那篇报道。

"法国的爆炸事故?规模好像很大啊。"

与其说这是一篇正经的报道,不如说只是渲染那起事故轰动性的粗劣文章。文章内容也像是把国外的报道粗糙地翻译过来的。不过，我对报道里出现的肥料的名字有些印象。

天冲村的地下室里有很多，地面上的建筑物被拆除后，它们就那么直接被填埋在地下了。那些让晴乃陷入慌乱、未曾使用的肥料——硝酸铵，就这么被埋在了幻想乐园底下。

它们会有爆炸的那一天吗？真的吗？

"这些是，夏目先生……当时争执的东西？"

"夏目先生的家在地图上是这一带，这是……舞台下面？有可能会发生同样的事故。"

那是怎样的隐患，发生相同事故的可能性又有多大，我们不知道。后来我们了解到，硝酸铵事故爆炸的诱因有很多，很难确定会由什么引发爆炸。正因如此，才应该立即联络有关部门进行处理。不管怎么说，就这样埋在地底并不妥当。

"我们得通知幻想乐园……还有珍德玛公司那边……"

"那会怎么样呢？推迟试营业日期？"

现在不是说这种话的时候，这句话梗在了喉咙深处。故意在这种不合时宜的时候说出这种话，是什么意思呢？一想到说这话的人有着怎样极端的想法，我就感到后背发凉。

"那些家伙应该会很生气吧。要想把危险品安全地挖出来处理掉，需要花费不少时间和精力。毕竟，只是工程日期稍微推迟了一点，他们就吵成那副德行。不知从何时起，这里的一切都能换算成钱了，只有我们的存在是可以被践踏的。这次的疏忽又会被算在谁的头上呢？"

御津花，脑海中自然而然地浮现出这个名字。

"那帮家伙早就厌烦御津花了。这些都会变成御津花的责任。一个没能发现危险物品的负责人，还有什么脸面和他们谈判。"

"不是御津花的错。"

"就算度假山庄计划成功了，也不会有人感激她；可如果失败了，就会变成是御津花的错。"

我们两个一动不动，就连呼吸的次数都数得过来，令人悲痛的沉默弥漫开来。

"只要幻想乐园废园不就行了。"

过了一会儿，晴乃才这么说。

"试营业那天，会有很多珍德玛公司的人来。要是在这种时候发生事件，就不会再有人来这座游乐园了吧。幻想度假山庄计划也会夭折。"

晴乃的眼睛阴沉无光。

"只是需要一个理由。一个让幻想乐园废园的理由。"

晴乃的射击技术非常可靠。他从不曾走火，不像我只会把枪口对准远处的猎物。一想到他会把枪口指向人类，我就浑身发冷。

那个时候，能阻止他的只有我。可我什么也没做。试营业那天，我照常招待天冲村曾经的村民。我作为镜宫的工作人员潜入其中，在园内找到了还没坐上摩天轮的晴乃，但我们什么也没说。他拿着一个长长的黑色箱子，和这座梦想之国实在是不搭调。可是没人在意，更没人料想到接下来会发生的事。

这时，戴着兔子发箍的小凛奈走了过去，看样子是迷路了，正不安地环视四周。

倒不是怀疑晴乃的技术。只是，我不想让她卷入到接下来要发生的事情中。只有这个孩子，我希望她能在最安全的地方。

所以，我叫住了她。

"这个发箍哪里弄来的呀？"

她转过头来，原本不安的眼睛里有了一丝安心。

终 章

1

成家在常察的陪同下,在幻想之门等待警察的到来。考虑到自身情况,其他人也一起等在大门附近。

站在银河海盗船旁边的,就只有佐义雨和真上。佐义雨望着熄灭的火把和没有帆的船。船很大,风也吹不动,星星之船无法驶向任何地方,只有已然锈蚀的骷髅随风摇曳。

是真上把她带过来的。

"真没想到,寻宝活动最后的玩家竟然是真上先生,一开始,数你最不感兴趣。"

"打从一开始就没人想过要认真寻宝不是吗?和其他人比起来,我可以说是最认真的了。"

所以,真上最后来这里对答案了。现在,他不是揭开事件"解决篇"的侦探,而是受邀前来幻想乐园的客人。

"那么,你找到宝藏了吗?宝藏到底是什么呢?"

"我把提示的那句'找回曾经正确的幻想乐园',理解成把幻想乐园恢复成和试营业时相同的状态。那天是这样的,移开幻想降落伞,给天体观测帐篷腾地方……是这样吗?"

"原来如此,真上先生是这么理解的。"

"不过,我不觉得只要单纯地移动娱乐设施的位置就可以了。为什么要再现试营业时幻想乐园的配置呢?解读十嶋庵的意图很重要。"

佐义雨默默地听真上讲述。

"十嶋庵想要的恐怕是复原那一天娱乐设施的位置，揭开那天那起事件的真相。只要恢复了试营业当天娱乐设施的配置，就不难发现和那起事件的矛盾之处。"

如此一来，就相当于掌握了同样作为参加者的主道和涉岛的弱点，而发现真相的人也许会像编河那样，想要威胁他们。

"这样一来，二十年前的事件也好，现在的事件也好，就都真相大白了。寻宝游戏的胜利者果然是真上先生。"

"准确地说，十嶋庵把真相本身视作宝藏。正如在云霄飞车前的那段对话，知道真相的人处于优势地位。"

听到真上这么说，佐义雨第一次露出了不可思议的表情。

"云霄飞车？我不记得和你在云霄飞车前说过这些。"

"这段对话，蓝乡老师也听到了吧？佐义雨小姐和蓝乡老师是会共享信息的关系。蓝乡老师就是十嶋庵吗？还是说，你才是十嶋庵，而蓝乡老师是你的传信鸽呢？"

"你为什么会这么觉得？"

"首先，是第一天。我只对蓝乡老师说过自己小时候摘枇杷的事，而你却知道我不会过敏。虽然两件事情并没有直接的关联，但很不可思议。"

"也有可能是蓝乡先生对我说过，不是吗？"

"你说过，你不喜欢闲聊。"

"也许是我一时打破了自己的习惯。"

佐义雨笑着，而真上却摇了摇头。

"不止如此。蓝乡老师本身就很奇怪。比方说，在大家决议要不要报警的时候，蓝乡老师的反应很不自然。我记得，当时我们因为担心寻宝活动会不会中止而纠结是否报警，可只有蓝乡老师一个人，是在以'因为山体滑坡没法报警'为前提讨论。而那时，佐义雨小姐还没有说过山体滑坡的事。"

"蓝乡先生说过那样的话吗？"

"他并没有直接说，但我在蓝乡老师的发言中感到一丝蹊跷。蓝乡老师是话说到一半，意识到参加者们是通过自己的判断决定不报警的。应该是佐义雨小姐事前告诉他了吧。因为那个时候，蓝乡老师一直在以其他主题为中心和大家讲话。"

本来，他们计划在众人决议报警后，由佐义雨提出山体滑坡的问题，这样就会被迫变成警察无法介入的封闭状态。

然而，和蓝乡的预想相反。执着于各自目的的客人们，自发地提出了暂不报警的决议。尽管眼前发生了杀人事件，众人却依然愿意幻想乐园成为一座山中的孤岛。所以，谈话在那里产生了些微的分歧。

"这样一想，那场山体滑坡也只可能是人为造成的了。只要使用挖掘用的炸药，就足以封锁道路。你们做到这种程度，究竟想在这座废园里做什么呢？"

"在欺负佐义雨小姐呀。"

真上一回头就看到了蓝乡。支撑银河海盗船的巨大台座上的栏杆已经生锈，蓝乡正靠在那里。栏杆发出吱吱呀呀的声音，仿佛下一秒就要折断掉下来。真上抬头，看着露出可疑笑容的蓝乡。

"真厉害呀，真上。真是名侦探呀。"

"顺带一提，我还有其他怀疑你的理由。在办公室，我把手弄脏了的时候，没人想到去拧水龙头，但蓝乡老师立刻让我去用附近的自来水。虽然说过别墅的自来水是可以使用的，但其他地方的并没有人说过啊。"

"看得真仔细呀。"

"你大概也不是时任老师吧,除非十嶋集团的首脑还兼职小说家。"

"很有趣的设定呀。要比写废墟侦探的蒙面作家有趣。"

"对真正的时任老师很失礼哦。"

真上半开玩笑地说。怎么说他也是废墟侦探系列的读者。

"也就是说,你果真是十嶋庵?"

"他两边都不是。"

说话的不是蓝乡,而是佐义雨。

"看过各种各样废墟的你应该明白吧?重要的不是建筑物本身,而是里面的一切是否还活着。比如这次的幻想乐园,我不觉得它是一座废墟。里面的人们还在活跃地思考与交流,把它称之为废墟很不恰当。"

听这说话方式简直就是蓝乡,但说话的却是佐义雨。

"也就是说,你们两个分别是谁这并不重要,重要的是你们都是十嶋庵?"

"观察力很不错呀。原本的十嶋庵已经四十多岁啦。"蓝乡说。

"说起来,报上时任古美这个名字的时候,我是很后悔的。我直到来这里之前才知道,这个作家是关西出身的。"佐义雨说。

两个人发出相同的笑声,让真上有些眼晕。不过,在深入了解他们的情况之前,真上还有话想说。

"所以,问题的答案是什么?打开幻想乐园,把那些人聚集起来究竟会发生什么,你们心里应该有数吧?"

"所有的东西都会腐朽,废墟自有变成废墟的理由。"这时,蓝乡的语气突然变了,"真上也说过类似的话吧。我也是这么想的。所有的东西都会腐朽,没有什么是不变的,而在变化之中,这个社会运转的基本前提是：人类的感情是持久不变的。"

"是这样吗？"

"是啊。身边的人明天也不会伤害自己，如果不相信以此为前提彼此坚守的社会秩序，社会也就无法存续。"

蓝乡的话很极端，真上无法认同。

然而，幻想度假山庄计划仅仅因为一个人实施的罪行，便就此崩溃了。

"在这里，不变的心究竟是什么，我一直在想。成家先生虽然一直是单身，但也过得简单而幸福。涉岛女士和主道先生就更不用说了。而另一方面，常察小姐到现在还在追寻事件的真相，并为此献上了自己的人生。"

"我想观察一下，把这些困在过去里的人聚在一起，究竟会发生什么？"

真上突然想起常察提到过的小说，那个召集杀人犯举办派对的有钱人。

"过去究竟发生了什么，十嶋先生全都知道啊。"

"我们有二十年的时间进行跟踪调查，很充裕。"佐义雨平静地说。

"流程上看似是你们对报名人员进行了严格的审查，从而选出能造访幻想乐园的客人，可实际上呢？至少，成家先生是被邀请的吧。为了达成你的目的，跟所有人都说过了？"

"卖野女士是主动应征的哦。还有，主道先生和涉岛女士不用我说，也表示想要参加。"

真上不免展开想象，其他人究竟是怀着怎样的心情来的，十嶋庵又用什么样的话语在众人心中埋下了复仇的种子呢——鹈走对编河，还有成家对另外三个人。对编河，肯定是以能够东山再起的世纪独家新闻做诱饵的吧。就这样，一切都进展得很顺利，事件发生了。

"我也有件事情很在意。"

"什么？"

"真上为什么突然就化身为侦探了？当然，因为有硝酸铵，必须要趁早说服成家先生才行。但是，这个拜托常察小姐也可以呀。不管怎么说，你担任侦探角色的时间点都很不自然。为什么突然这么着急解开谜题？"

这个很简单，真上说："因为我意识到，我也曾经住在天冲村。"

2

"我之所以能推理出签付晴乃和天冲村的事情，确实是因为有旁证。不过，也是由于我具备可以参考的知识。"

蓝乡和佐义雨都没有明显的反应，只是默默地等真上继续。

"在离开儿时住过的地方后，我和父亲两个人开始了流浪生活。我们再也没有回过故乡。我当时太小了，对自己住过的地方没有什么清晰的记忆。即便如此，我还是想起了一些事。"

"想起了一些事？不是说没有什么清晰的记忆嘛，这怎么说？"

"第一，我有在山里生活过的记忆。枇杷树畏寒，只能生长在温暖的地区。但我记得，我小时候曾经摘过枇杷吃。冬天也不会积雪的天继山，就很适合枇杷生长。"

"如果只是枇杷树，还有很多地方可以长吧？"

"我和常察的年纪差不多，应该也是在同一时期离开村子的吧。夏目的父亲，好像是和谁合作一起推进天冲村农业改革的。只不过，这位合作伙伴早早地离开了天冲村，再也没有回来过。后来就发生了硝酸铵事件。我和父亲开始流浪是在我三岁左右，刚好是二十四年前，时间也对得上。"

真上还记得自己家有地下室。虽然有些暗还有些可怕，可即便外面的天气很恶劣，只要待在地下室，就会有一种安心感。

"还有,编河先生写的报道。那个人的报道总是肆意捏造事实,写得很夸张,但并非全都是荒诞无稽的谎话。"

"的确有可取的地方。但报道里没提过真上吧?"

"有哦。我出现过。在天冲村人祸的报道中,提到了味觉和嗅觉异常的孩子。"

"那说的不是鹈走嘛?"

"鹈走的味觉没有异常,他只是没有嗅觉。编河先生的报道里说的是'嗅觉和味觉异常的孩子',而不是'嗅觉和味觉都异常的孩子'。"

"这,难道……"

佐义雨惊讶地皱起眉头。真上缓缓地点了点头。

"我没有味觉。不论吃什么,我都尝不出味道。天冲村有感觉障碍的孩子不止一个,我也是其中一人。编河先生来天冲村时,也许是听人提起过我。"

真上当时已经不住在天冲村了,把他也写进报道里有些不太准确。不过,显然编河并不在意这些。

"然后,这些都是我后来才想到的。如果我不是相关人员,十嶋庵也不会邀请我。其他所有人也都是当年的相关人员。既然所有人都是因为你出于观察的兴趣才被叫来的,那有毫不相关的局外人在,就显得很奇怪。"

真上原本以为自己是那个例外。然而,这种想法打消之后,他才发现自己也适用于这一法则。既然被请到这里,那么,自己也有可能是相关人员,关联性是可见的。

"而且,我也很熟悉地下室……我所推理出的那个村子也与现实相吻合。也许不能称之为推理,而是一种确认。"

寻宝进行到一半时真上就开始怀疑,自己以前是不是在这个地方生活过。正因如此，真上才开始为解决事件而奔走。在这里发生的事情也许和自己的出身有关，而二十年前发生的事件也与自己的存在有关。

"其他人好像没听说过真上这个人呀。"

"真上这个姓氏，来自于收养我的保护司工作人员真上虎嗣。如果用本名生活，怕会有不良影响。"

"我知道的。燕石之丘空中庭园事件。那是你和你父亲最后待在一起的地方。你一直在那里等你已经过世的父亲。可你等到最后，来的不是父亲，而是警察，于是你逃走了。你的父亲把你丢在那座废园里不管，当你知道他杀了人的时候，有什么想法？"

"连这件事都知道啊。"真上讽刺地说。

感觉很难和真上联系起来，这起事件的知名度并不输于——不，甚至要比幻想乐园持枪随机杀人事件更胜一筹。

"一对父子漫步在废墟之上，突然发生了杀人事件。之所以邀请你来，并不是因为你天冲村的出身。我主要是对那起事件很感兴趣。"

"我什么都不记得了。如果你想问那件事，怕是找错人了。"

"现在这个年代，想看事件概要，网上有不少。可当事人到底是什么样，不自己亲眼见一见可不知道。"

"现在大概知道了。"

佐义雨和蓝乡一句接一句地说。两人对视了片刻，佐义雨突然开口："寻宝的事情，怎么办？"

"怎么办是指？"

"本来我们就善解人意地想让各位客人达成目的，同时也期待有人能揭露真相。"蓝乡用怀念的语气说。

"为了让现在的幻想乐园变回曾经的幻想乐园,无论如何都要移动幻想降落伞。我们还期待着,根据寻宝仅有的提示到达这里的人能够享受这个过程。"

佐义雨说着,开始操作手机。

那一瞬间,地面传来猛烈的震动。

宛若一具巨型尸体的废弃游乐园仿佛突然猛吸了一口气,发出近似呻吟的吼声。就像强行启动了一座弃置已久的巨型机械,零件都一起响了起来。在真上看来,幻想乐园发出的声音如同濒死的嚎叫。

蓝乡背后的巨大船只开动了。时隔二十年,它已经无法再顺利启航。勉强残留在船体表面的油漆变成粉末四散开来。

动起来的不只是海盗船。头上的摩天轮也开始缓缓转动。二十年过去,吊舱依然很结实,不像是会轻易坠落的样子。园内亮起的灯饰最为瞩目,不过保存完好的并不多。如星星一般散落在四处的灯泡,只剩三成还能发光。那些光芒微弱、时而闪烁的灯光,在某种意义上恰如真正的星辰。

真上突然觉得,也许十嶋庵就是想让他们看到这幅场景。

为了解开此次事件的真相,必须明确幻想乐园的娱乐设施是可移动的。这样一来,为了能够证实猜想,也许会顺势给这里通上电——不是没有理由的、单纯的通电,而是为了验证推理的、有意义的通电。

也就是说,十嶋庵想要的只是一个借口。一个通向这个大结局的理想借口。

真上下意识地走向幻想旋转木马。那是常察最喜欢的娱乐设施,它也已经运转了起来。缓缓飞翔的马虽已锈迹斑斑,却依然高傲。随着旋转木马播出的音乐断断续续的,听起来就像是杂音。

就算通着电,废墟也还是废墟。

幻想乐园依然是死的。

真上感到佐义雨和蓝乡——十嶋庵来到了自己身后。真上头也没回,说:"我是这座幻想乐园的拥有者了啊。"

"是呀。"

"那么,请让这座幻想乐园继续作为废墟存续下去吧。今后、十年后、二十年后也一样……直到人们即使想给它通电,也通不了为止。"

就这样死去吧,真上想,直到谁也想不起来它。

天空灰蒙蒙的,好像快下雨了。

这场雨下过后,幻想乐园又要褪一层色了。

这会稍微治愈一点真上的内心。

3

一切都尘埃落定，真上也回归日常。也就是说，他回到了在便利店日夜忙碌的打工生活。

"真上，你还是分不清芝士棒、极品芝士棒和终极芝士棒的差别吗？"

"抱歉……不如说，变成三个后我就彻底放弃了。可以的话，炸过之后能放在不同的格子里嘛……"

"我不是分了三个部分放进去的嘛。从上面开始，依次是芝士棒、极品芝士棒、终极芝士棒。"

"反了。从上面开始，依次是终极芝士棒、极品芝士棒、芝士棒。"

店长不悦地皱起眉头，说"我有好好区分啊"。

这期间，店长也搞错过，而且还是在实际尝过之后搞错的，也就是说，这三种商品本身的差别就不大。说到底，都说了是"极品"了，为什么还会有升级版出现啊。

"你呀，一辈子都翻不了身。是男人就该拥有资产，开一家自己的便利店。"

"啊……这个应该还是没问题的。"

"哈？"

"我有几十亿吧。"

"哈啊？"

"前不久，转让的。"

真上说得一脸认真，店长的表情困惑起来。

"那你为什么还在这种便利店工作啊。很诡异啊，这是你的兴趣？"

"倒也不是因为兴趣……"

这一点还是要彻底否定的。要是因为兴趣才工作，怎么也要在更开心的便利店。店长也说是"这种便利店"了，自己居然还在这里工作，真上为自己感到悲哀。

话说回来，真上的资产幻想乐园，就算想卖也卖不掉，辞掉便利店的打工是不可能的。真上已经决定将那座幻想乐园就这么放置下去了。那里还是一座废弃的游乐园。

后来，十嶋集团调查了幻想乐园的地下，在别墅下面地下十二米处，发现了近一吨的硝酸铵。

就算用炸弹刺激，这个硝酸铵是否会爆炸也还是未知数。不过，要是继续就这么埋在地下，也不能保证它是稳定的、不会爆炸。一旦爆炸，那爆炸规模将会和类似的爆炸事故一样，只有这点是肯定的。

也就是说，签付晴乃和榛野友哉所担心的悲剧，也许并不是杞人忧天。幻想乐园应该中止营业。

面对混凝土被剥开、翻开地面的幻想乐园，真上只留了一句：把坑填上就行。那里的杂草肆意丛生，被翻过一次土的幻想乐园，以后一定会更加生机勃勃吧。

真上下次再去那里，一定是十年之后了吧。闭上眼睛，他依然能想起，废墟上有生命被点亮，娱乐设施发出濒死的哀鸣。遗憾的是，真上大概一辈子都忘不掉那时的事件了吧。

"喂，你在发什么呆呢，客人来了。"

"啊，是。欢迎光临！"

每次客人来的时候，店长总是躲在后厨，只能由真上来接待。后厨有那么多活儿要干吗？真上想。不过，真上并不想起争执，什么都没说。

走进来的是一位衣着高雅的老妇人。老妇人并不需要帮助，在店里转了一圈，拿了一本《周刊文夏》，放在了收银台。本周的《周刊文夏》是十嶋庵的特辑，这荒唐的报道说他是依附于灵媒行事的灵魂。报道还说：肉体不过是容器，十嶋庵存在的本质并不能用这种东西来概括。话说回来，废墟为什么能以那么快的速度老化呢？那是因为建筑物的灵魂已经消失了。十嶋庵之所以会被废墟吸引，是因为他想要通过爱这些躯壳来展示自己作为灵魂体的优越性。

读到这里，真上合上了杂志。《周刊文夏》已经在不知不觉间渐渐变成这种装神弄鬼、不知体面的杂志了。

"一共七百八十九元。"

真上正想接着问是否需要塑料袋，忽然被老妇人抓住了手。真上下意识地后退了一步。

"居然是这种反应，好受伤呀。"

分明是一位老妇人，但她发出的声音却十分熟悉。她看起来既像佐义雨，又像蓝乡，递给真上一个贴有金箔的银色信封。

"不要塑料袋，我用手拿着就好。"

拿出七百八十九元，放在托盘上，老妇人就这么走了。真上盯着银色信封看了一会儿，走向后厨。店长好像正用电脑玩着俄罗斯方块。

"店长，我可以休息一下吗？"

"啊？正忙着呢啊。"

"但是，我还剩两个小时就下班了，一直没休息呢。前段时间《劳动基准法》闹得正凶，我们还是好好遵守吧……"

真上说完，店长不情愿地点了点头。他关掉显示器，磨磨蹭蹭地回到了店里。

真上在附近找了个椅子坐下来，拆开信封，是一封字迹十分工整优美的信。

尊敬的真上永太郎先生：

前些日子，十分感谢您莅临幻想乐园。

托您的福，我度过了十分愉快的时光。

您作为天冲村的代表，十分出色地完成了侦探的工作。

正因如此，为表敬意，我特来解除一个误会。

您并不是天冲村的人。

真上儿时的故乡，不会是天冲村。

当然，这是跟踪调查的结论，不见得就是事实，您可以认为这是我的臆想，当作没听……没看过。但是，可以的话，我还是希望您能看完。

首先，是天冲村的枇杷树。

天冲村的确有枇杷，这和您摘枇杷吃的记忆并不冲突。然而，天冲村的果树都种在签付家的庭院里。正因如此，榛野友哉才会假装是签付晴乃，将常察小姐从院子里带出去。

您如果想反驳，应该会这样说吧：自己身手敏捷，是偷偷潜入庭院里的。但是，常察小姐曾经说过，自己把能够到的枇杷都摘了吃掉了。也就是说，吃掉枇杷树低处果子的人是她。枇杷树只有一两棵，你们无法在同一时期拥有同样的回忆。

那么，也许是时间不同。不过，即便时间错开，依然有可疑之处。

第二点就是，您觉得见过的那颗星星。天冲村的星星很有名，您的父亲应该也和您一起看过吧。只是，半人马座下面的十字架形状的星座虽然的确存在，但在天冲村却看不见。指引航行方向的启明星，只能在接近南半球的地方看见，在山间的村子里是看不到的。

综上所述，我推测您应该不是天冲村的村民。

经过调查，我还是没能找到您的故乡，我为此感到难过。不过，正因如此，您应该还会继续您的巡礼之旅，继续在废墟中感受乡愁吧。

我之所以邀请您，是因为您对废墟的执着与迷恋。

在经历过那场惨绝人寰的事件后，您开始沉迷于父亲曾引发事件的舞台——废墟。您在那次经历中得到的竟是无止境的巡礼之旅，对此我很感兴趣。没能和您说清楚，我很抱歉。

虽然不知道您的故乡在哪里，但我觉得这未尝不是一件值得高兴的事。至少，您的故乡不是一个被遗弃的地方。也就是说，您还有回到故乡的可能。

话说回来，像您这样没有故乡的人，为什么会如此渴求故乡呢，甚至不放过一点微乎其微的可能性。还有，您为什么只能在废弃的地方看到故乡的影子呢？也许，是您希望那个您回不去的地方已经毁灭了吧。

一不留神写了这么多，期待与您再会。

此致

敬祝

看完信，真上长长地叹了口气。侦探游戏不是玩得很得心应手嘛。让人着迷啊。以信件的形式被告知，连反驳的余地都没有。真上也没什么可反驳的。他并不是天冲村的村民。

虽然在那里进行推理的时候，真上强烈地认为自己也是那个村庄的一员，但那些都是真上的错觉。

是真上脑海中"想回家"的执念让他产生的幻觉。

虽然有些寂寞，但也有好的方面。

正如十嶋所说，自己今后也会继续彷徨游荡，继续对废弃之地怀有共鸣，继续追寻故乡。

在行之所处，会与十嶋庵再次相遇吗？

想到这里，一种很奇妙的感慨油然而生。

期待与你再会。真上听到十嶋庵用不属于任何人的声音说。对此，真上独自静静地点了点头。

参考资料

《废墟系列·幻想游乐园（游乐园·主题公园·游戏厅篇）》D.HIRO 著，mediaboy 二〇〇八年七月出版

《游乐园文化史》中藤保则著，自由现代社一九八四年十月出版

《关于法国图卢兹市肥料工厂爆炸》国际安全卫生中心(https://www.jniosh.johas.go.jp/icpro/jicosh-old/japanese/topics/disaster/information/accident/toulouse.htm) 参照二〇二一年六月一日

《硝酸铵爆炸事故》中村顺著，《SE》第四十四卷（三）一八八号，公益财团法人综合安全工学研究所二〇一七年九月一日发行

《灾害都市江户和地下室》小泽咏美子著，吉川弘文馆一九九八年一月出版

HAIYUENCHI NO SATSUJIN by Yuki Shasendo
Copyright © Yuki Shasendo 2021
All rights reserved.
Original Japanese edition published by Jitsugyo no Nihon Sha, Ltd.

Simplified Chinese translation Copyright © 2023 by New Star Press Co., Ltd.
This Simplified Chinese edition published by arrangement with Jitsugyo no Nihon Sha,
Ltd., Tokyo, through HonnoKizuna, Inc., Tokyo, and Beijing Kareka Consultation Center.

图书在版编目（CIP）数据

废乐园事件 / （日）斜线堂有纪著；李家齐译 . —— 北京：新星出版社，2023.8
ISBN 978-7-5133-5264-2

Ⅰ.①废… Ⅱ.①斜… ②李… Ⅲ.①推理小说 – 日本 – 现代 Ⅳ.① I313.45

中国国家版本馆 CIP 数据核字 (2023) 第 116754 号

午夜文库
谢刚 主持

废乐园事件

[日] 斜线堂有纪 著；李家齐 译

责任编辑	王 萌	责任校对	刘 义
责任印制	李珊珊	封面绘图	[日] Add your name
册页绘图	[日] Geo	装帧设计	Caramel

出 版 人　马汝军
出版发行　新星出版社
　　　　　（北京市西城区车公庄大街丙 3 号楼 8001　100044）
网　　址　www.newstarpress.com
法律顾问　北京市岳成律师事务所
印　　刷　北京天恒嘉业印刷有限公司
开　　本　910mm×1230mm　1/32
印　　张　9.625
字　　数　119 千字
版　　次　2023 年 8 月第 1 版　2023 年 8 月第 1 次印刷
书　　号　ISBN 978-7-5133-5264-2
定　　价　52.00 元

版权专有，侵权必究。如有印装错误，请与出版社联系。
总机：010-88310888　　传真：010-65270449　　销售中心：010-88310811